意林轻文库
奇幻仙境系列
003

彼渡少年与妖怪契约

鸦青 作品
YA QING WORKS

吉林出版集团 | 吉林摄影出版社
· 长春 ·

图书在版编目（CIP）数据

彼渡少年与妖怪契约 / 鸦青著. -- 长春 : 吉林摄影出版社, 2013.7

ISBN 978-7-80757-752-2

Ⅰ. ①彼… Ⅱ. ①鸦… Ⅲ. ①长篇小说－中国－当代 Ⅳ. ①I247.5

中国版本图书馆CIP数据核字(2013)第157677号

彼渡少年与妖怪契约

Bi Du Shaonian Yu Yaoguai Qiyue

著　　者　鸦　青
出 版 人　孙洪军
顾　　问　杜　务
总 策 划　安　雅 张　星
主　　编　张　弘
责任编辑　施　岚 胡晓路
图书统筹　流　木
特约编辑　李佳勍
绘　　图　草　芥
书籍装帧　胡静梅
美术编辑　刘　静
开　　本　920mm×635mm　1/16
字　　数　200千字
印　　张　16
版　　次　2013年7月第1版
印　　次　2013年7月第1次印刷

出　　版　吉林出版集团
　　　　　　吉林摄影出版社
发　　行　吉林摄影出版社
地　　址　长春市泰来街1825号
　　　　　　邮编：130062
电　　话　总编办：0431-86012616
　　　　　　发行科：0431-86012602
网　　址　www.jlsycbs.cn
经　　销　全国各地新华书店
印　　刷　北京中科印刷有限公司

书　　号　ISBN 978-7-80757-752-2　**定价：**23.80元

Contents

目录

Di-yi Zhang Qiyue Sixiang Ren

第一张契约　思乡人

这个世界就像是一棵巨大的卷心菜，而我们就如同一片卷心菜叶上的叶绿素，对其他叶子的存在一无所知。

1

生日那天，谢麒宇的收音机坏了，起初是调频不灵，后来是声音时大时小，最后就完全坏掉了。

从小酷爱肢解家中电器的谢麒宇自然没有放过这个了解收音机内部结构的机会，他用螺丝刀拧开了收音机后面的螺丝钉，将陪伴了他三年的收音机拆了。而眼前的一幕让他的下巴几乎掉了下来，密密麻麻的电路和零件之间，一群长得像花生米一样的奇怪东西正围成一圈交头接耳，看到谢麒宇惊讶的眼神，它们齐齐抬起头来。

那真是一群古怪的生物，只有小指甲盖那么大，中间嵌着一颗圆圆的眼球，下面是章鱼一样的腕足。那群小东西发出了一声尖叫，像是受惊的海底生物一样，飞快地从收音机盒里游了出来——用它们短短的触须拼命蠕动着。谢麒宇怔怔地看着它们穿过墙壁和玻璃，像是浮游生物一样漂走了。

谢麒宇用力揉了揉眼睛，以为自己是产生了幻觉。可是再一低头却看见，收音机里还有一只奇怪生物躺着，闭着眼睛一动不动，像是不小心被冲上了沙滩的可怜章鱼，在太阳的曝晒下很快失去了全部的生命力。

谢麒宇大着胆子伸出手指戳了戳它，碰到实物的感觉让他震悚了一下，而那只奇怪的小生物仿佛已经死了，僵硬地躺在那里。谢麒宇拿起手机想拍个照，而那个可怜的小东西却仿佛融化的冰激凌一样，一眨眼就变成了一摊银白色的液体。这液体就好像打碎的温度计里跑出来的水银，圆溜溜的，滚得满地都是。

不一会儿，这些液体也飞了起来，穿过透明的玻璃窗，很快消失在了谢麒宇的视线之中。谢麒宇看着收音机发呆了许久，反复确认这到底是不是他的幻觉。那群飞走的奇怪生物的模样还清晰地印刻在他的脑海中，他抓起一旁的速写本用铅笔画了起来：圆滚滚的身体，中间有一只眼睛，没有四肢，但是有类似于章鱼的腕足。

画完之后，谢麒宇还皱着眉头思索着这群奇怪的生物到底是什么来历，为什么会出现在坏掉的收音机里，还会飞，还会穿墙，却百思不得其解，最后只好把这一切当作一场荒诞的白日梦。

窗外传来夏蝉的阵阵鸣叫，哪怕是隔着玻璃都仿佛感觉得到蒸腾的热气。谢麒宇在画架前面坐了一会儿，随意涂抹了几笔，却完全找不到感觉，只好改天再完成这份周末作业。

异样的不安和恍惚感还萦绕在他的心头，他直觉自己是看到了不该看到的东西，却又不知道那究竟是什么。鬼魂？怎么看都不太像。妖怪？没听说过潜伏在收音机里的。恶魔？也没见它们长了尖角手拿叉子的。

谢麒宇叹了口气，起身走向厨房，打算拿瓶饮料喝，让头脑冷静一下。

打开冰箱的那一刻，他再次怔住了。

一只长得像兔子一样的奇怪的生物趴在一盒酸奶上惬意地摇着一根长长的、毛茸茸的尾巴。它好像对谢麒宇的出现完全没有在意，只是不断地把尾巴弄成奇怪的形状，一会儿是一圈圈的棒棒糖状，一会儿是完美的心形，再一会儿是拴着线的气球状。直到冰箱里的冷气快跑光了，它才垂下了竖起的耳朵抱怨道："愚蠢的人类啊，都快把我的冷气放光了。"

"抱歉。"谢麒宇下意识地道歉。兔子的耳朵又竖了起来，警惕地盯着谢麒宇问道："你看得见我？"

"如果你说的是一只长了条长尾巴，还会说话的傲慢兔子的话，我确实看得见，没错。"

兔子用红彤彤的眼睛盯了他良久，干巴巴地说："好吧，我得承认，就算是愚蠢的荒诞界也总还是有些蠢得不那么明显的人。"

谢麒宇的眼皮跳动了一下，没好气地说："谢谢夸奖。不过能告诉我你到底是什么东西吗？还有，为什么会出现在我家的冰箱里？"

"喂，先要说清楚，我从这台冰箱从生产线上下来那一刻就住在这里了，只是你们人类根本看不见而已。如果我离开这台冰箱，从此以后它就不可能制冷了。当然我也不会轻易离开就是了，找个称心如意的'巢'也确实不容易。"

"什么意思？"谢麒宇的心中充满了疑问和好奇，他隐隐约约感觉自己触碰到了什么从前一无所知的真相。

“我干嘛要费心给你解释？快把冰箱门关上，冷气快跑光了！”

兔子的咆哮吓了谢麒宇一跳，下意识地就关上了冰箱门，再打开冰箱门却发现兔子已经不见了。

谢麒宇拿了一盒酸奶喝了起来，心里却还是放不下刚才看到的奇异景象，他心不在焉地吮着酸奶打开房门，卧室里空调的冷气溢了出来，他舒适地眯起了眼睛，反手就关上了房间的门。被拆开的收音机还躺在写字台上，还有翻开的速写本。谢麒宇拿起铅笔将冰箱里的长尾巴兔子也添加了上去，想了想又加了个批注：坏脾气。今天频频出现的不寻常生物让他心存疑虑。可是如果把这一切归咎为幻觉，他又觉得太过牵强。

钥匙开门的声音惊醒了谢麒宇，他打开房门笑容满面地对正在玄关处换鞋的母亲说道：“回来了？”

手上拎着蛋糕的苏娜可回给他一个温柔的笑容：“嗯，妈妈给你买了蛋糕哦，晚上一起庆祝生日吧。我的小麒宇也成年了，时间过得真快啊。”

谢麒宇刚想说什么，从吊灯上垂落下来的大蜘蛛却吓了他一跳：“有蜘蛛！”

苏娜可疑惑地问道：“哪里？”

傍晚的时候屋内有些昏暗，苏娜可开了灯，谢麒宇的脸色一下子白了。刚才开冰箱的时候他并没有往天花板上看，自然没有发现上面的异常。整个天花板被密密麻麻的蛛网覆盖着，奇异的黑色丝线将每一盏吊灯和壁灯都连接了起来，像是电路一样。客厅里最大的那盏吊灯亮起之后，那只大得吓人的蜘蛛懒洋洋地吐着丝将自己拉回了天花板上，顺着上面的蛛网往墙上的壁灯爬去，最后隐没在了墙壁中，了无踪迹。

“麒宇，怎么了？”苏娜可见他脸色发白，不由担心地问道。

“我没事，看错了。”谢麒宇勉强地笑了起来，“我去看会儿书。”

说着他就关上了房间门。谢麒宇靠在门上深深地吸了口气，抬头凝视着屋顶。和客厅里一样，黑色的丝线覆盖在天花板上，因为他的屋顶是特意弄成深色的星空效果，之前竟然都没有发现上面早已被蛛网侵占了。

再看看写字台上的台灯，电线藏在写字台后，他扒拉出电线一看，那里也覆盖着几缕蛛丝。这些黑色的蛛丝无处不在，墙壁的插座上格外多，简直像要覆盖整个插座一样，一群蜘蛛沿着蛛丝攀爬着，一直爬进插口之中。

毛骨悚然的感觉让谢麒宇在这样的大夏天打了个寒噤。他甚至觉得有一群细细小小的蜘蛛钻进了他的衣服里，贴着他的皮肤一点点往上爬，细细的蛛腿蹭在皮肤上，传来瘙痒又令人战栗的阴冷触感。

谢麒宇飞快地找出杀虫剂，对着插座上的小蜘蛛一阵猛喷，蜘蛛们无知无觉地继续着自己的旅程，接二连三地爬入插口中。完全没有用！

谢麒宇拿起削尖的铅笔去戳它，铅笔毫无障碍地穿过了蜘蛛的身体。

怎么可能？他明明有碰到过收音机里的古怪生物。

最后一只蜘蛛也爬进了插孔中，无计可施的谢麒宇只好干瞪眼了。

“麒宇，帮妈妈来择菜哦。”苏娜可的声音传来，谢麒宇应了一声，关掉空调打开窗子给房间通气，一步三回头地查看插座有无异常。

仿佛刹那之间，谢麒宇的世界就变成了他所不熟悉的模样。

吊灯上的蜘蛛还在，它沿着天花板肆无忌惮地爬来爬去，从这盏灯到那盏灯，谢麒宇多看了它两眼，默默走进厨房中。

他打定主意了，在他弄清楚这一切的原委前决不告诉妈妈，她的胆子那么小，平日里看到蟑螂都要尖叫一声，如果让她知道屋顶上爬满了会穿墙还看不见的蜘蛛，没准两眼一翻就晕过去了。

苏娜可哼着歌将食材放入锅中，谢麒宇看到在电磁炉上跳着圈圈舞的奇异生物的时候已经完全不吃惊了，至少它长得比蜘蛛可爱多了。

那是一个戴着粉帽子的人形精灵，只有拇指大小，一个人扶着帽子围着电磁炉上的锅子转圈圈，仔细观察发现还是按照苏娜可哼的歌的节奏来的。

谢麒宇手脚麻利地择菜，小精灵跳完了舞托着下巴坐在电磁炉上发了会儿呆，然后吭哧吭哧地爬到了一旁的煤气灶上，摆了个跳水的姿势，一跃而起，姿势完美地掉进了电磁炉中。只是它的帽子一下子被吹跑了，掉在了电磁炉旁边，小精灵艰难地从电磁炉里伸出了一条细细的胳膊，摸摸索索地找到了自己的帽子，再一把扯回了电磁炉中。

谢麒宇看得入神，好一会儿才想起自己的任务，低下头专心将手上的青菜洗净切好。煤气灶被打开了，幽蓝色的火焰中一只蛤蟆吞吐着“气”，周身都燃烧着，却安然无恙。谢麒宇已经不像之前那么慌张了，他只是悄悄打量了几眼，溜出厨房将看到的奇怪生物画进了速写本中。

虽然他不清楚这是什么东西，但是总觉得这并不是突然出现的。也许它们早就存在于他的生活中，只是他一无所知而已。就像冰箱里那只长尾巴兔子说的，只是人类根本看不见而已。人类？可为什么他看得见？

谢麒宇走到了洗手间的镜子前，仔细观察自己的眼睛。原本深褐色的瞳孔像是蒙上了一层黑雾，变得乌黑深邃，整个眼珠都深得吓人，仔细看去仿佛会把周围的光都吸入其中。谢麒宇小退了一步，伸手捂住了一只眼睛。到底发生了什么？明明，明明他只是个很平常的高中艺术生，为什么一夜之间整个世界都变得那么奇怪？怀着这样忐忑的心情，谢麒宇洗了把脸冷静了一下，努力装出若无其事的样子回到了自己的房间里。

“麒宇，开饭了哦。”

“来了。”谢麒宇深吸了口气，这才打开房门。

餐桌上已经摆好了生日蛋糕，还有妈妈做的菜肴，苏娜可坐在椅子上笑眯眯地看着他：“来吧，小寿星，生日快乐。”

谢麒宇在餐桌前坐下，眼巴巴地看着苏娜可在蛋糕上点蜡烛。苏娜可把灯一关，说道：“小麒宇，快来许愿吧，啊，差点儿忘了，还要先唱生日歌。”

苏娜可说着闭上眼睛开始给谢麒宇唱歌，微弱的烛光下，她不再年轻的脸上流露出无比的温柔和幸福。

谢麒宇一直不明白为什么她可以一直这么快乐，一个人抚养孩子，十几年见不到丈夫一面，可是她却始终没有在他面前流露出脆弱和伤感。

从谢麒宇记事起，父亲就只是一个很模糊的影子，听母亲说父亲在他五岁的时候就离开家去国外工作了，因为很忙，每年都只是寄回抚养费，却没有回来过。偶尔父亲打来电话也不知道该说些什么，只好嘱咐他在外小心，然后默默把电话交给母亲。有时候他也会赌气地想，反正对方根本不参与他的人生，他又何必对他念念不忘呢？什么工作忙，都只是借口，哪儿能忙到十几年不回家一趟。可是每次他流露出这种情绪的时候，母亲都只是很无奈地笑着摇头，然后摸摸他的脑袋轻声说："你以后会知道的。你爸爸他……也很想你，很想很想见你。"

"可以许愿了，来。"苏娜可唱完了生日歌，满眼期待地说道。

谢麒宇默默闭上眼睛。

愿望啊……小时候他希望爸爸能回来，一家三口能够团聚。长大以后却又强迫自己摒弃了这种软弱的想法。

今天发生的离奇事件又一样样掠过他的脑海，他不由皱了皱眉，那就希望能弄明白这到底是怎么回事吧。

草草地许下了愿望，谢麒宇睁开眼睛，一口气吹灭了蛋糕上的蜡烛。

苏娜可笑着鼓掌："哎呀，我家的小麒宇也成年了呢，是个男子汉了。"

"妈妈……"谢麒宇无奈地叫道。

餐厅的灯开了，天花板上的蛛网还在，谢麒宇不动声色地瞥了一眼，又低下了头。不管发生了什么事，至少他要保护他的家人不会受到伤害。

他迟早会弄清楚这一切到底是怎么回事的。

—◆ 2 ◆—

吃完晚餐，谢麒宇照常去附近的公园走一圈，权当消食。夏季的夜晚总算凉爽了一些，空气也不再那么闷热。谢麒宇一边享受着周末最后一点儿时间，一边为明天要上交的绘画作业着急。

看来回去还得赶工才行。

晚上没出门之前，他还抱着也许只有自己家里才有这种奇怪生物的念头，但是一出家门，看着楼道电灯上的蛛网、水表箱上的小怪物，他只能长叹一口气。

真是无所不在的奇怪生物啊。

走得有些累了，谢麒宇站在自动贩售机前摸口袋里的零钱，结果只找出一张皱巴巴的纸币。他将纸币往纸币入口塞了进去，结果因为揉得一团糟，机器无法识别，又被退了回来。

“抱歉，这张实在太旧了。”一张巨大的脸贴在自动贩售机里面，用低沉的声音向谢麒宇道歉，声音很轻，像是自言自语。

谢麒宇被吓了一跳，本能地后退了两步才站稳了。

半透明的妖怪整张脸贴在玻璃上，挤得有些扭曲，这让它原本就不好看的脸更加畸形了。

“没、没关系……”谢麒宇结结巴巴地说。

“你可以换一张，我闻到你口袋里还有另一张纸币。”贩售机妖怪说。

谢麒宇摸到另一边口袋，果然还有一张半新的纸币。可是一时半会儿他实在没勇气把钱币塞进机器里，然后看那个妖怪为他服务。

“我已经不渴了。”谢麒宇干巴巴地说。

自动贩售机里的妖怪耸耸肩，把脸缩了回去，潜入饮料栏之后不见了。

谢麒宇一步三回头地离开了，还没迈出几步看到有人来到自动贩售机前准备买饮料，他好奇地停下了脚步，装作在看手机，其实眼角偷瞄着自动贩售机，想看看那东西到底是怎么工作的。

来人塞了一张纸币进去，选好了要买的饮料，自动贩售机里的妖怪探出脑袋，手上抓着一把硬币一个个塞进退币口，客人拿起饮料，从退币口取回了硬币便离开了。

谢麒宇看得入神，不由傻乎乎地张着嘴。

没多久又一个人站在了自动贩售机前，他看起来很年轻，和谢麒宇差不多大，却穿着一身很奇怪的衣服。

谢麒宇也不知道怎么形容他这一身打扮，但是这么热的天只要是个正常的人类都不会穿着长袖！

接下来那人的行为也证明了他的不正常。

“来包烟。”

自动贩售机毫无反应。

“来瓶酒也行，我听说这是荒诞界最畅销的东西了。”

自动贩售机仍然毫无反应。

“别装死，不然我就拔电源了！”

自动贩售机里的妖怪终于忍无可忍了：“这里不是真理界，买东西是要用货币交换的！”

“货币？没有。”来人坦然道，“给我东西，不然……”

“啪嗒”一声，一瓶矿泉水掉在了饮料出口处，少年心满意足地拿起矿泉水扬长而去。

谢麒宇看得目瞪口呆，他第一次知道自动贩售机还是可以敲诈的。不对，那个少年和里面的妖怪说话了吧！

谢麒宇立刻追了上去：“等一等！”

少年离去的脚步停顿了一下，下一秒钟却突然消失在了空气之中。

谢麒宇立刻停下了脚步，环顾四周。昏黄的街灯的照射下，一切显得诡秘而奇异，他甚至开始怀疑先前看到的少年是不是自己的幻觉。

他又回头看那台自动贩售机，里面的妖怪已经不见了。他敲了敲自动贩售机，里面也没有任何回应。

谢麒宇揉了揉额角，他还想问问真理界和荒诞界到底是怎么回事呢。

算了，还是回家吧。

这么想着，谢麒宇转身往家的方向走去。一回头，就看到一张放大的面孔，他被吓得后退了半步，这才站稳身体。

“童小琪，你站在这里吓人吗？”谢麒宇长长出了口气。

站在他面前的女孩子白皙的脸上没有一丝表情，晚风吹起她半长的头发，乍一看还真有点儿吓人的意味。

谢麒宇的同班同学，童小琪。说起来她倒是和他的同桌白铃比较要好，女孩子之间的友情总是有点儿奇怪。童小琪虽然在班上一直没什么存在感，但是身为班长的白铃却很乐意照顾她。

在谢麒宇看来，童小琪多少有点儿……说不清道不明的奇怪。就像现在，她这么悄无声息地出现在他背后。

童小琪回头看了一眼街角：“很奇怪。”

“什么很奇怪？”

童小琪深深地看了他一眼：“眼睛。”

谢麒宇下意识地抚摸着自己的眼眶，若有所思地反问道：“你知道些什么？”

“那和你没关系。”童小琪说完就走开了。

谢麒宇闷闷地踢开地上的石子，仔细回想童小琪说的话。

她似乎知道点儿什么。童小琪一直神神秘秘的，也鲜少主动和别人说话，总觉得……她身上有奇怪的气息。对上她眼睛的时候，她的瞳孔里似乎散发着奇异的微光。

也许……只是错觉吧。毕竟以前从来没有发现过。

回到家中时间已经不早了，一想到明天要上交的作业，谢麒宇不由地叹了口气，他还是老老实实地完成比较好。谢麒宇打开冰箱找饮料，不期然地发现趴在酸奶盒上摇尾巴的长尾巴兔子。

“我能问你几个问题吗？”谢麒宇立刻抓住机会问道。

兔子抬起红彤彤的眼睛瞄了他一眼：“不能，我和愚蠢的人类没有什么话好说。”

谢麒宇立刻蔫了。

“关门，冷气都跑光了。”

谢麒宇忽然想起之前在自动贩售机前遇到的那个奇怪少年，他当初似乎是用电源来威胁自动贩售机的，于是他也效仿对方的方式说：“如果你不回答，我就拔掉电源插头。”

兔子原本正在懒洋洋地摇着尾巴，一听到这话它的尾巴立刻竖直了，连上面的毛都一根根立了起来，兔子愤怒地高叫道：“卑鄙的人类！”

“我只是问几个小问题，不会耽误你太多时间，你也不希望冷气跑光吧。三个，就问三个好不好？”谢麒宇忐忑地问道。

兔子没好气地“哼”了一声：“准奏。”

“真理界和荒诞界是什么东西？”

“荒诞界就是你们人类生活的世界，也有些弱小的妖怪存在。而像我这样的妖怪，尤其是厉害的妖怪，大多是生活在真理界的。”

谢麒宇“咦”了一声，又问道：“那你为什么会来荒诞界？”

“当然是为了修行！真理界的能量体系不足以维持众多妖怪的成长，所以我们就来到荒诞界了，当然，这是受到真理界的法律限制的。别问我什么真理界的法律，我不会告诉你。你们人类对妖怪存在知道得寥寥无几，因为根本没几个人看得见。”

谢麒宇又想了想，问道：“那为什么我能看到你们，而且是从今天开始？”

“因为你眼睛上的封印失效了。”

“什么封印？”谢麒宇亟亟地问道。

兔子翻了个身露出短毛的肚皮，懒洋洋地说道：“三个问题回答完了，快关门。别想着反悔，不遵守对妖怪的诺言是会被吃掉的。”

谢麒宇闻言一惊，虽然有些不甘心，但还是老老实实地关上了冰箱的门。

算了，思来想去也没有结果，还是去做作业吧，大不了下次再拿电源威胁那只长尾巴兔子。

打开速写本新增自动贩售机妖怪一只，谢麒宇自嘲地想这本速写本都快成妖怪记录手册了。在扉页上添上“真理界”“荒诞界”的字样，想了想又把“真理界法律”标上了，后面添个问号。

还有好多秘密等着他去发现。也许他会因为这双与寻常人不一样的眼睛而变得与众不同。

每个周一都是痛苦的。

闹钟这种惨无人道地把钟表和聒噪的闹铃结合起来的东西堪称史上最邪恶的发明。人类充满了受虐精神，自愿受它奴役，每个清晨都是它强行打破甜美的梦境，将可怜的人类从睡梦中拖拽出来，直面忙碌又悲惨的一天。

谢麒宇是被吓醒的。

他迷迷糊糊地伸手去关闹钟，却摸到了一个不属于闹钟的部件，软软的，又有点儿凉凉的。

谢麒宇揉了揉眼睛努力撑开眼皮看去，一只提着铜锣的小精灵坐在闹钟上，“咚咚咚”地敲着铜锣，哼着古里古怪的歌曲：

“起床哦人类。”

“不然就吃掉你的寿命。”

“多睡一分钟就吃掉一分钟的时间。”

“你一定会觉得时间怎么会过得这么快。”

“因为都被我吃掉了，绝不归还哦。”

谢麒宇被惊了一下，立刻从床上弹了起来，“啪”地关掉闹钟。坐在闹钟上的铜锣小精灵板着脸看着他，哼哼道：“我讨厌不赖床的人类。”说完身体往后一仰，掉到闹钟后面消失了。

谢麒宇已经见怪不怪了，飞快地穿好衣服刷牙洗脸，抄起书包抓起桌上的豆浆油条就喊：“我走了！”

“路上小心，妈妈中午给你做糖醋鲫鱼哦。”苏娜可从卧室里探出脑袋对谢麒宇说道。

“多放点儿糖。”谢麒宇的声音远远地从楼道里传来，逗得苏娜可忍俊不禁地笑了出来。

她拿起没有挂断的电话轻声说道：“听到麒宇的声音了吗？”

电话那头传来低沉的男声：“嗯。”

“什么时候回来看看他吧，我也很想你。”

“你知道，我不能和他见面。”

“可是麒宇这么多年也没有发生什么异常啊，也许……”

“娜可，结婚的时候我就答应你了，不会让你和孩子卷入这种事情里。你也不希望麒宇以后和我一样吧。”

苏娜可握紧了电话，忍住眼泪强笑道：“可我很想你，麒宇也很想你。”

“对不起，这么多年一直委屈你了……下个月我抽时间回来一趟看你，不要让麒宇知道了。”

“好。”

挂断了电话，苏娜可长长地叹了一口气。

如果，如果那孩子没有继承他的能力就好了……

谢麒宇第一次发现自己熟悉的世界原来还有另一种模样。

街头的配电箱上坐着的人形妖怪，在高压电线上蹦来蹦去吓唬麻雀的跳舞精灵，像蒲公英一样随风飘荡的奇怪生物，甚至是天空中缓慢掠过的巨大的鸟类投下的阴影——在常人眼中，那大概只是一片云彩吧。

谢麒宇从不知道，原来他生活在这样一个奇妙的世界里。

放好自行车一路小跑到了教室，在打铃前顺利赶到。谢麒宇松了口气，放下书包和同桌的白铃打了个招呼，白铃瞥了他一眼：“快交作业，我等着收齐了下课交到办公室去呢。”

“是是是，班长大人。”谢麒宇好脾气地应道，打开书包把绘画作业递给了她。

高中生的一天总是这么无趣，虽然还只是高二，但是升学的压力已经显而易见了。对于艺术生来说，高考虽然并不那么重要，但是各个院校的艺术生招生考试一样很要命。

谢麒宇坐在座椅上，心思却飘远了。

天气热得人昏昏欲睡，教室里的空调温度调得太高了些，让挤满了人的教室显得更加闷热。

想起早上那只闹钟妖怪，谢麒宇又不由拿出速写本画了上去。

“这是什么？”同桌的白铃看了速写本一眼，好奇地问道。

“妖怪图鉴。”谢麒宇神神秘秘地说。

白铃斜睨了他一眼，这个年纪的女孩子多少有些羞涩和骄傲，对问题不是追根究底就是装作毫不在意。

见白铃不再追问，谢麒宇在心底稍稍松了口气。至少到目前为止，这一切都还只是他内心一个人的秘密而已。

想到这里，他不由回头去找童小琪的位置。她坐在班级的角落里，低着头似乎在写着什么，好像是觉察到了他的视线，她抬起头看了他一眼，又默默低下头。

还是这么神神秘秘的样子啊。

因为讲课用的是PPT（微软公司设计的演示文稿软件），教室的窗帘是拉上的，谢麒宇透过窗帘缝看向窗外，从这里看去是学校的操场，旁边是体育馆和配电房、热水房，周围是在烈日下显得蔫耷耷的绿树。

这一切原本毫无异样，只是从配电房紧闭的铁门中突然有个穿墙而出的人影！谢麒宇心头猛地一跳，以为自己是大白天见了鬼。

“谢麒宇，刚才那个问题你来回答。”老师注意到了他的走神，点名提问。

谢麒宇茫然地站了起来，虽然脸上带着无辜的笑容，可是脚下却踢了踢白铃，上课被老师点名的威力不逊于被巫师拿着魔杖念“阿瓦达索命”，他需要急救。白铃翻了个白眼，纤长的手指翻过几页课本，指着答案的那一段点了点，另一只手在空白的草稿纸上飞快地补写了问题。

合作默契，顺利过关。

老师虽然注意到了白铃的小动作，但是看在那是自己的得意门生和她一贯良好的表现上，只是用眼神警告了一下。

坐下之后谢麒宇频频看向那间老旧的配电房，可是那个鬼影却再也没有出现过。

直到下午的体育课。

和同学打了场篮球，快下课的时候谢麒宇把位置让给了另一个朋友，自己去小卖部买了瓶矿泉水，走过配电房的时候谢麒宇下意识地瞄了一眼。

管理学校供电系统的配电房外是一排花坛，有个女孩子坐在花坛边的树荫下，手上拿着一片草叶，随意把玩着。如果不是因为她与寻常学生截然不同的装束，谢麒宇根本不会注意太多的。

盛夏的蝉鸣声中，少女抬起头来，视线不经意地撞上了谢麒宇的眼睛。

“你看得见我吗，人类？”女孩子清脆的声音像婉转歌唱的百灵鸟，明明是带着稚气的面容，那双眼睛中却又透出沉淀在岁月里的沧桑。矛盾的感知统一在她的身上，让她在不自觉中流露出独特的气质。

谢麒宇点点头，装作若无其事地挨着她坐在了花坛边上。

“你也是妖怪吗？”谢麒宇看着不远处的教学楼，轻声问道。

“啊，妖怪啊？对，我是妖怪，不过可不是你们人类口中传言的那种妖怪。”少女旋转着手中的草叶淡淡地说道。

“有什么不同吗？”谢麒宇奇怪地反问道。

“我不吃人，只吃能量。”少女语气认真地说。

“能量？哪种能量？”

“电。不过这是你们人类的称呼啦。你们人类自以为了不起的科学，其实都是骗人的呢。电能其实是一种妖怪的恶念。树木在变成煤炭之后成了一种吸取地能中的力并储藏的妖怪，这种妖怪燃烧后产生痛苦情绪，体内的能量变成痛苦被释放，这就是热能。而电磁感应现象则是把这种痛苦转换成怨恨的恶意，电线对这种恶念有一种天然的传导能力，这种恶念被电灯等电器化为能量。这也是妖怪们能量的来源之一。”少女侃侃而谈，说着说着还笑了起来，自己则从花坛边上站了起来，在谢麒宇面前转了两圈。

她指着老旧的配电房笑道：“这就是我寄居的地方。我住在这里的变压器里，吸取妖怪的怨念将它们削弱后分配出去，整个学校的电力就这样维持平稳运作，我也能从中得到好处，增加自己的修行。其实这也未尝不是一种共生关系。”

谢麒宇被这种从未听说过的论调震惊了一下，又想起自己家中各种电器里住着的妖怪，了然地问道：“所以才会有各种各样的妖怪住在电器里？”

“其实不只电器，只要是能提供能量的东西都会被妖怪当作‘巢’。冰箱里的压缩机、电话的听筒、钟表中的齿轮，甚至是集成电路板——对妖怪来说这东西可是能够从真理界将它们召唤来这里的魔法阵呢。发明，原本就是很了不起的魔法！每个发明家都是了不起的炼金术师和魔法师。”少女兴致盎然地说着，浑然不觉自己对人类透露了这么多他们不该知道的东西。

“真理界”这个词唤起了谢麒宇的记忆，之前冰箱中的长尾巴兔子也提起过。

“真理界就是你们妖怪居住的地方吧。听说你们是为了修行才会来到荒诞界，也就是人类的世界的？”

“你知道的还真不少呢。”少女粲然一笑，可是一下子又落寞了起来，“我的家也在真理界……那并不是个多么美好的地方，不如荒诞界这么和平。那里的天永远是充满了阴霾的，没有日夜，刮着的风里都是妖怪的血腥味，我只在王都见过这里这样湛蓝的、清澈的天空，真美。可是即便如此，我还是想回家……”

“那为什么不回去呢？”

“当然是因为回不去啦。大部分妖怪们除非接到敕令，或者被集成电路这样的魔法阵召唤，不然是没法自行来到荒诞界的。除非我们寄居的‘巢’坏掉了，不然我们就无法自由离开。”少女说着，低垂着脑袋沮丧地再次坐在花坛上，抱紧了自己的膝盖。

“你……很想家？”谢麒宇问道。他从没思考过妖怪的世界，也不知道它们是否和人类一样有着感觉，会被亲情、友情、爱情所牵绊。可是至少从眼前的这个妖怪来看，它们一样是感性的。

可是不能否认，他更喜欢这样的妖怪。

即使那是另一种他不了解的生物，但是一样有感情，他就不会觉得那么恐惧。

“当然！我简直恨不得现在就能回去！”少女一下子又激动了起来，从花坛边上一跃而起，绕圈子似的走来走去，“我跟家里吵架了，一气之下就跑了出来，刚好接到了一个来自荒诞界的召唤，一个招呼都没打就来到了这里。一晃七八年过去了，虽然这对妖怪来说算不得太长的时间，但是……但是……”

少女忽然蹲在了地上，双手捂着脸低低地啜泣了起来：“我想回家，好想好想回家……我想我的父亲母亲了，还有刚诞生没多久的弟弟，我离开的时候他才那么小的一团，连个形状都没有，现在大概根本不认识我这个姐姐。”

谢麒宇尴尬地站了起来，却不知道怎么安慰一个陌生的妖怪。

家啊，那真是一个无法忘怀的地方。每天回家的时候母亲已经做好了饭菜，坐在沙发上看着电视等他回家，钥匙转动，开门的声音响起，她就会抬头笑盈盈地问他：“回来了？”

只是一句简简单单的问候，却是他不能割舍的眷恋。

而人类的世界之于她，虽信美而非吾土。

下课铃响了，少女从地上站了起来，响亮地吸了吸鼻子，用手背擦去了脸上的泪水。

“我叫点翎。”少女面红耳赤地说道，仿佛是为之前的哭泣而感到羞愧。

“谢麒宇。”

少女睁着红彤彤的眼睛羞涩地笑了起来：“你该走了，有空再陪我说说话吧，我的朋友实在是太少了。”

说完还不等谢麒宇回答，她已经转身走进了配电房的铁门中，消失了。

“别发呆了，再不走就要上课了。”白铃挽着童小琪的手从他身边经过，没好气地招呼道。

谢麒宇叹了口气，明明是善意的提醒，却非要用那样让人误解的口吻说出来，成绩好得可以去实验班，可是人际关系却糟糕得一塌糊涂。明明是挺可爱的一个女孩子，不过情商实在是太低了，真不知道她这个班长是怎么当的。如果不是同桌久了熟知对方秉性，谢麒宇也许也不会知道她是个什么样的人。

童小琪拉了拉白铃的胳膊："我们走吧。"

"好，陪我去买冰激凌吧，这天气热死人了。"白铃半是抱怨半是撒娇地对童小琪说。

童小琪一向面无表情的脸上似乎流露出一丝笑意，转瞬即逝："嗯。"

两个女孩子手挽手地向小卖部走去。童小琪忽然回过头来，视线掠过谢麒宇，又飘向配电房，眼神锋锐得像是一把刀。

谢麒宇被她的眼神刺了一下，下意识地开始回忆自己是不是哪里得罪她了。

配电房……她该不会是看到什么了吧？不可能，点翎是妖怪，一般的人类应该是看不见她的。莫非童小琪和他一样？

找到同类的喜悦感让谢麒宇不禁想追上去问个清楚，可是回想起童小琪的眼神，他莫名觉得那个女孩子根本不会欢迎这样的问题。

算了……以后再说吧。

学校的钟敲响了，已经是下午四点钟了，很快就可以放学回家了。

地上有巨大的飞鸟投下的阴影，像白云一样缓缓掠过。谢麒宇回头看了一眼配电房生锈的铁门。

只是那个妖怪点翎……什么时候才能回家呢？

3

风平浪静之下暗潮汹涌的日子一转眼就过了一周。

谢麒宇逐渐习惯了在曾经常见的物件上冒出来的不明生物，不只是电器上，甚至人的身上也有。他曾在一个午间小憩的同学的脑袋上发现了一只色彩斑斓的漂亮蝴蝶，蝴蝶振翅离开的那一刻他就从梦中醒来了，只是全然不记得自己做过什么样的梦。谢麒宇心想，也许是那只蝴蝶悄悄偷走了他的梦境吧。妖怪的世界果真像魔法一样神奇。

配电房里的点翎依旧百无聊赖地坐在花坛边上看着天空，谢麒宇路过的时候总会用眼神向她点头问好，点翎总是笑眯眯地伸手招呼一声。

晴天的时候她看起来会格外开心，而阴雨天的时候她则会看起来落寞而伤感。

也许是阴沉沉的天幕让她想起了自己的故乡吧。

某个下雨天，谢麒宇透过教室的玻璃看到天空中的阴云里飞出了一只巨大的飞鸟，从天而降，像是魔术一样在半空中化为一个人形，翻滚了一圈完美地降落在了地上。距离太远，看不清他的相貌，但是看起来像是个年轻帅气的男性。

点翎坐在树梢上，微笑着朝那只飞鸟招了招手。

他站在树梢下对点翎说着什么，而点翎却摇摇头拒绝了。

他看起来有些失落，局促不安地看着地面上的水花，末了从身后变出一把嫩黄色的雨伞，递给了点翎。

点翎接过雨伞，撑在了头顶，另一只手朝他挥了挥，那个人也挥了挥手，转身化为飞鸟回到了沉沉的云幕之中。

“你看那边的树。”白铃瞅了瞅窗外的操场轻声道。

“你看得见？”谢麒宇下意识地问道。

白铃古怪地看着他：“这么明显的一把伞怎么会看不见？不知是谁丢的，被风刮到树上去的吧。”

谢麒宇笑了笑：“嗯，很漂亮的伞。”

撑着伞的少女坐在树梢上俏皮地踢着树枝，脑袋左摇右晃，似乎在唱着歌。谢麒宇听过她唱的歌，那是来自真理界的童谣、奇异的旋律，可是听起来却显得很温柔，带着浓浓的怀念的味道。

一个没带伞的学生从体育馆出来，匆匆地从操场上跑过，淋了满身的雨水。点翎看着她向这边跑来，手上握着新得来的雨伞，歪了歪头。

一阵风吹来，没带伞的学生被迎面的雨水迷了眼睛，擦掉眼睛里的雨水，女生惊奇地发现不远处的树上有把撑开的雨伞掉了下来，被风吹着向她滚来。她拾起雨伞撑在头顶，迷惑地看着那棵树。

郁郁葱葱的树木上空无一物。

下课的铃声响起，已经是放学的时间了，她不再迟疑，拿起伞向教学楼跑去。

点翎看着不远处的开满了盛夏荷花的小池，拧了拧衣服上的雨水，继续哼着家乡的歌谣：

“我遗弃了美丽的真理乡，带着回忆去了远方。那沉在水底的莲花的墓葬，透出繁华尽处的馨香。我站在水中央，听一夜烟雨的忧伤。对你的思念，是似水如烟的苍凉。我离开回忆的囚笼，带着惆怅涉江。彼时心绪，半壁是烟雨，半壁是残阳。我将怀抱莲花的芬芳，将回忆留在靡丽的梦乡。岁月静好之下的怀念，抵不过南柯一梦的凄凉。”

“你想家了。”谢麒宇撑着格子雨伞站在树下，将视线投向开满了荷花的湖面。

“啊，是啊。这样的天气，总是让我想起真理乡。”点翎看着阴沉沉的天幕柔声说道。雨水打湿了她的全身，连脸上也不断滑下水珠，让人分不清她脸上的湿意到底是雨水还是泪水。

“刚才那只飞鸟是你的朋友吗？”

点翎笑了起来，落寞的脸上露出了愉悦的表情：“嗯，朋友。我唯一的朋友。他也是真理界的妖怪，叫飞鸟。”

“我看到他从云中出现，是关于云的妖怪吗？”

“可以这么说吧。吸收着太阳的力量，从大海、湖泊和森林中引来水汽，然后乘着风，带着雨水前往各个地方。真是浪漫又自由的妖怪啊。也因为这样他去过很多的地方，见过很多我闻所未闻的事物，是个很有见识的人。说起来我们认识也是在这样的下雨天，我坐在这棵树上唱歌，结果他就出现了，递了一把伞给我，后来我们就成了很好很好的朋友。这大概是我在荒诞界唯一值得回忆和留恋的人了。”

已经放学了，陆陆续续有人骑着自行车经过这里，谢麒宇把伞递了过去：“给你。”

点翎歪了歪头，却拒绝了。

“被人看到会觉得很奇怪的，为什么这棵树上总是挂着雨伞呢？反正我也不会生病……”

谢麒宇不说话，执拗地把伞挂在了树上，自己转身走了。

点翎坐在树梢上，看着手上的雨伞不由又笑了。

“人类总是这么奇怪呢……”她自言自语道。

可是却总能轻易让人觉得感动。

留恋，又多了一个。

下雨天淋着雨回家实在不是什么美好的经历，谢麒宇认命地冒雨骑车，幸好家离学校不算远，十分钟不到就可以到家了。

想着喷香可口的饭菜，谢麒宇又觉得身上充满了动力。

骑车经过偏僻的小巷的时候，一个人影突然从转角飞了出来，一下子撞在了谢麒宇的自行车上，谢麒宇立刻刹车，身体却失去了平衡，连人带车倒在了地上。手臂擦在了水泥地上，生疼。

谢麒宇皱着眉头坐了起来，看着倒在地上的人还惊了一下。

“飞鸟？”谢麒宇迟疑地出声问道。

原本半睁着眼睛的少年一下子睁开了眼，用锐利的眼神盯着谢麒宇：“你是谁？”

“啪嗒啪嗒”的踩水声传来，昏暗的街巷里有个人影逐渐步出，逼人的气势迎面而来，让谢麒宇的心跳不由快了一拍。

这个人他见过!

那天在自动贩售机前，大夏天穿着长袖的少年。

小巷深处的黑暗像是迷雾一样蔓延着，让谢麒宇看不清他的眉眼，他的手里把玩着一只精致漂亮的打火机，鞋子踩在湿漉漉的地上，整个人的身上都散发着森冷而危险的气息。谢麒宇看向飞鸟，他捂着受伤的腹部一言不发，血从伤处汩汩而出，晕染在水洼中。

昏暗和沉寂之中，好似有什么可怕的东西在酝酿着，攀爬在这种诡异氛围中的危险一直对他虎视眈眈。明明是夏天，却让人觉得这么冷。落在身上的雨水都像是结冰了一样，从皮肤渗入的阴冷感一直缠绕到了人的骨头里。

轻微的“刺啦”声响起，小巷里的街灯亮了，照亮了这片黑暗的环境。

“你变弱了，飞鸟。”少年“啪”地按下打火机，一束足有两米长的蓝色火舌瞬间吐出，无视这大雨，像是鞭子一样挥向飞鸟。

飞鸟敏捷地闪身避过，险些被火焰擦伤脸。

雨水沿着陌生少年的脸往下滑，他的眼神看起来比这雨水还寒冷。

“应该是你变强了才对。”名叫飞鸟的年轻人扶着墙壁站了起来，一手捂着伤口，眼睛却直直盯着少年。

“你自作主张来到荒诞界，你父亲很担心你。”

“所以他拜托你来找我吗？”

少年顿了顿，转过头冷笑了一声：“只是顺便而已，我还有更重要的事情要做。”

谢麒宇本能地觉得这不是他该掺和的事情，无论是那个陌生少年的武器，还是他们谈论的话题都透着一种诡异的气息，他默默扶起自行车，准备离开了。

“人类，你站住。”

谢麒宇无辜地回过头去看他。

少年盯着他看了一会儿，最后“啧”了一声：“真是讨人厌的脸，滚吧。”

从来不知道自己原来长得如此讨人厌的谢麒宇摸了摸自己的鼻子，无趣地骑车离开了。真是场无妄之灾。

等到谢麒宇离开之后，少年又对飞鸟说道："我给你两个选择，三天内自己回真理界去，或者我亲手把你扔回去。"

"简单粗暴，真是你的风格啊。"飞鸟苦笑了一声，靠在墙上看着天空。他早就可以离开了，只是……舍不得。

他想带一个人一起回去。

那是一个，比他更思念故土的人。

"最后回答我一个问题，你来荒诞界，到底是为什么？"飞鸟直视少年的眼睛，认真地问道。

少年转身摆摆手走开了："女王陛下发的敕令，我没义务告诉你，反正不是你该掺和的事情，别给我添麻烦就谢天谢地了。"

一直目送少年消失在了小巷里，飞鸟看着暗下来的天空长长叹了口气。

是时候该回家了啊。

一起回家吧，点翎。

"虽信美而非吾土兮，曾何足以少留！意为此地虽美，却并非故乡，竟然无法令人长久地居留于此。表达了诗人在春日登高远望，抒发寄居异地的思乡愁绪……"

语文课上老师侃侃而谈，谢麒宇用铅笔在速写本上勾勒出飞鸟的模样，从原形来看他倒是人如其名，只是竟然能化作人形。

还有那个不知名的神秘少年……

谢麒宇草草勾勒了一下他的五官，两次见到他都是在傍晚，加上时间匆忙，但是他竟然很清晰地记住了他的脸。

白铃好奇地看着他的速写本问道："这是谁？同校的同学吗？真帅啊，咦，仔细看和你还有点儿像，你不会这么自恋吧？"

"不认识的。"谢麒宇半真半假地说道。

白铃显然不信："这是你画各种奇怪妖怪的本子吧，怎会把他也画进去了？"

谢麒宇挑了挑眉："他也是妖怪。"

"骗人！"

谢麒宇把手指放在唇边示意她轻声，他们的聊天已经引起老师注意了。

视线投向窗外，今天点翎也没出现。自从前天晚上意外看见她和飞鸟吵架之后，谢麒宇就没见到过点翎了。

"让我带你回家吧，点翎。"

飞鸟的邀请如此真挚，带着一点儿害怕被拒绝的小心翼翼。

谢麒宇确信点翎会同意，因为她是如此希望回到故乡。

可是她却拒绝了，两个人因此争执了起来，互不退让。最后失望的飞鸟振翅而去，留下点翎坐在花坛边发呆。

谢麒宇立刻过去，虽然他无意刺探她的隐私，但是出于对朋友的担心，他还是小心翼翼地探问了几句。一向乐于和他聊天的点翎却没有多说什么，只是摇摇头，失落地垂下眼帘。

"妖怪是信守承诺的生物，违背契约是不可饶恕的罪。我不能让他背负。"

点翎看向头顶的晴空，一大片云彩乘着风从头顶掠过，投下了大片大片的阴影。

"这样就好了，真的。阴雨天的时候布满了厚厚的云，虽然总是让我想家，可是只要一想到也许飞鸟就在那里看着我，我就不会觉得孤单。对家的思念，越沉淀就越醇厚，对我而言，这是年少轻狂的惩罚，却也未尝不是好事呢。这么漫长的一生，怎么可能不犯错误呢？但是我还有很长很长的时间去改正，去拥有一个不让自己遗憾的人生。"

"等待，也是一种很美丽的姿态啊。"

谢麒宇不知道该说些什么。看着闭着眼睛像是在祈祷的点翎，他只能默默地为她祝福。

终有一天能够回到日思夜想的地方，那里还有人在等待她。

如果是为了这样美好的结局，等待的漫长也许并不那么可怕。

4

“听说台风要来了，动静还挺大，不知道明天能不能停课呢。”晚自习的课间，百无聊赖的白铃一边转着手上的水笔一边说道。

“资优生也有想翘课的时候？”谢麒宇玩笑似的说。

白铃斜睨了他一眼，“哼”了一声，不说话。

“下雨了下雨了！”“糟糕，我可没带伞。”

从走廊上传来嘈杂的声音，谢麒宇看向窗外，果然是下雨了。

夏日的雨总是这么来去匆匆，可是受到台风的影响，这场雨只怕一时半会儿还停不了。不一会儿淅淅沥沥的雨就大了起来，打得玻璃窗“砰砰”响，加上远处时不时的雷鸣，教室里的学生都有些心不在焉。

Z中的晚自习向来是遵从自愿原则的，想来可以，没有老师管着，不来也自便。谢麒宇完全是因为在家容易分心，这才来学校自习，顺便还可以和白铃一起去画室练习。

日光灯上的妖怪蜘蛛们还在爬来爬去，但是他已经学会见怪不怪了。

谢麒宇想起点翎曾经跟他说过关于电的真相，不由思索了一番。如果说电是被焚烧的妖怪们产生的怨念，进而变为一种恶意，那么这个真理界能量的来源应该是负面的情感。多么可怕的设想啊。如果真是这样，那他们头顶的太阳是多么可怕的怨气团，而万物却在这种恶意中滋润地生长着……

“这天气真让人想逃课啊，可惜门卫管得严。”白铃伸了个懒腰，忽然诡秘地笑了起来，“小琪告诉我后门有个很适合爬墙溜走的地方，我们要不要去试试？”

“算了吧，我作业还没完成呢。别跟着她厮混，我可不想周一早操听到你被点名通报了。”谢麒宇撇了撇嘴。

“好啦好啦，小琪是个好姑娘，就是自由散漫又不爱理人了一点儿。”

“你们在说什么？”

背后冷不丁地传来童小琪的声音，两个人齐齐挺直了背。

白铃回过头干笑着对有着一张漂亮脸蛋却很冷漠的童小琪说：“说你好

话呢。”

童小琪挑了挑眉，用明显不信的口气说：“哦？”

“好啦，是在说你上次告诉我可以爬墙溜出学校的地方。”白铃小声交代，“小琪，要不我们今晚就……溜？晚自习什么的太无聊了，一半人都没来呢，我们溜了老师也不会发现的吧。”

童小琪摇了摇头：“今天不行。”

“为什么？”白铃失望地问。

童小琪欲言又止，最后还是摇了摇头：“今天不行。”

“因为下雨？”白铃想了想说道。

“算是吧。”童小琪看着窗外为难地说，回到自己的座位去了。

白铃有些失望地趴回了桌子上，赌气似的不吭声。谢麒宇跟她说话也不理人。谢麒宇叹气，少女的心情，真是说变就变。倒是童小琪……谢麒宇回头看了她一眼，她静静地坐在自己的座位上，看着窗外，眼神和周围格格不入。总觉得，她是个很有故事的人。

谢麒宇突然这么想，她也确实和周围的女生不一样，他不知道怎么描述这种与众不同，但是她就是有一种独特的气质，就好像……她的心中藏着一个丰富多彩的广袤世界，因此而与人世格外疏远。

闪电将黑暗的天幕瞬间点亮，轰隆隆的雷声紧随闪电炸在耳边。有胆小的女生已经围在一起窃窃私语商量着怎么回家了。

颓废了好一会儿的白铃支着下巴看着外面的风雨雷电，不由喃喃道：“你说我们学校会不会被雷劈中啊？我总有种不好的预感。”

“你别乌鸦嘴……”

谢麒宇话音未落，一阵闪电“唰”地映白了天空，朦胧中谢麒宇仿佛看到一道巨大的飞影从天空中掠过，直直往操场坠了下来，配电房外穿着白衣的点翎凄厉地叫了起来：“飞鸟，不要啊——”

未尽的话语淹没在了轰鸣的雷声中，雷电瞬间撕裂了天空，在所有人都措手不及中直直击中了配电房。

刹那间教室的日光灯“刺”的一声，瞬间全灭了。

教室里一阵鬼哭狼嚎，胆小的女生已经尖叫了起来，男生大多觉得这样有趣的事情千载难逢，狼嚎的，鬼叫的，整个学校乱成一片。

谢麒宇“唰”地从椅子上站了起来，白铃立刻抓住了他的手：“你去哪儿？”

“厕所。”谢麒宇憋出两个字，摸索着桌椅的位置跑出了教室。

“谢麒宇——”童小琪的声音穿过喧哗的人群，直击谢麒宇的耳膜。

谢麒宇停下了脚步，黑暗中他只看到童小琪追出教室来到他面前。

“你出去做什么？”童小琪带着愤怒的声音让他莫名其妙。

谢麒宇倒是没骗她：“有个朋友，需要我的帮忙。”

“那不是你朋友。”童小琪冷冰冰地说。

“不，他们是的。”谢麒宇说完，不再理会童小琪，迅速跑下了楼。

整个学校沉入了一片喧闹的黑暗之中，谢麒宇回想起片刻之前点翎凄厉的叫声，心神不宁地摸着楼梯的扶手一路往下跑。没有灯，只有窗外一阵阵的闪电忽明忽暗地照亮了他眼前的路。学生的吵闹声仿佛一瞬间飘远了，他在黑暗中清晰地听到自己心跳的节奏，那么快，那么急。

来不及拿伞，他冒雨冲向体育馆旁的配电房，大雨淋得他满脸雨水，衣服湿漉漉地黏在身上。

又一道闪电，谢麒宇眯起眼睛，他远远看到了点翎，她搀扶着飞鸟一步一晃地向莲花池走去。

“点翎！”谢麒宇高喊着她的名字，声音却被风雨吹散，只有呐喊中浓郁的不安还在。

点翎停下脚步，在大雨中回过头来。

闪电驱散了周围的黑暗，谢麒宇诧异地发现不远处的莲花池中央好似被什么东西硬生生扯开了一道裂缝，缝隙中的世界是一片荒凉之地。可是大量银白色的蝴蝶却从里面争先恐后地涌了出来，散发着普通人类所看不见的温柔光芒，照亮了整片盛开着荷花的水池，将这个风雨之夜的黑暗驱散。

点翎的长发被雨水打湿，贴在她苍白的脸颊上，她脸上的神情糅合了悲伤和喜悦，这两种截然不同的感情杂糅在一起，那么怪异，却又那么真实。

"你……"

"谢谢你一直以来的陪伴。"点翎打断了他的话，微笑道，"束缚我的'巢'已经被破坏了，契约终止，我已经可以回家了，回到真理乡去。也许以后都不会再来这里。"

谢麒宇看向不远处的配电房，屋子还是完整的，只是里面的高压电箱都已经不再运转了——那道雷击破坏了里面的电器，整个学校的供电都因此中断了。

"是飞鸟做的？"谢麒宇模模糊糊地猜到了一点儿，不由问道。

点翎点点头，又垂眸看向搀扶着的飞鸟："他真傻，不是吗？为了我的自由竟然做了这样的事情。回到真理界之后只怕还要接受审判……明明、明明只要等待就可以了……"

"其实飞鸟他早就可以回真理乡去了，只是因为我才会留下来。是我拖累了他。"

"不关你的事！"半昏迷中的飞鸟忽然清醒了过来，努力站直身体说道，"是我已经没有时间等待了。所以哪怕要接受制裁，我也要带你回去。我决不会丢下你一个人离开的！"

"点翎，想想我，想想你的家人，早点儿团聚不好吗？"

"当然好，只是不应该让你付出这样的代价。"

飞鸟微微一笑："可我是自愿的。"

谢麒宇想起那天傍晚他遇到飞鸟和那个神秘少年的争执，飞鸟是真的没有时间了吧。一边是思念他的家人，另一边是他放不下的点翎。一起回去，其实也挺好。

"你们还走不走？维持两界通道可是很消耗能量的。"熟悉的声音从谢麒宇身后传来，他惊了一下，回头看去。来人正是那个神秘少年，此刻他还是穿着长袖的衣服，抱着手臂不耐烦地说道："有空啰唆还不如早点儿回去自首。看在我的面子上他们未必会怎么难为你。"

恶声恶气的语气，却透着别扭的关心和担忧。

谢麒宇忽然有点儿想笑，却又忍住了。他对点翎和飞鸟挥手："快走吧，路上小心。”

点翎依依不舍地点了点头：“那再见了，真的……很谢谢你一直以来的照顾。”

谢麒宇摇摇头，目送两个人互相搀扶着走上莲花池离去。蝴蝶们绕着整片莲花池四处飞舞，一点儿都不畏惧大雨，个别还往谢麒宇身上靠来，谢麒宇忍不住伸手想要捉一只。“嗖”的一声轻响，一道蓝色的火舌打在蝴蝶的身上，瞬间将美丽的蝴蝶吞没。

“你做什么？”谢麒宇一惊，看着一旁手上还在把玩着危险打火机的少年问道。

少年哧笑了一声：“你以为这是什么东西？虽然是不受真理界法则束缚的低等妖怪，闻到荒诞界的气息就会像鬣狗一样扑上来，信不信这么多一起上来保准把你吸干？”

谢麒宇微微一怔，这么漂亮的蝴蝶，没想到却是如此危险的生物。

“谢谢你提醒我。”谢麒宇真诚地向少年道谢。

少年一愣，似乎没想到会有人这么认真地向他道谢，旋即他扭过头看向湖面生硬地说：“他们快穿过界门了。”

点翎和飞鸟踏着水面一路走向前去，远远近近的都是盛开的夏荷，还有淅淅沥沥的雨，他们一路走过留下的都是点点涟漪，在散发着银光的蝴蝶的陪衬下美得像一幅画。

走入界门前的那一刻，点翎再次回头，远远地看着站在水池旁的谢麒宇，伸出手用力挥了挥。谢麒宇不由微微一笑，挥了挥手向她示意。

界门的缝隙一下子敞开了，露出荒凉之地的模样，浓重的阴霾天空下，大地遍布着荆棘和黄沙，狂风肆虐，卷起尘土飞扬。

飞鸟和点翎相携走入界门，界门开始收缩关闭，徘徊的蝴蝶像是被强大的引力拉住，一只只全都翻滚着被吸了回去，整个场面像突然倒带的科幻电影，带着毁灭一般的恢宏和壮丽，等到界门闭合的时候整片水域已经见不到一只蝴蝶了。

只有大雨还在哗哗地下着。少年靠在树边，把玩着手上精巧的打火机。

谢麒宇有些尴尬，不知所措，他总觉得眼前这个人身上藏满了秘密，只可惜他一个都挖不出来。

“那个界门是你开的？”谢麒宇没话找话地问道。

少年耸耸肩，抛掷着手上的打火机说道：“嗯，没错。因为是强制干涉破坏了‘巢’，所以界门不会自动开启，如果我不帮忙，待会儿稽查部就要来了，到时候惩罚更重。”

“原来你也是好人嘛。”谢麒宇笑道。

“闭嘴！”少年没好气地吼道。

“你不高兴吗？他们可以回真理乡了。”

“他回老家结婚，我留在外地打工，有什么好高兴的！”

谢麒宇被他暴躁的语气逗笑了，看了看手表，原来已经是上课时间了，只是没有供电电铃也就没有响。

“我该回去了，再见了。哦，对了，我叫谢麒宇，你呢？”

少年瞥了他一眼，怪腔怪调地反问道：“我为什么要把名字告诉讨厌的人类？”

谢麒宇摊摊手：“我问女孩子名字也很难一次成功，因为她们既傲娇又别扭。你比她们还难伺候。”说完一路小跑着回教室去了。

留在原地的少年怔了怔，随即低低咒骂了一声，转身离开了。

“人类，都是一样地讨厌。”少年嘀咕道。

接下来的两天学校忙着抢修配电房，谢麒宇笑眯眯地从窗口往下看，点翎已经不在那里了，也许很快会有新的妖怪入住，但是那都与他无关了。

一切多像是一场奇幻的美梦啊，一觉醒来他还在课堂上，听着老师讲课。窗外是蓝天白云，一切都是那么美好，充满了希望。

他喜欢这样的生活。

“好了好了，快测试一下！”抢修的人员高喊了一声。

话音未落，空中忽然显现出一群形状各异的妖怪，谢麒宇的眼睛立刻瞪大了，怎么一下子来了这么多？

“让开让开，这个‘巢’我包了，谁跟我抢我揍谁！”云中落下了一个十几岁的小女孩，扎着两个马尾辫，看起来倒是分外可爱，可她脸上的表情却不是那么回事。

几个妖怪骂骂咧咧地诅咒了几句，被小女孩一眼扫过去就噤声了。

“不服的上啊，我被谁揍趴下了，这个巢就是谁的，绝无二话！”小女孩站在配电房屋顶上气势汹汹地喝道。

妖怪们见势不妙愤愤退散了，一眨眼就消失在了空气中。

小女孩见状做了个V字的手势，一跃进了配电房。

教室的电灯轻响了一声，一下子全亮了起来，讲台上的老师也松了口气：“啊啊，终于修好了，可以用投影仪了。前排的同学们终于可以少吃点儿粉笔灰了。”

教室里的同学们善意地笑了起来。

谢麒宇也微笑了起来。

有人离开了，可总还会有人到来。哪怕只是生命里的过客，却也留下了浓墨重彩的一笔，至少他还记得，那个破旧的配电房里曾经住着一个善良又思乡的妖怪，下雨天的时候会坐在树梢上看雨，唱着故土的歌谣。

“我遗弃了美丽的真理乡，带着回忆去了远方。那沉在水底的莲花的墓葬，透出繁华尽处的馨香……我将怀抱莲花的芬芳，将回忆留在靡丽的梦乡。岁月静好之下的怀念，抵不过南柯一梦的凄凉。”

“走了走了，上体育课去了。啊啊，真讨厌，今天是打排球，你们男生是什么？”白铃打了个哈欠问道。

“不清楚，今天大概还是篮球吧。”同班的女生已经结伴去准备上课了，谢麒宇收拾了一下课桌，也准备走了。

“真无趣，男生除了打篮球就没有其他活动吗？”白铃斜了他一眼，忽然诧异地凑了过来，“谢麒宇，你的眼睛怎么回事？你戴美瞳了吗？”

谢麒宇大骇：“怎么可能？那是女孩子才会用的东西……”

白铃摸了摸下巴：“可是看起来眼睛很黑亮啊，啧啧，真是让人嫉妒，我走啦，拜拜。”说完她一个人去操场上课了。谢麒宇揉了揉额角叹气，真是双会惹祸的眼睛。

视线的余光瞥到童小琪的背影，自点翎和飞鸟离开荒诞界的那晚之后，童小琪就再没和他说过一句话。他就算想问什么也问不出口。

谢麒宇心里多少有了点儿谱：她应该是看得到妖怪的。但是她并不喜欢它们，甚至对它们有着莫名的敌意。

体育馆旁的配电房已经维修完毕了，还有两个工作人员在做清理，老旧的铁门半敞着，露出里面的机器，谢麒宇习惯性地在那里寻找点翎的身影，一时间竟然忘记她已经回家了。

一个女生从教学楼里跑出来，手上拿着一把嫩黄色的雨伞，谢麒宇觉得那伞有些眼熟，想了想才回忆起那是之前飞鸟送给点翎挡雨的伞。女生将雨伞挂在了点翎坐过的那棵树上，后退了一步看了一眼，转身就走了。

“那是你的伞？”谢麒宇明知故问道。

“啊，不是的。前阵子我从体育馆出来下了雨，结果这把伞从树上掉下来了，也不知道是谁的。今天看到了才想起来要归还，可惜找不到失主。”女孩子不好意思地看了看那棵树说道，“我想还是挂在这里吧，失主看到了也方便找回去啊。”

“啊……是啊。”谢麒宇看着那把嫩黄色的雨伞，有些失落地应道。

可惜，失主大概是不会回来了。

“这是谁的伞？怎么会放在配电房里？”一名维修工拿着一把格子雨伞从配电房里出来。

“拿去门卫那里放着吧，或者交给这里的老师好了。”另一个人说道。

谢麒宇下意识地向那里看去，那不正是他给点翎挡雨的格子雨伞吗？母亲还在雨伞的内侧用白色胶布粘上了他的名字。

心中的不舍忽然变得浓重了起来，可是莫名地又像是释怀了什么。

抬头看向湛蓝的晴空，谢麒宇深深吸了口气。

迷途的人终于找到了回家的路，漫长的旅程之后终于有了避风的港湾，至亲之人期待着这场等待了太久的团聚，若干年后终于可以共聚一席。这世上也许没有比这个更完满的结局了。

Di-er Zhang Qiyue Hudie de Meng

第二张契约　蝴蝶的梦

你喜欢蝴蝶吗？那些扇动着美丽翅膀，在花海中翩翩飞舞的蝴蝶。

喜欢啊。

可是它们偷走了你的梦。

不，是我沉睡在蝴蝶的梦里，这一生从未醒来。

1

下午第一堂课的预备铃已经打响了，趴在桌上午睡正酣的白铃皱了皱眉，像是努力抗拒着将她拉出睡眠的噪声，甚至嘟哝着伸手捂住了耳朵。

谢麒宇推开教室门的时候就看到他的同桌难得孩子气的一面，刚想笑，却被停在白铃头发上的蝴蝶吸引了注意力。

那是一只非常漂亮的蝴蝶，阳光照在它的翅膀上，它浑身散发着炫目的色彩，简直会让人移不开眼。但是，充满了不祥的气息。

谢麒宇皱了皱眉，不动声色地走上前去，伸手挥开了它。蝴蝶受到了惊吓，纤细的翅膀振动了一下，穿过紧闭的窗户飞出了教室。

谢麒宇站在桌子前，望着它飞远。姿态翩跹，确实美丽非常。

第三次了，这已经是这周他第三次看到这种蝴蝶。每次都是停在睡着的人的头上，被惊飞后睡着的人才会醒来，却每每感到浑身疲倦发冷，像是经历了一场又一场接连不断的噩梦。白铃也不例外。

“预备铃已经响了，总算睡醒了？”谢麒宇状似不经意地问。

“唔，还是好困，还有点儿冷。奇怪了，难道是教室的空调温度太低了？”白铃揉了揉眼睛，声音里还带着浓浓的睡意。

“做梦了吗？”

“好像是，但是想不起来。”白铃揉着太阳穴虚弱地说，“头有点儿疼，还没力气，不会是感冒了吧？”

“要不我先送你去医务室躺躺？”

“不用了吧，快上课了，要是还不舒服再说吧。”白铃拿起杯子喝了口水，摇摇头努力甩掉倦意。

很快老师就来到了教室，两个人也正襟危坐地准备听课。下午的课总是令人昏昏欲睡，更何况是恼人的夏天，知了的声音没完没了地穿过玻璃刺入谢麒宇的耳中，让他也开始觉得困倦。虽然记挂着那来历不明的蝴蝶的事情，但是他也知道这种事情急不得。他除了看得见妖怪以外，和人类毫无区别，要对付它们更是难上加难。总觉得那些蝴蝶的出现不是个好兆头啊。

忽然，眼角的余光似乎瞥到了什么，谢麒宇转过头去，一只色彩斑斓的蝴蝶正穿过紧闭的玻璃窗飞入教室，完全不受玻璃的阻挡。

果然，是妖怪啊。谢麒宇默默地看着它在教室里盘旋了一圈，最后扇动着绚丽的翅膀，悄悄地停在了白铃的头上。怎么又是白铃?

怀着心里的疑惑，谢麒宇没有立刻赶走那只蝴蝶，而是小心翼翼地观察着白铃的反应。她大大地打了个哈欠，眼皮也开始耷拉，像是困得不行。可是她还是努力和睡魔作斗争。虽然如此，最后她还是失败了。白铃的脑袋开始小鸡啄米似的一点一点，最后软软地趴在桌子上睡着了。

那只蝴蝶莫非是吸取人的精力？又或者只是让人产生睡意？可是据他所知，妖怪是喜欢各种能量的，不管是电能还是水能、风能，甚至是人类的精神力量。那么这只蝴蝶……谢麒宇轻轻推了推白铃，白铃毫无反应。他皱了皱眉，终于忍不住挥手赶走了停在白铃头上的蝴蝶。

蝴蝶穿过玻璃窗，消失在烈日下，宛如一场只有他一个人沉浸的幻觉。恰好下课铃响起，白铃揉了揉眼睛醒来，迷迷糊糊地拿起水杯喝了一口。

“你又睡着了。”

“嗯，好困啊，大概真的是空调吹多了感冒了吧？”白铃嘟哝了一声。

“下节是体育课，要不我送你去医务室吧。”谢麒宇说。

教室里的同学已经三三两两地下楼准备去上体育课了，偌大的教室里只剩下稀稀落落的几个人。

白铃摇摇头：“没事，我只是有点儿累，医务室我自己过去就好。”

谢麒宇刚想说什么，忽然看到坐在角落的童小琪用一种异常怪异的眼神看着他和白铃。谢麒宇的心突然“咯噔”了一下。如果，如果童小琪也看得到妖怪，那么她应该也注意到了最近这些奇怪的蝴蝶才对。

白铃推开教室门走了，教室里只剩下谢麒宇和童小琪。他直觉这是个提问的好机会，只是没想到向来话少的童小琪却比他还先开口。

“上课的时候，你一直在看白铃。”童小琪面无表情地说。

“……”谢麒宇万万没想到她会说这个，噎了一下，生怕她误会他和白铃有点儿什么。不等他开口辩解，童小琪又说：“你的身上不对劲儿，上星期我就知道了。”

“你知道了什么？”谢麒宇紧张地问道，“我早就想问了，但是从那天之后你就完全不理会我了。你是不是……看得见妖怪？”

童小琪沉默了很久，久到谢麒宇以为她不会回答这个问题了。忽然，她伸手指着谢麒宇的身后，用带着异样的声音说：“眼睛……睁开了。”

谢麒宇背后一凉，下意识地转过头去看，身后除了黑板什么都没有。

“到底什么眼睛？”谢麒宇被她说得心里有些发毛。

童小琪却不再理会他，自己推开教室门准备去上体育课，忽然她像是想起了什么，又转过头恶狠狠地说：“别靠近白铃，如果她有什么危险，我不会放过你的！”

教室门关上了，空荡荡的教室里只剩下谢麒宇一个人。童小琪身上围绕着一股看不透的迷雾，她似乎真的看得见妖怪，可是又对它们讳莫如深。

“莫名其妙。”谢麒宇嘀咕了一声，也离开了教室。

夏季的体育课是最折磨人的。

谢麒宇赶到操场的时候已经快上课了，今天的体育课依旧是篮球，班里的男生们组成两队打了一轮。运动总能让他把脑子里奇奇怪怪的念头甩掉，一场球赛下来他已经浑身是汗了，精神却异常轻松。

快下课的时候谢麒宇把位置交给要好的朋友，自己去小卖部买瓶水。

路过配电房的时候，他停下了脚步。以前扎住在配电房的妖怪点翎已经回到属于妖怪的真理界去了，和飞鸟一起。现在占领这个配电房享受能量供奉的妖怪似乎是个梳着两个马尾辫的小女孩，当然，她也是个妖怪。

妖怪真是种奇怪的生物啊，不同于人类想象中的，这个世界的妖怪依靠各种能量修行，在现代社会最受妖怪们偏爱的无疑是电能了，它们将电器作为自己的“巢穴”吸收着能量，同时将它转化为人类所能使用的功能。这种奇妙的共生关系让双方都受益良多。

“喂，人类，你身上有妖怪的气味，真奇怪啊。”小女孩脆生生的声音在谢麒宇的头顶响起，他抬头看去，一个看起来十来岁的小女孩梳着可爱的马尾辫，两条腿一翘一翘地坐在配电房上俯视他。

谢麒宇点点头："是的。我还认识以前住在配电房的'巢'里的那个妖怪，叫点翎，不过她现在已经回真理界去了。"

"原来如此，难得遇到看得见妖怪的人类，还不是除妖师。认识一下吧，我叫红蛙。"红蛙大大方方地自我介绍。

谢麒宇顿了一下："娃娃的娃？"

红蛙似乎有点儿恼怒："青蛙的蛙，怎么，不准笑！"

谢麒宇努力了一下，最后还是被小女孩脸上那种愤愤的表情逗乐了，忍不住大笑出声，莫名笑得直不起腰。

"浑蛋啊！人类没一个好东西！"红蛙大怒，从配电房上跳下来对着谢麒宇飞起一脚。

谢麒宇"咝咝"了两声，抱着被踢疼的腿靠在墙上："下手真狠啊。"

"哼，对付人类不必客气。"红蛙翻了个白眼。

"你该不会有个哥哥弟弟叫青蛙的吧？"谢麒宇不怀好意地揶揄道。

"啊啊，讨厌的人类！我爸爸叫树蛙我妈妈叫雨蛙，你有什么意见？"

谢麒宇哈哈笑着一路跑开了。新来的妖怪竟然是这么有趣的小妖怪，性格活泼又会炸毛，真是太可爱了。

从小卖部买了水回来，谢麒宇准备去医务室看看白铃，不知道她的身体有没有好一些。路上他忽然被一只翩跹飞过的蝴蝶吸引了注意力，那只色彩斑斓的漂亮蝴蝶正是他要找的。于是他迅速追着蝴蝶跑，至少要知道这些蝴蝶到底是从哪里来的。

结果蝴蝶一路往校门的方向飞去，最后飞出了校门。谢麒宇看着紧闭的校门叹了口气，还不是放学的时间，门卫是绝对不会给他开门的。

但是就这么眼睁睁地放走那只蝴蝶，他又觉得不甘心。

"喂，人类，你在做什么？"

熟悉的声音让谢麒宇抬起头，曾经与他有过几面之缘的来自妖怪世界的神秘少年站在围墙上，把玩着手上的一只打火机，状似漫不经心地问他。

"是你？"

少年挑了挑眉："很惊讶吗？"

"我以为你送飞鸟和点翎回真理界后就离开了……等等，你来我们学校做什么？"谢麒宇好奇地问道。

"这跟你没关系。"少年撇撇嘴。

"好吧，你知道那只蝴蝶是什么妖怪吗？最近多得令人心烦。"谢麒宇指着飞远的蝴蝶说。

少年沉吟了一声，"啪"的一声打开了手上的打火机，一条湛蓝色的火舌从打火机里喷出，像是锁定了目标一般直扑蝴蝶，瞬间将它燃成灰烬。

"不值一看的蝼蚁罢了。"他说。

谢麒宇叹了口气，原本还指望能从他嘴里挖出点儿什么来，怎么说他也是从真理界来的妖怪，看起来相当厉害，实体化这种事情已经可以轻而易举地做到了，就算普通人类也看得见他。

"不过作为人类，你最好还是小心点儿。"少年不怀好意地笑，"说不定哪天自己就迷失在了噩梦里，再也醒不过来。"

"那种蝴蝶很危险吗？"

"低等的妖怪罢了，混淆人类的梦境，将最丑陋、最可怕的记忆扭曲成噩梦，然后掠夺人类因为恐惧而产生的负面情绪，实在是不值一提的家伙。不过操纵那些蝴蝶的家伙或许还值得一看。"

谢麒宇沉默了，果然那些蝴蝶不是巧合。可是究竟是谁在操纵着这群满怀恶意的猎食者？

"你到底来我们学校做什么？不会刚好路过吧？"谢麒宇第二次问出了这个问题，狐疑地看着站在围墙上的少年。

少年"哼"了一声："上学。"

"开什么玩笑！你是妖怪吧？"谢麒宇忍不住叫出了声。

少年耸耸肩："以你的智商和实力我没必要和你解释。"

那副傲慢的样子真是让人浑身不爽。谢麒宇眯起眼，"砰砰"地敲响了传达室的大门："门卫先生，我看见有个学生爬围墙准备逃课。"

少年瞪大了眼："卑鄙！"说完一翻身跳下围墙，一眨眼就跑没影了。

2

最大的“惊喜”在第二天发生了。当谢麒宇急急忙忙冲进教室的时候他惊讶地发现站在讲台上一本正经地作自我介绍的家伙，正是那个来自真理界的妖怪少年。

“谢麒宇，你迟到了，快点儿回座位上坐好。”班主任说。

谢麒宇一边往座位走，一边回头看。少年神秘地笑了笑。

“我叫顾妄，来自英国。因为父母工作的关系现在回国念书，以后请大家多多关照。”

白铃托着下巴感慨地说：“真帅啊。看起来就有混血儿的感觉呢，原来是来自英国。”

谢麒宇暗暗翻了个白眼：明明是来自妖怪横行的真理界。

“咦，总觉得也有点儿眼熟啊。我是不是在哪里看到过？”白铃看着顾妄喃喃地说。

“你记错了吧。”

“不对，哦，想起来了！你的速写本。”白铃从谢麒宇的桌子上拿起那本他自绘的妖怪图鉴，迅速翻到了画着顾妄的那页，“我就说在哪里见过，原来是这里。你看，当时我还说画上的人和你有点儿像呢。该不会是你亲戚什么的吧？”

“只是以前见过而已。”

白铃怀疑地看着他：“真的吗？直觉告诉我你在骗我哦。”

“直觉这东西不可靠，要相信科学。”虽然谢麒宇现在早已觉得科学就是个渣渣。

“嘁。”白铃合上速写本还给谢麒宇，也不再争辩。

顾妄已经从讲台上下来了，路过谢麒宇的课桌向后排走去。谢麒宇回头去看他，却注意到坐在最后的童小琪那张惨白的脸。她喃喃着似乎是想说什么，看着顾妄的眼神却带着浓浓的恐惧。

到底……是怎么回事呢？童小琪发现顾妄的身份了吗？

怀着挥之不去的疑惑，谢麒宇还是装作什么都没发生。

总会有机会弄明白的。

机会来得比想象的还快。当天下午放学之后，班里的同学都陆陆续续地回家了。顾妄坐在窗台上把玩着手上那只精致的打火机，像是沉浸在自己的思绪里。

谢麒宇慢吞吞地收拾书包，准备找个机会和顾妄谈谈。

这家伙来历不明一身谜团也就算了，就连来学校的目的都十分耐人寻味。谢麒宇可不觉得他纯粹是无聊才会来念书的。人类的文凭对妖怪来说毫无意义。

联系起那些谜一样的蝴蝶，不妙的预感总是萦绕在他的脑中。

“一起走吗？”谢麒宇走到顾妄身边问道。

顾妄转过头来瞥了他一眼：“我和你不熟。”

“……”

顾妄忽然从窗台上跳了下来，将书包一甩背在肩上：“走了，再见。”

“喂……”谢麒宇无奈地叫了他一声，顾妄头也不回地推开门离开了。

空荡荡的教室里只剩下他一个人，谢麒宇叹了口气，收起课桌上的速写本也打算回家去了。妈妈应该已经做好饭等他了，总不能让她等太久。

敞开的窗外刮来一阵风，翻开速写本的扉页，纯白色的纸张翻到了最近新画上去的一页。上面是谢麒宇新画上去的蝴蝶，彩色铅笔勾勒出蝴蝶翩跹的身姿，还有斑斓的色彩。

还有他写的批注：“不知名的妖怪，会让人产生睡意并且做噩梦，醒来后会觉得疲倦发冷，据说会吸取人类噩梦产生的负面情绪，可能有操纵者。”

眼角忽然扫到一抹炫目的色彩，谢麒宇下意识地伸手一抓，右手握到实物的感觉让他惊了一下，定睛一看，竟然是一只噩梦蝴蝶！

蝴蝶拼命挣扎了起来，努力挣脱他的束缚。谢麒宇怎能让它如愿，一只手握住它，另一只手打开课桌翻找能够困住它的东西。

还不等他找到，手上传来的酥麻的触感已经让他有种糟糕的预感了，就在他以为自己也会昏睡过去的时候，他的眼前忽然闪过一道白光，像是蓄积在厚重云层之后的闪电，一瞬间将他眼前的景象震成一片无边无际的亮色。

下一秒钟，他发现自己站在一个陌生的地方。

荒凉的戈壁上，头顶是厚重的云层，即便如此仍然遮不住阴霾后面泛红的天空。大风刮得人脸颊生疼。

茫茫荒原上只有飞沙走石，不见丝毫绿色。风中卷来浓郁的血腥味，还有野兽永不停歇的嘶吼，数只形状怪异的生物在云层中盘旋着，像是搜捕着大地上一切可以猎杀的猎物。

空旷，荒凉，孤独。

这到底是一个什么样的世界啊？

眼睛里传来锐利的疼痛感，谢麒宇捂住眼睛，以为是风沙迷住了眼睛，惹得生理性的泪水不断从眼底涌出来。

迷蒙的水光雾气中，他好像看到一抹绯红色的身影站在戈壁最高处，宛如浴血的骑士，周围是炫目到刺痛眼睛的色彩，是蝴蝶！

等他勉强能睁开眼睛之后却发现自己站在教室里，周围空无一人。

是……梦吗？

可是前一刻那种真实的疼痛感和呼吸间涌入的血腥味却浑然不像是梦中。

谢麒宇忽然想起之前捉到的蝴蝶，却发现原本挣扎不休的东西此刻已经变成一团黑色的灰烬。

他吃惊地怔了怔，有些不相信只是短短一瞬，原本还鲜活的蝴蝶竟然已经变成了这样。

究竟是怎么回事？

回忆着之前的“梦境”，谢麒宇却隐隐有了猜想，或许那根本不是他的梦。

那是……蝴蝶的梦。

收拾好书包，谢麒宇推开教室的门走下教学楼的楼梯，满脑子都是刚才的那一幕。他在“梦中”看到的一切到底是在什么地方呢？如此荒芜，如此凄凉，以至于不像是人类的世界，至少那种绯红色的天幕完全不是地球该有的样子。

“我的家也在真理界……那并不是个多么美好的地方，不如荒诞界这么和平。那里的天永远是充满了阴霾的，没有日夜，刮着的风里都是妖怪的血腥味，我只在王都见过这里这样湛蓝的、清澈的天空，真美。可是即便如此，我还是想回家……”

“点翎……”谢麒宇想起了那个曾经扎住在配电房的“巢穴”中的妖怪少女，以及她口中的属于妖怪的家乡真理乡。

真是和方才的幻象一模一样啊。也许那真的是属于妖怪的国度吧。

谢麒宇一拍脑门儿，就觉得有点儿眼熟呢。顾妄在送点翎和飞鸟回真理界的时候曾经打开过两界的界门，他从空间的缝隙中曾经匆匆瞥到过一眼那个世界的样子，可不正是幻境中的模样?

想通了刚才的境遇，谢麒宇总算把悬着的心放了下来。脚下的步子也不由轻快了起来。

楼道的转角处忽然传来一声高亢的叫声：

“你到底想怎么样！”

是童小琪的声音。

谢麒宇不由停下了脚步。在他的印象里这个没什么存在感的女孩子很少说话，也只有和白铃在一起的时候才会偶尔搭腔几句，更别说像现在这样大喊大叫了。

“你看到我的时候好像很惊讶。说说看，你到底看到了什么。”是顾妄的声音。

童小琪一声不吭。

顾妄又说：“你最好小心……你的眼睛。”

“你想怎么样？”

顾妄嗤笑了一声：“我是没兴趣，但是总有贪婪的家伙会喜欢，你可要当心了，也许某天一觉醒来，你就发现自己的眼睛在睡梦中被挖走了。”

谢麒宇敲了敲楼梯的扶手，童小琪一下子抬起头，脸上还有没有掩饰好的惊慌失措。

“跟我来。”谢麒宇上前几步拉起童小琪的胳膊往另一条走廊拐去。临走前不忘警告地瞪了顾妄一眼。顾妄无所谓地耸耸肩，舌头舔了舔尖尖的虎牙，笑容里满满的不怀好意。

童小琪踉跄了几步，闷不吭声地跟上了谢麒宇的步子。

“你没什么要对我说吗？”谢麒宇找了个没人经过的地方，转身问童小琪。童小琪低着头，半长的刘海儿遮住了她的眼睛，让人看不清她的表情。

“如果你听见了，离他远点儿，他不是好人，不……他根本……算了，当我没说。”童小琪磕磕巴巴地说了一句，又低下头闭上了嘴。

“如果你想说他不是人类的事情，我是知道的。”

童小琪抬起头，惊讶地看着他。

谢麒宇自嘲地笑了笑：“我也是最近才知道这个世界上是真的存在妖怪，还不是我们概念里的那种。”

说着他指了指走廊顶上的路灯：“在我看来，这个灯上满是蜘蛛网，还有不少蜘蛛在爬来爬去，是吸收电力转化为光能的妖怪。那边的那个广播喇叭上有个像是喇叭花一样的妖怪，是吸收电能转化为声音的妖怪。你眼里的世界也是这样的吗？”

童小琪歪着脑袋打量了他许久，最后默默摇了摇头。

“怎么可能，之前你……”

“我和你不一样。那种弱小的妖怪我是看不见的。我所能看见的妖怪都很厉害。它们……想要抢走我的眼睛。”童小琪捂着自己的右眼轻声说，声音里带着一种异乎寻常的温柔和坚定，“绝对不会给它们的，绝对！”

走廊另一头传来路人聊天的声音，童小琪转过身：“别告诉白铃，你也最好当作什么都不知道。再见。”

“等等。”

童小琪停下了脚步，却没有回头。

“有麻烦的话可以来找我。”

童小琪像是没听见一样，没做任何表示，转眼就消失在了走廊拐角。

谢麒宇揉了揉额角，真是个特立独行的女孩子啊。

回到家已经比平常晚了，母亲苏娜可已经烧好了饭菜坐在沙发上看电视，听到开门的声音高兴地说："麒宇回来晚了呢，我们开饭吧。"

晚餐诱人的香味传来，谢麒宇咽了咽口水："好香！"

就在谢麒宇狼吞虎咽的时候，电话铃响了，苏娜可放下筷子去接电话。房间里隐隐约约传来她温柔的声音，还有轻轻的笑声。

谢麒宇见怪不怪地继续吃饭，心里隐约猜到这大概是父亲的电话。一种难以自制的烦躁感堵在胸口，让他觉得难以下咽。

十几年没见过的父亲，对他来说不啻于一个陌生人。他甚至觉得母亲早就该提出离婚了，何必为一个这么多年没见过的男人浪费自己宝贵的青春。

只是有时看到苏娜可一个人坐在沙发上翻着两个人年轻时的照片，脸上幸福又思念的笑容时，他却又什么都说不出口。

"喂，愚蠢的人类，你知道修冰箱的电话号码吗？"

谢麒宇回过头去，一只长尾巴的傲慢兔子趴在冰箱上郁闷地问他。

"抱歉，我可以帮你问问妈妈。"谢麒宇淡定地回答。

将冰箱的制冷系统作为自己居住的"巢穴"的兔子型妖怪鄙视地看了他一眼："然后她就被吓死了。"

"我当然不会告诉她这是一只没有冷气就会死的兔子问我的。"谢麒宇镇定自若地说。

"嘁，总之要快点儿把冰箱修好了。"

"等等，我有个问题。你知道有什么妖怪会让人做噩梦吗？"谢麒宇总算找到了一个可以和他交流的高等级妖怪，立刻抓住询问的机会。

"你知道地球上有哪个人种喜欢吃大蒜并且对生姜深恶痛绝吗？"兔子不屑地摇晃着尾巴问道。

"不知道。"

"那就好了，妖怪的种类那么多，我怎么可能记得过来啊。尤其你说的还是一听就让人觉得等级很低的妖怪，像我这样的大妖怪怎么会在意这种小蝼蚁呢。”兔子傲慢地说。

“其实你只是想说你没文化，所以根本不知道吧。”谢麒宇拆穿了它。

“啊啊啊啊，闭嘴闭嘴闭嘴！愚蠢的人类！”兔子大为恼怒，那条迥异的长尾巴一下子竖得笔直，像是受到了惊吓的猫。

谢麒宇忍不住笑了出来，那揶揄的眼神使得兔子愤愤地爬回冰箱去了。

其实妖怪有不少都是很有趣的家伙，比如住在冰箱里的兔子，还有飞鸟和点翎他们，如果顾妄也算的话……嗯，确实，也是个很“有趣”的家伙。

苏娜可终于打完了电话，饭菜也快凉了。谢麒宇已经吃完了，却还坐在桌子旁。

“今天没作业吗？”苏娜可端起碗筷问。

“啊，不急。冰箱坏了吗？”

“嗯，我已经打电话了，明天会有人来修的。”

苏娜可在吃饭，却一脸的心事重重。

“妈妈没什么要和我说吗？”谢麒宇问。

苏娜可沉默了一会儿，轻声说：“你爸爸快回来了。”

不算意外的话题。谢麒宇叹了口气，尽量用不那么冷淡的声音应了一声：“哦。”

“麒宇……”

“我要去做作业了，下次再说吧。”谢麒宇有些烦躁地打断了苏娜可的话，低着头匆匆走进房间关上了门。

靠在门背上，他长长出了口气。

还是……很讨厌啊，一想到要面对突然归来的陌生的父亲，一种忍不住想逃避的念头就挥之不去。

算了，走一步看一步吧。

3

夏季的流感病毒一下子席卷了整个校园，走廊上、教室里，到处都可以听到咳嗽声。谢麒宇甚至觉得自己都快看得见空气里涌动的病毒了。

白铃也不幸中招了，现在一天三四杯热水，整天昏昏欲睡。

最让谢麒宇担心的是，蝴蝶越来越多了。

整个校园里随处可见蝴蝶在到处飞舞，穿过玻璃窗进入教室，伺机寻找着下手的目标。那些病中的人似乎更没有抵抗力，也更容易被蝴蝶盯上。

但是在这间教室，情况却完全不同。

一只色彩斑斓的蝴蝶在碧蓝的天空下向教室飞来，谢麒宇支着下巴看着它越飞越近，却不由同情起了它……

“刺啦”一声轻响，窗外的蝴蝶像是遇上了一层看不见的电网，瞬间被烧成飞灰飘散在空中。

又一只。

谢麒宇回过头去看顾妄，他看向窗外，转着手上的笔，笑得一脸的愉悦。

恶趣味。

撕了一张纸条，谢麒宇写道：“你做了什么？”

顾妄看到字条后挑挑眉：“有虫子飞来飞去看着很讨厌。”

“虫子到底是怎么来的？”

“谁知道呢。”

谢麒宇看着顾妄龙飞凤舞的字迹，不由叹了口气。明明知道却不肯说，却又不像浑然不关心的样子。他真搞不懂他到底是想做什么。

好不容易放学了，谢麒宇下楼去车棚推车，出了校门却看到顾妄站在花坛边上，双手抱胸靠在树边。

“走吧。”顾妄见他来了，转身就走。

“去哪儿？”谢麒宇一时间没跟上他的思路。

“你不是对那些蝴蝶很感兴趣吗？当然是去看看到底是谁敢在我的地盘

上兴风作浪。”顾安不满地看着他。

“……”真是唯我独尊又我行我素的家伙。

虽然腹诽着，心里还疑惑为什么顾安要叫上他。但是出于无法抑制的好奇心和对蝴蝶骚乱的担忧，他还是紧跟上顾安的步子，一路往城郊走去。

“走起来太慢了。”顾安嘟哝了一声。

“喂，你不会是想用什么奇怪的方式赶路吧。人类不欢迎看到UFO（不明飞行物）从头顶飞过，也不喜欢看到武林高手在屋顶上飞来飞去哦，你可别乱来。”

“据我所知，人类可是有着和实力不相称的好奇心的家伙。”

“但是对于不科学的玩意儿，人类可是敬而远之的。”

顾安嗤笑了一声：“可是这不是很可笑吗？人类自以为是的科学其实根本就不是他们想象的那样。这个世界大到星球小到原子，无一不是生命体，就连你脚下踩着的这块土地也是活的。人类的视野实在是太狭隘了。”

“星球？”谢麒宇被他的说法吸引住了，不由重复。

“嗯哼，你以为地球是什么？那可是游荡在浩瀚宇宙中的一个巨大的妖怪。不要用你脑子里对妖怪的定义来限制我们，妖怪只是一个称呼而已，其实我更喜欢用‘法则的衍生物’来称呼自己。”

“我不太明白……”谢麒宇困惑地说。

顾安的心情似乎不错，这从他难得耐心的解释里可以轻易看出来。

“这么说吧，‘法则’可以说就是一种自然规律，而所有的生命体都是遵循自然规律诞生的，比如不断挑战法则的人类，比如遵循本能的动物，比如法则的衍生物妖怪，也比如现在还不被人类视为生命体的AI（人工智能）——在我看来，一切具备自主思考能力的东西都是高等生命体，虽然你们人类并不这么认为。”顾安嘲讽意味的笑容轻飘飘地挂在脸上，像是一张虚伪的假面，“妖怪是遵循法则的生命体，存在法则才存在妖怪。举个简单的例子，贝尔发明了电话，电话的运作原理就是一种‘法则’，因为有了这样的法则，所以才有了寄宿在电话中的妖怪。虽然贝尔本人可能并不清楚，但是从他发明出电话的那一刻，他已经和真理界的女王陛下签订了一个牢不可破的契约，这个契约从真理界召唤来了妖怪，妖怪们遵循法则的引导，确保每一个‘巢’完整的电话都可以使用。”

最后，顾妄总结：“创造，原本就是一种魔法，了不起的魔法。”

谢麒宇听得入神：“点翎也说过类似的话，每个发明家都是了不起的炼金术师和魔法师。妖怪真是很有趣的生物啊。”

顾妄瞥了他一眼：“很可惜，身为法则的衍生物的妖怪与破坏法则的人类注定是敌人。”

谢麒宇有些尴尬：“也并不是每个人类都是这样的。”

顾妄停下了脚步，转过身用愤怒而尖锐的眼神瞪着他：“你不是妖怪，自然听不到同类的哭泣。你脚下的这片土地无时无刻不在发出悲哀的呻吟，还有你头顶的天空，每一分每一秒都在被削掉皮肉，抽干鲜血，注入令它痛苦不堪的毒物。人类抱怨着酸雨和雾霾，却不知道这是妖怪哀恸而永无止境的泪水。”

“对、对不起……”

下意识的道歉并没有令顾妄的脸色有一丝一毫的回转，先前还算融洽的气氛仿佛只是他的错觉。总觉得……顾妄身边的气场比刚开始更冷酷，却也更孤独。

谢麒宇远远地推着车跟在他的身后，夕阳下，那个来自异乡的妖怪的背影，透着无穷无尽的孤寂，以及不为人知的怨恨。

不知不觉间两个人已经走得很远了。到了郊区之后，在空中飞舞的蝴蝶明显增多了，顾妄抛接着自己手上的打火机，毫不迟疑地向某个方向走去。

“你确定蝴蝶的主人在这里吗？”谢麒宇看着越来越偏僻荒凉的景色，有些不确定地问。

“你可以不跟来。”

顾妄一句话就堵上了谢麒宇的疑问，谢麒宇无奈地叹了口气，掏出手机给母亲打了个电话，说是晚上有同学请吃饭，所以要晚些回家。顾妄回过头揶揄地看着他，一脸诡异的似笑非笑。

“干嘛这副表情？”谢麒宇被他看得心慌。

“没什么，只是觉得没法理解人类。说谎，很有意思吗？”

谢麒宇愣了一下：“善意的谎言也是很必要的吧。至少能省去很多不必要的麻烦。”

顾妄歪了歪脑袋，像是不解：“不明白。”

谢麒宇忽然觉得有点儿好笑，在妖怪看来人类的很多行为根本不可理解吧，但是从某些方面来说，直白的妖怪也有很可爱的地方。

“妖怪都不会说谎吗？”

“那倒未必，如果有必要的话，妖怪会比你想象的还狡猾。”

谢麒宇叹了口气：“人类说谎不一定是狡猾，有时候是因为爱。”

顾妄一副踩到狗屎的表情。

“不想让重要的人担心，所以选择隐瞒和说谎。你不会有这种时候吗？”谢麒宇反问。

“没有。”顾妄冷淡地说。

谢麒宇深深地看了他一眼，到底是不会隐瞒，还是根本没有重要的人，他没有问。

“到了。”顾妄停了下来，指着前方暮色中显得格外颓败的建筑。

那是一座废弃的工厂，墙上剥落的涂漆昭示着它已经年代久远的事实，七零八落的生锈钢管和丛生的杂草让这里更透出一股荒凉的气息。谢麒宇听人说起过这里的废弃工厂，据说这里原本就是早期的工业区，后来因为新工业区的成立而大量迁出，加上早期污染的沉积，周围的居民也搬得七七八八，最后只剩下这么一片荒地。离这里最近的有人烟的地方大概就是他们的学校了。

铁门上的锁链早已生锈，顾妄轻而易举地推开门，铁门发出沉重的“咯吱”声，在夕阳下远远地荡开，惊飞了几只藏在枝杈间的倦鸟。

“好荒凉。”谢麒宇锁好自行车，也跟着顾妄的脚步向工厂内走去。

空中划过蝴蝶翩跹的身姿，在夕阳的余晖下显得分外璀璨，却如同季末之时下一刻就会凋零的花朵，每一次振翅都如同末路。

厂房的墙体已经部分崩裂，更别说刷在上面的油漆了。

顾妄站在一间厂房前，推开虚掩的大门就往里走。谢麒宇跟在他身后走了进去。

里面是巨大的空旷的空间，足有几个篮球场那么大，大概是工厂放置机器的地方，但是现在里面却是空荡荡的，只有碎石子和锈蚀的钢筋，还有阴生的杂草长在缝隙中，努力从没有玻璃的窗口汲取稀少而珍贵的阳光。

残阳似血，斜斜地射入空旷的厂房中，让这个散发着腐朽和陈旧气息的屋子像是另一个不为人知的世界——那是一种颓废而残败的美。

顾妄只是看了一眼就退了出来，转而向另外几间厂房走去。

“你在找什么？蝴蝶的老巢吗？”谢麒宇忍不住追问。

“你只要闭上嘴别给我找麻烦就行了。”顾妄头也不回地说。

谢麒宇撇了撇嘴，扬声说：“我去另一边看看，有情况的话再叫你。”

顾妄没回答，谢麒宇就当他同意了，转身向另一个方向走去。

这个工厂占地不小，零零散散的厂房就有七八间，这还不算几栋两三层的建筑，不知道是办公室还是宿舍楼。

谢麒宇决定从最深处的三层小楼那里碰碰运气，那是因为这里也算是最高也保存最好的建筑了。

三层小楼的铁门虚掩着，谢麒宇轻轻推开了门，向昏暗的楼道走去。

一进入楼梯间，原本就微弱的夕阳几乎不能带来任何光源，谢麒宇只好拿出手机照明。透过手机的微光，他注意到楼梯间里的电灯上已经完全看不见象征着电路运行的“蛛网”了。

就连妖怪也离开这里了啊，果然是个荒凉的不毛之地呢。

拾级而上，很快他就来到了二楼。走出楼梯间光线稍稍明亮了一些，但是还是不怎么清晰。谢麒宇环视了一下周围，忽然倒吸了一口冷气。

密密麻麻的蝴蝶停在墙体上，像是某种竖起翅膀的蛾类生物，越是走廊的深处就越是密集，简直像是要占领这里一样。

谢麒宇的胃里涌起一种微妙的恶心感。虽然这些翅膀单只看起来十分美丽，但是群聚在一起却让人觉得汗毛倒竖。

强烈的好奇让他一时间忘了恐惧，只是一步一步地向走廊深处走去。

夕阳透过残破的玻璃窗照射进来，为他照亮前进的路，他穿过蝴蝶密布的走廊，一直来到一扇紧闭的大门前。

这实在是一扇再普通不过的大门，陈旧、残破，刷着十几年前常见的油漆。可是在谢麒宇眼中，这实在不啻于潘多拉魔盒。

他不知道里面有什么，也许是他一直以来疑惑的答案，又也许是突如其来的死亡。

可是他无法控制住自己的心跳，如此剧烈，就好像是血脉深处涌动的、与生俱来的渴望。

他从不知道自己是好奇心如此旺盛的人类，也不知道自己原来会不顾一切地去冒险，可是他就是这么做了。

拧开把手，推开木门。

大门正对着墙上的铁窗，玻璃竟然是完好的。屋外的斜阳残照射入窗内，照亮了这间不大的房间。

房间里干净整齐，和外面的走廊形成鲜明的对比。

四周的墙体挂满了透明的标本盒，里面钉着一只只美丽的蝴蝶，像是展示一般陈列在这个房间里。而中央的桌子上却不合时宜地摆放着一只水盆。

谢麒宇一下子被蝴蝶博物馆一般庞大的蝴蝶数量震惊了。然后是这些蝴蝶……

各种各样的蝴蝶，大的、小的，色彩缤纷的，美丽的，恐怖的。它们悄无声息地被钉死在蜂巢状的标本盒中，紧贴着墙面，就好像肃穆地参加着一场葬礼。

谢麒宇不由自主地站在蝴蝶标本前，一个个地看过去，最后站在最大的一个六边形的标本箱前。

成百上千只色彩斑斓的噩梦蝴蝶被摆放成孔雀开屏的模样，盛大而华丽地沉寂在标本盒中，宛如最珍贵的艺术品。

谢麒宇伸出手去，手掌碰到玻璃，冰冷的触感传来，随之而来的还有恍惚的记忆。

“你是谁？”

“我？我是妖怪哦。”

“骗人。”

“真的，你明明已经相信了不是吗？如果是人类的话，绝对做不到我这样自由出入你的梦境，是吧。”

“你到底有什么目的？”

黑暗无光的房间里，被禁锢的少年警惕地看着来历不明的少女。女孩子看起来十五六岁的样子，穿着一身鲜红色的连衣裙。她提起裙摆，做出一个邀舞的动作：“被囚禁的可怜的王子殿下，让您勇敢的女骑士带您去看一看高塔以外的世界吧。”

有着异于常人的灰色眼眸的少年惊讶地看向被木条钉死的窗子，大批色彩斑斓的美丽蝴蝶穿过厚实的墙壁涌入他的房间，带来他从未见过的辉煌的幻象：

湛蓝的天空中飞过的海鸥，天空下无垠的大海和波涛，远方若隐若现的岛屿；高楼、绿树、花草、行人、车辆……

宽阔的大街上熙熙攘攘的人流，带来这个尘世最喧嚣、最真实的声音。

这是被关在黑屋子里的少年这一生也没有见过的景象。

“真美。”幻象结束后，他落寞地说，“可惜是假的。”

“也许有一天会变成真的也说不定。”

“但愿……”

谢麒宇猛地睁开了眼睛，他还是站在这间诡异的房间里，手贴着标本盒的玻璃，之前的梦境就像是他的错觉。

但是他知道那是真的。

这些被钉死在标本盒里的妖怪将自己的“记忆”传染给了他，让他看到了不属于他的记忆。

他怅然若失地放下手，像是端详着难得一见的艺术品一般看着标本盒里的蝴蝶。

这么近地看着它们，有种过度美丽带来的恐惧感。这些看似美好的生物其实是带给人噩梦的不祥的妖怪呢。

转过身，谢麒宇再次将注意力投注在屋子中央的水盆上。搁在桌子上的水盆平凡无奇，但是站在它前面仔细看却发现又另有玄机。

水盆里装了大半盆的水，而水面下却躺着一颗颗半透明的卵。

谢麒宇久久地凝视着水盆，一颗卵突然颤动了一下，里面模糊的阴影动弹了一下，像是幼虫努力破壳而出的挣扎。他不由看得更仔细了，蛹的顶部裂开了一道小口子，一只蝴蝶正奋力从蛹壳的束缚中挣脱。

挣脱蛹壳，浮出水面，颤抖地扇动着翅膀，水珠像是雨衣上的雨水一样被抖落。

晾干了的蝴蝶振翅而起，穿过透明的玻璃窗向外面的世界飞去。

原来这些蝴蝶是这么孵出来的啊。

谢麒宇若有所悟。可是这盆水到底是什么？总觉得不会是普通的清水。

他不由伸出手想要试试水的触感，关上的木门却被猛地踹开了。

“砰”的一声，谢麒宇被惊得缩回了手。

一个脸上有着细碎胡碴儿的高大男人面无表情地站在门外，厉声问道：“你是谁？”

谢麒宇僵了一下：“路过的。”

男人撇了撇嘴，像是嘲笑他的回答，谢麒宇挂着无辜的笑容，仿佛他真的只是个路人。

但是，他很快笑不出来了。

因为黑洞洞的枪口直接对准了他的脑门儿。

谢麒宇觉得脖子后的寒毛都竖起来了，直觉告诉他眼前这位不修边幅的大叔绝对不是在开玩笑。

“说，你是怎么来到这里的？”

“跟着蝴蝶过来的。”谢麒宇紧张地盯着枪，一边期待它别走火，一边老实地招了。

男人用不信任的眼神看着他：“人类也可以看见妖怪吗？”

“这我就不清楚了。说不定我也是个妖怪什么的。”谢麒宇睁着眼睛说瞎话。

男人冷笑了一声："人类身上那种令人厌恶的气味，我绝对不可能认不出来。"

谢麒宇不说话了，他看到顾妄了！

那家伙悠闲地靠门外的墙边，完全不知道是什么时候找到这里的，最糟糕的是他看起来完全没有帮忙的意思。

这个浑蛋。

谢麒宇在心里诅咒了他一下。

顾妄不怀好意地冲他笑了笑，终于不紧不慢地开口："这话我赞同，不过那得是在你把自己体内一半的血放干净之后。"

"谁！"男人立刻掉转枪头对准了顾妄。

顾妄站直了身体，毫无畏惧地走进了房间："真是恶趣味的收集癖啊，这种低等的妖怪能收集到的能量实在是有限，不过对你这种半妖来说大概也是极限了。"

"别过来！"

顾妄站定："我只是很好奇，是谁教你控制蝴蝶的办法；还有，你需要这些能量做什么？对你这样的半妖来说，安分守己地作为人类活下去才更好不是吗？"

"你又知道些什么？人类从不欢迎异类！"

就是现在！

谢麒宇趁着男人的注意力完全在顾妄身上的时候，飞起一脚踹在他的膝盖上，男人踉跄了一下，反手将谢麒宇推倒在地。

谢麒宇情急之中一把拉住桌子稳住身体，结果将桌子上面的水盆整个翻了过来，里面的水瞬间泼了他满脸。

眼前一片黑暗，无边无际。

4

这次的幻境比之前任何一次都要漫长，并且真实。

以至于谢麒宇险些以为这就是自己的人生。

这是一个不幸的人的一生，他的痛苦和挣扎，他珍贵而微小的幸福，以及在那之后最残酷的失去。

灰眼睛的少年就像是被囚禁在高塔中的王子，从未曾见过外面的世界。

从他记事开始。

他叫郑玄，他的父亲是一个再正常不过的人类，而他的母亲却是一个来自真理界的妖怪。延续了禁忌血脉的他从第一次睁开眼之后就失去了父亲的爱，而他的母亲也在生下他之后因为逾期不归而被稽查部强行遣送，血统不纯的他却被真理界无情地抛弃了。

不纯粹的血统对妖怪来说是一种耻辱。如果没有让所有人臣服的实力，那就只能永远挣扎在食物链的底层。

也正是基于此，他的母亲也没有要求带他走，她甚至天真地以为她的丈夫会疼爱这个孩子。

但是她错了，也许她根本就没想到，这个孩子在十六岁之前甚至没有踏出过阁楼一步。

直到一位勇敢的女骑士不经意地路过这座孤独的城堡，然后解救了被囚禁的王子。

他还记得自己从她带来的幻象里第一次真正看到这个世界的时候的心情，那是一种推开尘封大门的震撼，一瞬间他就仿佛拥有了整个世界。

心脏剧烈地跳动了起来，他像是被冬季冰雪覆盖在大地之下的种子，终于，在温暖的春光中生根发芽，重获新生。

“艾丽娅，你会永远在我身边吗？”

“唔，在你有生之年，我会陪在你身边。”

“但是我会死啊，如果我死了，你该怎么办呢？你还有那么漫长的人生，你会遇见很多很多的人，像我这样平凡无奇的人类，你会很快忘记吧。”

“不会哦，我发誓。”少女把手放在胸前，像是宣誓一般郑重地许下了承诺。

“可是，为什么？”

“这是秘密。”少女俏皮地眨了眨眼睛。

他们相爱了。

不可思议却又顺理成章。

也许是从那个寂静又喧哗的夜晚开始，那个妖怪少女趴在他的窗外笑嘻嘻地看着他，用自己的蝴蝶仆从给他带来了一个与众不同的梦境开始。

他们辗转流浪，遇见了许许多多的人类，以及许许多多的妖怪。居无定所，却处处都是家。郑玄渐渐知道原来他并不是一个人，他有许许多多的同类，人类与妖怪的后裔隐藏在人类的世界里，伪装成人类生活。他们中有的利用自己与众不同的能力走上了歪路，却也有许多人过得很好。

他渐渐释然了。

起初，是恨的。

怨恨父亲没有面对他的勇气，可是看开之后却又觉得那根本没什么，至少他还是在父亲的漠不关心中安然长大了，并且遇见了艾丽娅。

这个来自真理界的妖怪少女像是一个突如其来的奇迹，她将他带出高塔，教会他妖怪的法术，甚至在不经意间教会了他爱情。

每天都比昨天更幸福，以至于他觉得自己可以这样度过了无遗憾的一生。直到……

艾丽娅开始频频晚归，身上总是带着大大小小的伤口，郑玄一次次追问，却总是在她微笑摇头的拒绝下选择了沉默。

他想，或许这是属于艾丽娅的秘密，即使她不愿意说出来也没关系，总有一天她会告诉他。

未来的日子里，他无数次为自己天真的开脱而后悔。如果，如果他能更早一点儿……

记忆里最惨痛却铭刻得最深的画面是一个大雨天。

破旧的小巷深处，艾丽娅静静地躺在积水中，胸口的伤处源源不断地涌出鲜血，那么多那么多，就好像要将整个世界染成绯红色。

这一幕映入匆忙赶来的郑玄的眼中。

一瞬间，天崩地裂。

“艾丽娅，艾丽娅！醒过来啊，艾丽娅，你说过不会离开我的！”郑玄抱起艾丽娅的身体。

艾丽娅的脸上露出了一丝疲倦的微笑，她缓缓睁开已经毫无神采的眼睛。

“抱歉，我骗了你。”

“到底是谁，为什么……”郑玄已经哽咽得说不出话来。

“不能说，这是秘密。”艾丽娅轻轻地笑着，淡淡的死气已经蔓延到了她的脸上，她整个人都散发出生命将逝时的缥缈之色。

淅淅沥沥的大雨将她的蝴蝶一只只打落在地，那群美丽的蝴蝶在积水中挣扎着，却最后溺死在这场名为终结的大雨中。

“我曾经以为，我可以陪你很久很久，久到你死去。然后我会花很漫长很漫长的时间去忘掉你，忘掉这个结局……”艾丽娅轻声说，断断续续的话语几乎花光了她所剩无几的力气。

“够了，别再说了。”

“但是有一天，我突然想通了。那意味着，我会有很多很多时间去回忆你，即使是痛苦，那也会是甜蜜的，因为那是关于你的回忆啊。”艾丽娅的眼睛已经渐渐闭上，连声音也低了下去，“来到荒诞界的妖怪是没有家的，这是属于人类的世界。我们永远是异类。从这个城市到那个城市，从这个地方到那个地方，居无定所地流浪着，太孤独了。直到……直到……我遇见了你。”

“那真是我一生中最大的奇迹，我在一座紧闭的城堡里，遇到了和我一样孤独的王子殿下。我们一起逃出了城堡，满世界地流浪，真好啊，这样的回忆，我可以珍藏一辈子。”

艾丽娅冰冷的手覆在了郑玄同样冰冷的脸上，她的脸上挂着释然而悲伤的笑容："虽然很不甘心，但是已经是要说再见的时候了。郑玄，谢谢你。"

艾丽娅苍白的手臂无力地摔在了积水中，溅起细小的水花。

没有心跳，没有体温，也没有了呼吸。

郑玄抱着艾丽娅冰冷的尸体，像是陷入了一个荒诞而可怕的梦境。那个梦里，他最爱的艾丽娅死去了。

天下着大雨，密密麻麻的雨帘里，艾丽娅年轻而美丽的脸庞就像是初夏枝头最鲜艳娇嫩的花朵，却被一场残忍而突如其来的大雨打落在地，最后化为这个盛夏最珍贵的祭品。

郑玄觉得，自己这一生都没有如此恐惧过。

满地死去的蝴蝶的尸体，宛如一场隆重的吊唁。

滂沱的大雨声中，一个不紧不慢的脚步声逐渐靠近，最后在郑玄的面前停下。

他的模样在夜色中朦胧不清，一本金属封面的书被他捧在手中，像是神父的《圣经》一般。

他用一种奇异的腔调开口说道：

"真是感人肺腑的生离死别，稽查部的人总是这么擅长制造罗密欧与朱丽叶的悲剧，啧。半妖，你的小情人还没死呢，你愿不愿意和我做一笔交易，来救回你的爱人？"

幻境到此终结，谢麒宇猛地睁开眼睛，一下子从地上坐了起来。

原本陈旧而诡异的办公室里已经暗得快看不清陈设了，但是顾妄坐在窗台上的身影却让人无法忽略。

"郑玄呢？"

顾妄回过头瞥了他一眼："你说那个半妖？"

"当然。"

"杀了。"

"什么？"谢麒宇一惊，顾不得实力差距，一把拎住顾妄的领子，"你说什么？”

顾妄斜睨着眼，冷声说：“放手。”

“郑玄呢？”

小腹上传来一阵剧痛，谢麒宇瞬间被踢翻在地，始作俑者不紧不慢地从窗台上跳了下来，一步步走到他面前，居高临下地看着他。

“警告你，谨言慎行对你来说可是门必修课，尤其当你面对的是妖怪的时候。因为我们可是非常不友善。”

倒在地上的谢麒宇挣扎着想爬起来，一条湛蓝的火舌从顾妄的打火机里喷射出来，几乎舔着他的鼻尖而过。

“稍微反省一下吧，人类。”顾妄似笑非笑地合上打火机，转身大步离开了夜幕下的工厂。

谢麒宇倒吸一口冷气，腹部肯定是瘀青了。顾妄下手可一点儿都没留情，但是意外的是他却没有害怕的感觉。

他总觉得顾妄并没有杀他的意思，甚至连个警告都说不上。

谢麒宇扶着蝴蝶标本盒爬了起来，在月光下打量这间办公室。密密麻麻的蝴蝶标本在灰暗的环境中更显得诡异。

房间中央的水盆已经被打翻了，里面的液体也不翼而飞。他刚才所经历的幻境大概就是被存放在那些液体里的回忆吧。但是从那些回忆里孵化出来的蝴蝶，到底是什么样的东西呢？

是……承载了回忆的，爱吗？

夏夜的风从窗外灌入，吹得谢麒宇打了个哆嗦。

那个叫郑玄的家伙，不会真的被顾妄杀掉了吧？房间里虽然凌乱，有过打斗的痕迹，却没有尸体，也没有大量的血迹，或许是让郑玄跑掉了吧。

不管怎么说，今天的任务也算是完成了，剩下的只好以后再跟着那些蝴蝶来寻找线索了。

抱着这样的念头，谢麒宇扶着墙壁，捂着疼痛的小腹，一步步往办公室外面挪去。

“卡兰夫人，是我，顾妄。您女儿的事情我大概有线索了，嗯，是的，她就在荒诞界。”顾妄站在树枝上，背靠着树干打电话，另一只手托着一本册子，册子无风自翻，页面停留在了艾丽娅的那一页上。

“艾丽娅小姐用伪造姓名和签证的方式来到了荒诞界，稽查部的人已经找过她了。不过因为她执意反抗，按照真理界律法被强制遣送，其间她袭击稽查部队员，触犯了无限强制处罚，直接抹杀了。不过看来她还活着。”

电话那头的妇人愤怒地咆哮了起来：“他们怎么敢，怎么敢这么对我的女儿？”

“夫人请息怒，艾丽娅小姐前往真理界的时候使用了假名签证。我会尽快找回她，平安送回真理界的。”

好不容易安抚了暴怒的贵妇人，顾妄挂了电话，长长叹了口气。

这次来荒诞界，要忙的事情还真不少，连找女儿这种鸡毛蒜皮的事情也落到了他的头上。反倒是最重要的任务，一点儿线索也没有。

顾妄漫不经心地把玩着手机，忽然觉得人类的发明也未必都是无聊的东西，比如这个在改进技术后能接通真理界和荒诞界的手机，虽然这也是这几年的新发明了。

“人类，真是奇怪的东西。”

5

日子又平静无波地过去了一周。

谢麒宇再也没有看见过那些奇怪的蝴蝶。如果不是其他的妖怪依旧存在于他的生活中，他几乎以为前一阵子千奇百怪的经历都是自己的梦。

但是顾妄已经一周没出现了。谢麒宇急切地想知道关于郑玄的消息，他还有许多问题想要问顾妄，包括在幻境的最后，那个突然出现的神秘人。

幻境里他并没有看到他的脸，只窥见了一个高瘦的身影，但是那个人身上散发出来的诡异的气场却让他久久无法忘却。

谢麒宇甚至反复推敲了郑玄的动机，最后得出的结论是，他大概是为了艾丽娅。也许艾丽娅真的没有死，只是需要很多能量，郑玄不断辗转在不同的地方，用那些摄取人类精力的蝴蝶为艾丽娅提供恢复的能量。如果真的是这样的话，郑玄说不定早就带着艾丽娅离开这里了，毕竟顾妄怎么看都不是个好相处的家伙，和他硬杠可不是件划算的事情。

红蛙蹲在配电房旁边的花坛上听完了谢麒宇的陈述后，眨了眨大眼睛问道："那你有没有回那个工厂看看？"

"他还会在那里吗？"谢麒宇迟疑地问道。

"谁知道呢，反正你现在挺闲的，不是吗？"红蛙懒洋洋地说。

"说的也是，那等放学了我再去一趟好了。"谢麒宇打定了主意。

"去哪里？"

从背后传来的声音吓了谢麒宇一跳，他猛地回过头，却发现是童小琪。

她难得没和白铃一起，只是一个人站在他身后，面无表情地看着他。

"吓我一跳。"谢麒宇长长出了口气。

"你刚刚说要去哪里？"童小琪重复道。

"没什么……"

"说谎。"

谢麒宇噎住了，看着童小琪异常认真却又像是空洞洞的眼睛，他竟然无法说出敷衍的话来。

“我看见她了。”童小琪的眼珠微微转动了一下，视线落在一旁异常无辜的红蛙身上。

红蛙摊了摊手：“我只是个打酱油的。”

“事实上，我在追查前一阵子那些蝴蝶的事情。”谢麒宇想了想，还是决定开诚布公地告知童小琪，毕竟她也看得见妖怪，算是他的同类。

“然后呢？”

“我和顾妄找到了那些蝴蝶的老巢，有个男人控制了那些蝴蝶，虽然不太确定他的目的是什么……不过这些蝴蝶已经失踪有一阵子了，我有些在意。”谢麒宇选择性地说了一点儿，有些心不在焉地看着校门口。

一个人影一跃而上，站在围墙上像是一根笔直的标杆。谢麒宇的眉毛一挑，这是何等熟悉的恶趣味。他总觉得此刻俯视众生的那家伙心里一定充斥着诸如“愚蠢的凡人”“无趣的蝼蚁”“我就是新世界的神”之类的想法——那家伙的表情已经把他内心的妄想暴露无遗了。

童小琪皱了皱眉：“再见。”

“呃，等……”谢麒宇还来不及问问她的看法，童小琪已经像是躲瘟疫一样躲开了。

“我讨厌那家伙。”童小琪轻声说。

“……”

真是相当恶劣的关系呢。

谢麒宇叹了口气，和红蛙告别，然后向顾妄所在的地方走去。

“你怎么来了？”谢麒宇抬头看着坐在围墙上的顾妄。

顾妄冷淡地瞥了他一眼：“路过。”

“……”在围墙上路过吗？这话谢麒宇没问出口，直觉告诉他最好不要戳破这个显而易见的谎言。

“郑玄的回忆，你看到了多少？”顾妄问。

“你关心这个做什么？人不都被你杀了吗？”谢麒宇没好气地反问。

“老鼠总是很狡猾，跑得也很快。”顾妄的脸上明显露出厌烦和不耐，谢麒宇几乎是耗尽所有的忍耐才抑制自己在这时候笑出声来。

果然，郑玄还活着。谢麒宇莫名松了口气。

“艾丽娅，在哪里？”顾妄冷不防的提问让谢麒宇愣了一下。

“你怎么知道艾丽娅？”这个只存在于郑玄回忆里的妖怪，这个……生死不明的妖怪。

“我受人之托在找她。”

谢麒宇觉得自己学会了一门新的语言，以及新的逻辑。他推敲了一下顾妄的话，然后得出一段合乎正常人逻辑的剧情：顾妄在真理界那里受人之托寻找艾丽娅，艾丽娅则在荒诞界遇上了郑玄，后来因为某种原因受了重伤。郑玄和艾丽娅一起不知所终。顾妄通过种种线索找不到他们，所以来找他询问有没有从郑玄的回忆里得到什么可以参考的线索。

“所以你是来找我帮忙吗？”谢麒宇笑眯眯地问道。

“说了我只是路过而已。”

对于这种简直可以写进教科书的死不认账，谢麒宇只能笑而不语了。

“我从郑玄的回忆里看到了很多关于艾丽娅的事情，但是只到艾丽娅重伤濒死的时候为止。不过……我在他的回忆里看到一个奇怪的人。”

“真是感人肺腑的生离死别，稽查部的人总是这么擅长制造罗密欧与朱丽叶的悲剧，啧。半妖，你的小情人还没死呢，你愿不愿意和我做一笔交易，来救回你的爱人？”带着一点儿狡诈而戏谑的声音，说不上冰冷，却因为那份异乎寻常的欢快语调而显得分外诡异。

顾妄听了谢麒宇的描述，不由陷入了沉思。

“能把你的记忆拷贝给我一份吗？”顾妄突然问。

“喂喂喂，我的大脑可不是U盘啊，你想对我的脑子做什么？”谢麒宇立刻抱住头警惕地问道。

“只是语言描述我没法找到有用的信息。所以……”

“救命，我要叫警察了，就算是证人也只要录口供而已，你绝对是想把我的大脑劈开来扒拉了是吧！”谢麒宇夸张地叫了起来，带着一点儿玩笑的意味。

顾妄幽幽地看着他，最后叹了一句：“我给过你机会了。”

"等等，住住住手啊！警察快来啊，真理界的妖怪绑架人类啦！"

已经走远了的童小琪像是听到了什么，回过头看向校门口的那段围墙。

顾妄像是扛麻袋一样扛起谢麒宇，轻轻一跃翻过围墙不知所终。周围的人像是什么都没看到一样，继续着自己的事情。

童小琪的嘴角微妙地抽搐了一下，最后别过脸当作什么都没看见。

"最近的投影仪在哪里？"

"我是不会屈服于一个绑架犯的。"

"砰"，谢麒宇的脑袋中了一拳。

"教室里有，不过现在人很多，你最好找个没人的会议室什么的……"

顾妄立刻掉头，轻松地扛着谢麒宇上了学校的综合大楼。顺便说一句，他是从十三楼的窗子外翻进去的。

谢麒宇觉得自己没有恐高症真是太幸运了，但是即便如此他也不想再坐云霄飞车和海盗船了。

"然后呢？你要把我的脑袋切开塞进投影仪里吗？"谢麒宇看着天花板上的投影仪，有些疑惑又微妙的期待似的问。

顾妄打开电脑和投影仪，一把拉过谢麒宇的领子将一根类似数据线的东西塞到他手上。

"这是什么？"谢麒宇拿着那根数据线问道。

"抵在太阳穴上，开始回忆。"顾妄冷冷地下令。

谢麒宇撇撇嘴，照做了。

科学什么的，早就被这群妖怪干掉了吧。

原本空白的幕布上朦朦胧胧地出现了一些画面，却因为太过斑驳的白色光点而显得格外模糊，谢麒宇用力眨了眨眼睛，那些模糊的画面看起来有些熟悉，就好像……

"专心点儿。"顾妄随手抄起桌子上的书本敲了敲谢麒宇的头。

谢麒宇抱着头努力回想，幕布上的光点开始显著减少。终于，他记忆里的画面开始逐渐浮现：

早上睁开眼睛起床，慢吞吞地穿上衣服跑去洗脸刷牙，然后匆匆忙忙地吃过早餐和母亲告别，蹬着自行车赶到学校……

“我对你的日常生活没兴趣，我要的是郑玄的回忆！”顾妄不耐烦地反复打开合上打火机，一副忍耐到了极限的样子。

“啊哈，先让我熟悉下运作流程嘛。”谢麒宇打着哈哈，看着幕布上的记忆，“原来从这个视角看自己的记忆这么有趣，简直像是第一视角的电影。唔，我妈最近果然是胖了一点儿吧，就算丈夫长期出国也不该这么自暴自弃啊，比起那个不负责任的男人我还指望她来个第二春什么的……”

“……”

一条湛蓝色的火舌从他的鼻尖飞过，烧焦了几根碎发，蛋白质特有的焦煳味道传来，谢麒宇忍不住打了个喷嚏。

“好了好了，我知道了。”无奈地把数据线抵在太阳穴上，“啊，对了，我还有最后一个问题，这玩意儿的原理到底是什么？”

“啾啾。”细小的声音从数据线里传了出来，谢麒宇仔细端详了起来。一根腕足从数据线的出口处钻了出来，然后又是一根腕足……

谢麒宇的脸色一下子变得相当诡异：“腕足系！”

“坦塔克之触。能将脑细胞里流动的记忆提取出来具象化，直接食用可以让食用者获得相关记忆，但是因为外形不讨人喜欢，即使是妖怪也更倾向于用更健康文明的方式获得记忆，比如投影仪。军部和刑部的人很喜欢它，不过真理界刑诉法第十三次修改的时候已经正式废除坦塔克之触作为直接定案的证据了，因为即便是记忆也是可以伪造的。”顾妄像是背课本一样一口气说了一串，听得谢麒宇一愣一愣的。

“你的记性真不错。”谢麒宇真诚地夸赞道。

“到荒诞界的签证不是那么好拿的，这是签证考试的题目，只要背过了就很容易答出来。”顾妄像是回忆起了什么糟糕的东西。

“就像人类出国前的各种考试一样吗？”谢麒宇心情微妙了起来。原来即使是妖怪也有考试吗？想象一下奇形怪状的妖怪们坐在考场抓耳挠腮地做考题，真是有种世界观被突然颠覆的感觉呢。

“比起理论考试，实践考试才是真正的变态，我参加考试那年的实践考题是用电脑即时聊天工具和一位中年人类女性讨论星座服装和化妆品的问题。”

谢麒宇脑中的画面已经变成了一群腕足怪在打字，以及蹲在电脑前抓耳挠腮的顾妄。

“所以……你第一年，挂了吗？”

“……”

顾妄那一脸“你知道得太多了”的表情已经把真相暴露了。

谢麒宇拍了拍他的肩膀同情地说：“没关系，来年再战。”

“谁说我没过！我只是刚好擦及格线而已！”

谢麒宇忍俊不禁：“分不在高，能过就好。多了也不能卖钱啊。”

“真是金钱价值本位的庸俗人类。”顾妄轻哼了一声。

“踹自动贩售机打劫饮料的犯罪分子没资格吐槽我。”

“……”

“还有，你到我们学校的入学考试其实也是用坦塔克之触袭击了全年级的老师吧！”

“闭嘴！我只是让年级第一的家伙给我做了顿‘烤鱿鱼’而已！”

“喂喂，你刚刚才吐槽过它的外形让人没法下嘴啊！为了分数你的节操掉了吧！”

“……”

最后谢麒宇折腾了整整两个小时才把郑玄的记忆全部读取出来，顾妄利索地把那段记忆拷贝到了一个U盘里，准备到时候再仔细研究。

从他的操作上谢麒宇肯定了，这家伙的人类学学得确实不错，不愧是通过了变态签证考试的妖怪。

“有了线索记得通知我一声，算是我把记忆拷贝给你的条件。我要回家了，现在都七点钟了。”谢麒宇推开会议室的门，回头对顾妄说。

敞开的窗外涌入一阵凉爽的夜风。

喂，说好了有门不走窗啊！

6

之后的几天顾妄又失踪了。谢麒宇已经不想计算这家伙再旷课多久就会被开除了，身为班长的白铃还稍稍有些担心这位来自“英国”的转学生，几次跟谢麒宇打听顾妄的事情，生怕他人生地不熟地就遭遇了不幸事故。

谢麒宇回想起自己被当麻袋扛着飞上十三楼的经历，深信正常人类是无法与之战斗的，遂劝白铃安心。不管她放不放心，反正他很放心。

第三天晚上，台风临近，虽然不是很大的台风更不至于停课，但还是令人觉得没有学习的劲头。就在这个台风的晚上，洗漱完毕爬到床上拿PSP（能玩游戏的多功能掌机）打恐怖游戏的谢麒宇遭遇了十八年来最惊悚的“事故”。

他卧室的窗户被“砰砰”地粗暴敲响了。

谢麒宇花了十秒钟让自己确信他家在五楼，以及这不是PSP里的游戏音效，更不是台风造成的声响。

救、救命，不科学的事情发生了！现在正在敲他窗户的到底是贞子还是伽椰子？不管哪个都很可怕好不好！

一个脑袋倒吊着垂了下来。

“开门！”顾妄不耐烦地继续敲窗子。

“签证考试没有告诉你人类不欢迎半夜从窗子进来的客人吗？拜托，你现在已经是在人类世界了，请用文明正常的方式来拜访朋友啊，刚才我吓得差点儿直接砸了PSP！”谢麒宇一边抱怨一边下来给他开窗。

顾妄轻松地从窗外翻了进来，一边讥笑道：“人类的胆小？”

“呸，说吧，大晚上找我什么事？艾丽娅的所在地有线索了？”谢麒宇盘着腿坐在床上问道。

“不是你让我有线索通知你一声吗？”顾妄不耐烦地问道，“你到底来不来？”

“既然你诚心诚意地邀请我了……”谢麒宇摸了摸下巴，故意拉长了腔调慢吞吞地说，“那我还是不去了。”

“……”顾妟的脸色一下子变得十分精彩。

谢麒宇一掀被子躺下：“明天还要早起去做卫生值日，今晚风这么大明天肯定满地落叶，我才没心情大半夜去围观什么人妖之恋。走的时候记得关窗，晚安，不送。”

被子一下子被顾妟掀开，谢麒宇也被他拎了起来：“少废话，你不去也得去！”

“喂喂喂，这没道理啊，你们妖怪的事情关我这个人类什么事？”谢麒宇不满地嘟哝。

顾妟忽然低下头意味深长地看着他：“你以为你真的是人类吗？”

谢麒宇的心脏猛地抽搐了一下：“什么意思？”

“字面上的意思。”顾妟勾了勾嘴角，“走吧，再不去天亮前你就别想赶回来了。”

两个人的目的地，是艾丽娅和郑玄初遇的地方。

“开什么玩笑，我们的目的地是横跨一个省的T市啊！我们要怎么过去，波音747吗，UFO吗？今天有台风，飞机都停航了吧？”得知目的地的谢麒宇瞪大了眼睛。

顾妟打了个哈欠，漫不经心地说：“狭隘的人类。”

“那就请你这位不狭隘的妖怪来指教我一下了，你们妖怪到底是靠什么远距离旅行的？”

“办法很多，比如庞普平马车，比如云龙，比如星之路。今晚会有一条云龙从整个城市路过，前往T市，我们可以搭个便车。”顾妟抬头看着云端，遥远的南方有浓浓的云气向这里涌来。

谢麒宇好奇地抬头看去，远方一条巨大的龙影在云中若隐若现，伴着闪电和降雨，正以劈天盖地之势向这里涌来。

“这到底……是什么呀！”谢麒宇被震得一愣一愣的。

虽然自从看得见妖怪之后他就见过各种各样不寻常的生物，但是它们大多是无害的寄居在电器里的小妖怪，就算是他曾经认识的妖怪飞鸟也不过是吸取阳光和蒸腾的水汽，随风漫游世界，带来降雨的妖怪。

如此巨大而令人震撼的妖怪，他还是第一次见到。

“云龙诞生于大海，也就是你们人类常说的台风。这是一种非常神奇的妖怪，每年夏季陆续会有云龙穿越界门从真理界来到荒诞界，在浩瀚的大海上自由地吸收太阳的热量，最终形成一条势不可当的巨龙。真是非常强大而美丽的妖怪。走吧，它来了。”

顾妄一把拽住谢麒宇的胳膊，向着云中那条巨大的白龙飞去。

夜幕中电闪雷鸣风雨交加，而云龙宽阔的脊背上却是澄澈的夜空。

无数星星就在谢麒宇的头顶，那么干净，那么清晰。谢麒宇不觉呆呆地看了很久，直到他意识到自己正在云层之上。

“真是奇妙的感觉。”谢麒宇看着脚下的白色云雾，而顾妄盘着腿坐在一旁，像是毫不在意的样子。

“总觉得脚没有踩到实地的感觉令人不安。我不会就这么掉下去吧？”谢麒宇担心地问道。

“放心，云龙不会抗拒有妖怪坐在它的脊背上。要是你的眼神够好，应该还能看见几千米外还有好几群搭便车的妖怪们。”

“可我……”是人类啊。

谢麒宇深深叹了口气。

“原来我不是人类吗？难道是因为我爸爸的关系？”谢麒宇困惑地问。

“谁知道呢。”顾妄翻了个身，没有为他解惑的意思。

“我们什么时候才能到T市？”谢麒宇转换了话题。

“几个小时吧，这要看云龙的心情了。”

耳边传来轰鸣的雷声，脚下的云层还会因为闪电而闪现蒙蒙亮光，还有若隐若现的大雨的声音。他脚下的这片土地正在经历狂风暴雨，而他正在行云布雨的云龙的背上出行。真是奇妙无比的体验。

三个小时后，在风雨声中入眠的谢麒宇被顾妄推醒了。

“到了，我们要下去了。”

谢麒宇揉了揉眼睛，头顶还是一片星空，丝毫没有天亮的征兆，于是迷迷糊糊地说：“还早呢，妈妈，我再睡一会儿。”

“……”

下一秒钟他就被顾妄一脚踩在肚子上了：“再不起来踢你下去！”

谢麒宇一下子就醒了。

“我们到了？”

“嗯。”顾妄玩着手上的打火机应了一声。

“我们要怎么下去？降落伞吗？滑翔翼吗？还是像上来时那样飞下去？”谢麒宇好奇地问。

顾妄勾了勾嘴角：“那就降落伞吧。”

“啊？”

只见顾妄手上的打火机里喷出一条飞舞的蓝色火焰，迅速向远处飞去，没几秒钟就带着一个圆滚滚的不明生物回来了。

“这是……什么？”谢麒宇看着顾妄手上那个圆滚滚的不明生物问道。

不明生物是粉红色的，整个圆球一样的身体上只有一对水汪汪的大眼睛，还有一个圆肚脐，它害怕地看着顾妄，似乎想逃走，却又不敢逃走。

“野生的小妖怪而已，戳它的肚脐。”顾妄抱着手臂下令。

谢麒宇照办不误，圆球一下子膨胀了起来，瞬间将两个人吞进了身体。

“这是什么？”

“出发，目的地是正下方。”

圆球发出“啾”的一声，然后穿过云层，像是一个透明的升降梯一样向下方飘去。谢麒宇惊叹地趴在球形生物的体内，看着脚下黑漆漆的大地在风雨中逐渐清晰，深夜的大地上只有路灯飘摇的微光，越来越近，越来越近。远方马路上的路灯像是一条蜿蜒的光路，通往未知的黑暗世界。

“从这个角度看世界，真是令人着迷。”谢麒宇不由感叹。

“不过如此而已。人类的世界即便美丽，却也只是轻浮脆弱的美丽。蔓延全城的电蛛只要罢工一个小时，科技文明的美丽就会崩溃。”

“在你的眼里，人类的城市是什么样子？”谢麒宇问。

“就像是，一朵坠落在蛛网中的花。美丽而又脆弱。”

圆球慢慢落到了地上，“啾”的一声变回了原本小巧玲珑的样子。

“乖孩子，你可以回去了。”顾妄弹了弹手指，将小妖怪弹飞了出去，小妖怪回头恋恋不舍地看了两个人一眼，又飞快地回到云龙身边去了。

“真是可爱的小妖怪。”谢麒宇不由说。

“弱小的东西必然会令人觉得可怜可爱，否则它们就连生存的机会都没有了。”顾妄看着小妖怪远去的方向，将手插进裤袋里，“走吧，他们就在这里。”

雨势渐大，谢麒宇撑着伞艰难地跟了上去，顾妄坦然走在雨中，雨水像是被什么看不见的屏障所遮蔽，竟然无一落在他的身上。

两个人走在小巷中，古旧的小巷透出一种岁月流逝的气息，老旧的电线杆矗立在这里，像是一个又一个坐标。

“这就是郑玄的家吗？”谢麒宇抬头看着一栋三层楼的民居喃喃道。

“从郑玄记忆里的画面的比对来看，确实是的。”顾妄淡淡道。

“你是怎么找到这里的？”谢麒宇感兴趣地问。

“有个擅长资料收集和整理的朋友，稍微拜托了他一下。从郑玄的记忆里整理出他生活环境的一些特点，再根据这些排除不可能地区，最后得出的结论就是这里。”

“虽然不明白到底是怎么回事，但是好像很厉害的样子。”谢麒宇心情复杂地吐槽，又问，“不过你朋友也是妖怪吗？妖怪也有情报专家吗？”

“嗯，是电脑。”

“……”谢麒宇的脑中立刻浮现出了诸多科幻小说的设定，穿梭于网络次元的妖怪，庞大信息量的汇总者，真是无法直视的家伙呢。

顾妄古怪地瞥了他一眼：“别想太多，人类的Google Earth（谷歌地球）系统就足够解决问题了。”

谢麒宇脑中的妄想瞬间被杀死了。

雨越来越大，谢麒宇的下半身已经湿透了。他努力撑伞，但是挡不住斜向的雨水。

“走吧。”顾妄推开院墙的矮门，大步走入这栋陈旧的房屋。

屋子的小院中长满了杂草，足有半人多高，处处透露出荒芜的气息。谢麒宇甚至觉得这里早就应该没人住了。

顾妄已经打开了门，毫不迟疑地走入黑暗中。

“喂，好歹小心点儿，万一郑玄不知从哪里冒出来拿一把AK47准备爆你的头……”

“他不在。”

“你怎么知道？”

顾妄回头瞥了他一眼：“对你来说，鼻子那玩意儿只是个摆设，但是对我却不然。”

谢麒宇故作了然地看着他：“所以长了个狗鼻子是件很值得炫耀的事情吗？”

“……”顾妄忽然觉得，和谢麒宇这个人较真是件非常无聊并且自取其辱的事情。

谢麒宇摸着楼梯的扶手往上走，这间屋子给他一种厌恶的熟悉感，或许是脑中郑玄的回忆留给他的印象，他对这间屋子充满了消极的情感。二楼也是一片黑暗，顾妄坦然走在老旧的木板上，顺利找到了通往阁楼的爬梯。

“感觉真糟糕呢，哎，你有没有看过人类的鬼片，比如《咒怨》什么的，伽椰子阿姨会从那间阁楼里幽幽地探出一个血淋淋的脑袋直勾勾地盯着你哦。”谢麒宇充满了恶意地说。

“闭嘴！”

谢麒宇摸了摸鸡皮疙瘩频频起立的手臂：“不过说真的，这间屋子给我很糟糕的感觉呢。窗外还有奇怪的风声，加上黑漆漆的环境，脚下都有一股寒气，怎么看都是鬼片的设定啊。”

“你感到不舒服是正常的，就算是人类身上也有微弱的灵能量，这间屋子正在吸收这种能量。我的感觉可比你糟糕多了。”顾妄没好气地说，伸手抓住爬梯麻利地上了阁楼。

谢麒宇站在爬梯下苦着脸：“喂喂，越来越吓人了啊。”

阁楼里弥漫着一股陈腐的味道，就像是突然打开仓库里的旧橱子的时候里面冲出的气味，就似白蚁蚕食木头后散发出来的纤维死亡的气息。

“这是……什么呀！”谢麒宇被眼前的景象震得许久回不过神。

低矮的阁楼只够一个成年人站立，但是在阁楼的正中央，一只一人大的蝶茧就像是一团白色的绒球，无声无息地躺在地板上。

一个巨大的红色图腾将蝶茧包围了起来，仿佛是魔法阵一般。噩梦蝴蝶盘旋在蝶茧周围，扇动着美丽的翅膀，就像是在守护着什么。

微弱的红色光芒从那里散发出来，带着一种隐隐的不祥。

“没想到会在荒诞界看到……真是……令人讨厌的东西。”顾妄低声说着，忽然抬头看向窗口，“哟，正主来了。”

玻璃窗应声而裂，郑玄像是一只夜枭一样出现在这间阁楼中，面无表情地看着两个人。

“没想到你们会找到这里。”郑玄手上的枪直指顾妄。

顾妄把玩着打火机漫不经心地笑了：“让我猜猜看这一切是怎么发生的。有个来路不明的家伙教会了你这种危险的术法，并且告诉你用这个办法可以救活你的小情人。而你就像个傻瓜一样照单全信了，我说得对不对？”

郑玄的脸扭曲了一瞬：“这和你没有关系。”

“如果没有关系，我现在就懒得管这种闲事了。你应该也发现了，这种办法根本没有办法唤醒艾丽娅，即使她身上的伤早就痊愈，但是她却无法醒来。”

“……”

“因为这个术法缺少一个最重要的媒介，你永远无法得到的媒介。”顾妄顿了顿，突然不怀好意地笑了起来，“郑玄，你愿不愿意以永远离开她为代价，让她重返人间？”

谢麒宇瞥了一眼魔法阵中的那只蝶茧，心脏突然一阵下沉。

这个抉择对于郑玄来说，太艰难了。

“我愿意。”

出乎他意料的是，郑玄回答得远比他想的要迅速。

“不再考虑一下吗？”顾妄说。

“不需要了。”郑玄疲倦地闭上了眼睛，“只要她能醒来，什么样的代价我都可以承受。哪怕……哪怕要我离开她。比起她生死未卜地躺在那里，我只想看到一个活生生的艾丽娅。十年……真是太漫长了，漫长到我竟然可以轻易接受永远离开她的代价。”

郑玄走到蝶茧旁，缓缓蹲了下来。他的手抚摸着蝶茧，眼神温柔得点亮了这片不祥的黑暗。

“啧，真是令人讨厌的干脆。”顾妄撇了撇嘴，手中的打火机发出“啪”的一声轻响。

空间像是被一双看不见的手撕扯开来，一条诡异的缝隙在这片黑暗中诞生。大量银白色的蝴蝶从缝隙中涌出，直扑界门外的三个人。

阁楼里的噩梦蝴蝶像是感受到了入侵者，纷纷飞舞着还击，一时间整片阁楼里迸发出绚丽的色彩。谢麒宇记得顾妄说过，这些银白色的低等妖物会一拥而上，像是鬣狗一样吸走人类身上的灵能量。

缝隙内的世界不再是他曾经见过的，赤红色的阴霾天空和苍茫的大地，而是一座华美的宫殿。一位盛装的贵妇人在一群戴着面具的侍从的簇拥下穿过界门，来到这间狭小而阴暗的阁楼。

郑玄优雅地俯身行了一个礼：“卡兰夫人，幸而不辱使命。”

傲慢的贵妇人矜持地点了点头，手中的羽扇挡住了她妆容精致的面庞。

“我的女儿艾丽娅，竟然流落到如此破旧的地方了吗？”贵妇人拎着巨大的裙摆缓步上前，然后伸手抚摸着蝶茧，眼中流露出浓浓的不忍和怜惜。

“终于可以回家了，艾丽娅。”卡兰夫人喃喃地说。

“夫人，我……”

郑玄的话被匆忙打断，卡兰夫人那双和艾丽娅相似的眼睛里流露出浓浓的厌恶：“半妖，真是不洁的血统。我的艾丽娅总是那么天真，天真到……”

“夫人！我敬重您是因为您是艾丽娅的母亲，但是即便是父母也无权干涉艾丽娅的私事。”郑玄抬起头，眼中流露出独狼一般桀骜又冷峻的光芒。

卡兰夫人嗤笑了一声：“我当然不会干涉艾丽娅的私事，但是一旦她醒来，她一定会乖乖跟我回家。艾丽娅是个好孩子，她从来不曾忤逆我。我会带她离开这个肮脏的世界，她将永永远远生活在属于她的真理界，这才是她该有的人生。”她说着，缓缓伸出手，空气中流泻出一道微光，卡兰夫人保养得当的手腕上瞬间划出一道伤口，鲜血从她的手腕间流出，浸染了阁楼中央沉睡的巨茧。

“看吧，你救不了她，只有至亲的血才可以将她从昏睡中唤醒。那么就让艾丽娅来决定吧，是我，还是你。”

蝶茧发生了异变，茧中仿佛点燃了一支蜡烛，由内而外的光芒让这个空间逐渐明亮了起来，依稀看得出里面的人影。

逐渐，光芒越发明亮，连同周围的噩梦蝴蝶也散发出明亮的光芒。

“咔吧”一声脆响，蝶茧的顶部裂开了一条缝隙，越来越大，越来越深，最后竟像是溶解了一般，巨茧逐渐剥开，露出沉睡在茧中的少女恬静美好的面容。

“艾丽娅，我的艾丽娅。”贵妇人抱着少女失声痛哭。

少女纤长的睫毛微微动弹了一下，然后她睁开了双眼。

“母……母亲大人？”艾丽娅茫然地看着激动的卡兰夫人，“这到底是怎么回事？这里是哪里？为什么我会在这里？”

郑玄激动不已的脸上瞬间浮现出可怕的苍白，他诧异地看着艾丽娅：“艾丽娅你……”

“你……是谁？”

一切都结束了。

郑玄脸上浮现出死灰般的神情。脑中不断盘旋着关于艾丽娅的记忆，她微笑的样子，她哭泣的样子，她任性的样子，以及那年她突然出现在他的囚笼里，向茫然无助的他伸出手：

“被囚禁的可怜的王子殿下，让您勇敢的女骑士带您去看一看高塔以外的世界吧。”

他曾经历过这样一场不可思议的爱情，然后，猝然失去。

7

来的时候，谢麒宇满怀期待，但是离去之时却只剩下满满的惆怅。

“艾丽娅真的回去了吗？”回程路上他第三次问顾妄。

“你都亲眼看到他们穿过界门回真理界了，还想怎么样？”顾妄不耐烦地嘟哝了一句，闭上眼继续睡。

此刻他们正在回去的长途巴士上，谢麒宇抗议了一下这种人类的交通方式，但是最后还是无奈地妥协了，因为他被告知云龙是单向的旅行方式，而星之路只在晚上开启，庞普平马车更是难得一见的妖怪。所以他选择一边咳嗽一边给班主任打电话请假半天，然后为如何向一觉醒来发现自家儿子失踪的母亲交代而苦恼不已。

最后他还是硬着头皮来了一个“善意的谎言”。

顾妄打了个哈欠，懒洋洋地说：“人类真是狡猾又伪善的生物，非常不诚实。”

谢麒宇脸上一烫：“不要用妖怪的逻辑来思考人类，不然你要我怎么跟妈妈解释我大半夜被台风刮到了邻省还目睹一场妖怪版的罗密欧与朱丽叶的悲剧？考虑一下中年妇女的心理承受能力啊！我知道你们妖怪不会说谎，但是人类是不一样的。”

顾妄抬头看着车顶，忽然露出一丝诡异的笑容：“倒也不是。妖怪，其实也是狡猾的家伙啊。”

“……”

车内有些嘈杂，但是这种模糊的喧闹声却越发让人瞌睡。

谢麒宇也闭上了眼睛。

迷蒙中他似乎做了一个关于蝴蝶的梦。

那是一个曾经美好过的故事。

“骗人吧！这不科学！民政局的人都死了吗？你们哪儿来的身份证。不，这不是重点，重点是你怎么穿过界门的？等等，这也不是重点，你不是失忆了吗？”

谢麒宇一脸震惊地看着向他展示结婚证的新人。

没错，此刻坐在他对面的两个人正是艾丽娅和郑玄。而一旁臭着一张脸，一脸“谁惹他就死”的表情的家伙就是顾妄。

今天放学的时候顾妄突然出现，一把将骑车回家的谢麒宇拎到了这个餐厅包厢。谢麒宇大喊二次绑架，但是警察到最后也没有将他从妖怪的魔爪里拯救出来。

然后他就见到了半个月前还在生离死别的倒霉情侣。

艾丽娅笑嘻嘻地摩挲着无名指上的婚戒：“我装的。”

“什么？”

“失忆是我装的。”艾丽娅狡黠地眨了眨眼睛，“当然是为了骗过妈妈，不然我一定会被强行带回家严加看管，这样就没机会偷跑了啊。我可是个狡猾的坏孩子，翘家是必需的。”

郑玄在一旁露出宠溺而无奈的笑容，完全是幸福中的笨蛋新郎的标准模板。

“其实我一直都能听到外面的声音，阿玄对我说的话，每一句都记得。”艾丽娅一边轻声说，一边看向郑玄，“谢谢你……没有放弃我。”

“嗯。”郑玄用力握住了她的手。

“私奔什么的，你妈妈会伤心的。”谢麒宇本能地嘀咕了一句。

“私奔才是情侣的浪漫嘛。”艾丽娅嬉笑着说，“而且我可是为了拐跑王子殿下而努力了十年呢。真是个糟糕的女骑士啊。”

顾妄轻哼了一声：“又一对，真是够了。”

谢麒宇忍不住笑出了声。他毫不怀疑顾妄已经快要加入以打击情侣为己任的“情侣去死去死团”了。

艾丽娅完全不在意顾妄的话，摆了摆手说：“我们接下来要去全球旅行度蜜月，有机会的话再联系吧。”

“等等，我有个问题还没问你，你到荒诞界的签证早已到期，但是你却逃过了‘誓约’的反噬幸存了下来，你是怎么做到的？你明明违背了真理界的法则，违背了三大铁律。”顾妄拦住了艾丽娅。

艾丽娅深深地看了他一眼，食指在唇边做了个噤声的手势：“这是一个不能说的秘密，一旦说出来我就会死去。”

顾妄眯起了眼：“因为签订了保密的契约吗？”

艾丽娅眨眨眼：“你心里明白就好。我知道你来荒诞界是为了什么，但是很遗憾，我恐怕帮不上忙，但是不涉及契约的问题我还是可以回答的，有需要的时候再来找我吧。”

说着两个人携手准备离开。

“等一下啊，我以为你们是来请我们吃饭的！”谢麒宇愤怒地拍着空空的餐桌咆哮，“现在你们竟然打算让客人饿着肚子离开餐厅吗？”

艾丽娅俏皮地眨了眨眼睛：“真抱歉啊，贫穷的女骑士要和贫穷的王子殿下一起私奔了，就这样，再见！”

“喂喂喂！”谢麒宇绝望地看着这对情侣扬长而去，肚子发出了重重的哀鸣声。

“顾妄，你说他们两个到底是叫我们来做什么的？”他愤愤地问。

“显而易见，只是来炫耀一下。所以说我讨厌情侣。”顾妄翻了个白眼，按了服务铃叫来了服务员，“一份剁椒鱼头，大份的牛蛙煲，时蔬来一份……”

“我也要点菜，菜单给我！”谢麒宇立刻和他争抢了起来。

透过包厢的窗户，谢麒宇看到了手牵手离开的艾丽娅和郑玄。

人来人往的大街上，两个人形影不离的身影就像是朔夜漆黑大海上的灯塔，让人哪怕一瞬间也无法移开视线。

真是耀眼的爱情。

Di-san Zhang Qiyue Tong Zhong Shijie

第三张契约　瞳中世界

透过你的温柔，我看到了一个与众不同的世界。那是无法用语言描述的美丽。

1

童小琪眼里的世界，是与众不同的。

不仅仅是无处不在的妖怪，还有……人类。

周日的天气灿烂过头了，童小琪撑着伞站在马路边上等待绿灯。街上熙熙攘攘的人群让她枯燥的等待变得不那么无聊了。

她在观察人类。这是一项非常有趣的业余活动，她总是努力试图从来来往往的人身上判断他们的年龄、职业，有什么样的过去，或者正在经历什么样的事情，以及他们是什么样的人。因为她的眼睛，这种原本无聊又毫无意义的恶趣味变得异乎寻常地有趣。她乐此不疲。

一个大腹便便的中年男子夹着文件包从私家车里出来，一条肥硕的蛇缠在他的脖子上，吐出猩红的蛇芯子。男人转动了一下僵硬的脖子，向饭店走去。事业有成的中年男人，但是，相当贪婪。那条蛇已经肥硕到了几乎完全把他的脖子占领了。恐怕就连他本人也感觉到颈部的不适了。

一个年轻漂亮的女人一边从一家装修高档的服装店里走出，一边娇笑着打着电话。然而她裸露的背上却有一只狰狞的毛蜘蛛，缓缓地吐着黏稠的丝。空气中飞过一只蝴蝶，迅速被蜘蛛的丝捕获，然后被一口口吞吃入腹。

相当擅长玩弄人心的女人，聪明，漂亮，会算计并且野心勃勃。稍微……让人觉得有点儿害怕呢。

一群刚放学的孩子在人行道上蹦蹦跳跳地你追我打，童小琪原本懒洋洋的表情一下子绷住了。她在一个孩子的身上看到了死兆。

那是一个梳着羊角辫的小女孩，她的身后缓缓游弋着一条色彩斑斓的热带鱼，而此刻这条热带鱼已经肚皮翻白，眼看就要死去了。

小女孩手上的橡皮球掉了出去，一跳一跳地向马路中央滚去，小女孩下意识地叫了一声，迈动着短小的两腿向橡皮球追去。

童小琪的眼睛瞪大了，她身后的那条热带鱼已经开始虚化……她顾不上细想，快步冲上去一把拉住小女孩，勉强避过了一辆横冲直撞的卡车。

马路边顿时一阵尖叫，小女孩吓得脸色惨白，蓦地大哭起来。童小琪只好将她拉回她的小朋友身边，小声安慰着她。

再看她身后那条飘浮在半空中的热带鱼，已经从先前半死不活的样子恢复了过来，此刻正甩着彩虹一般的尾巴吐着泡泡。

没事了。童小琪松了口气，摸了摸小女孩的头："下次要小心啊。"

小女孩哭花了脸，哽咽着使劲儿点头。

童小琪难得露出了一丝微笑，抚摸着自己的右眼，站起身准备离开。

她喜欢这只与众不同的眼睛，因为它向她展示了一个不平凡的世界。

高一的时候童小琪的近视度数已经很深了，虽然年龄还不够，但是父亲还是托人给她做了激光手术。

手术后恢复完毕，她终于可以睁开眼睛好好看这个世界了。

但是刚睁开眼，应激性的泪水就涌了出来，透过雾蒙蒙的眼睛，她看见了——一只两米高的棕熊站在她父亲的身后。

童小琪当即尖叫了起来。全家人都围到了她面前，每个人身后都跟着一只动物，童小琪看着满屋子千奇百怪的动物，终于崩溃地晕了过去。

睡梦中有个温和的声音向她道歉，右眼传来轻微的灼烧感，她在昏迷中捂着眼睛低低地呻吟着。醒来后她却平静了下来。睡梦中那个声音告诉她，他此刻就住在她的右眼中，他是一只妖怪。

意外的是童小琪竟然没觉得害怕，或许是因为这个妖怪的声音太温柔了，让她完全没法防备他。那个声音的主人，叫卓凌。

卓凌来自被妖怪主宰的真理界，为了做人类调查而来到荒诞界，先前不幸被妖怪暗算而陷入了沉睡，最后通过激光手术将童小琪的右眼当作巢穴附着在那里休养生息。他为自己"不告而居"的行为道了歉，并且告知因为他的原因，童小琪的右眼才会产生看到动物的幻觉。

严格说来那并不是幻觉，她会看到有动物跟在人类身后，或许是因为那种动物正是那个人性格的写照。卓凌说，她看见的动物，是人类灵魂的映射。他还道歉说，或许童小琪会因为他而陷入危险之中。

并不知道这只眼睛会给他带来什么的童小琪很轻易地就接受了这个"礼

物”。童小琪想，她大概早就厌烦了平淡无奇的生活。

婚姻危机貌合神离的父母，优秀能干却对她冷漠以待的姐姐，她只是家里最没有存在感的一个小透明。她不喜欢说话，有心事也只会写进日记，但是她一直很乖很听话，即使压抑着自己也从不反抗。

直到卓凌的出现。他教会她在厌烦的时候不再压抑自己，比如做完作业逃了晚自习，比如周末一个人无所事事地坐在靠近马路的下午茶店里观察人类，又比如试着去交个朋友。然后她的人生里有了白铃。

白铃的“背后灵”相当有趣，那是一只骄傲的小白猫，当白铃高兴的时候它就会扬着尾巴趾高气扬地踩在白铃的肩膀上，但是每当白铃情绪低落时，它就会耷拉着耳朵垂着尾巴蔫蔫地趴在白铃的头顶。

白铃当然不知道它的存在，因为它就是白铃灵魂的写照。

至于谢麒宇……童小琪觉得他是个非常奇怪的人。他的“背后灵”是一只呆呆的河马，闭着眼睛打着酣，总是一副睡不饱的样子。

但是某天起，那只河马睁开了眼睛。

那是一双……猩红骇人的眼睛。童小琪本能地感到害怕，她敏锐地觉察到谢麒宇身上发生了什么她所不知道的事情，可是她却不能去问他。

卓凌告诉她，谢麒宇身上有不属于人类的气息，那是妖怪的气味。

“这么说他是妖怪？”童小琪闷闷不乐地问卓凌。她讨厌妖怪，这群贪婪的生物总是企图抢走她的眼睛，如果不是卓凌，她恐怕早就遭遇不测了。

“那倒不是，他……他的先辈是妖怪，他只是连半妖都算不上的人类而已。不用怕，他对你没有恶意。”卓凌温柔地说。

童小琪这才稍稍放下了高悬着的心。想起谢麒宇和白铃说说笑笑的样子，她突然有种怅然若失的感觉，她唯一的朋友却并不只有她一个朋友。

她觉得自己有点儿讨厌谢麒宇了。

抬头看着湛蓝的天空，巨大的飞鸟像白云一样从蓝色的天幕间缓缓飞过，在寻常人眼中那只是一片白云，可是……

童小琪摩挲着自己的右眼，缓缓微笑。

能看到与众不同的世界，真是……太好了。

—✦ 2 ✦—

自从十八岁生日那天以后，谢麒宇的生活就一团糟。他突然看得见妖怪了：住在冰箱里的兔子、在电磁炉上跳舞的粉帽子精灵、给人带来噩梦的蝴蝶……它们和人类和谐地共存在这个世界里。

他结识了不少有趣的妖怪，比如住在配电房的变压器里的红蛙和那里的前任住客点翎，来自妖怪世界爱上半妖人类的艾丽娅……

还有一个叫顾妄的，来自妖怪居住的真理界的妖怪。

每天的生活都因为这些妖怪而充满了“惊喜”。比如今天，他在闹钟喋喋不休的“威胁”下成功打败了90%的同龄学生，在一个较早的时间点起床。

试想一下，那个敲着铜锣的妖怪坐在闹钟上唱着可怕的歌谣唤醒你：“起床了哦，人类，不然我就会偷偷吃掉你的寿命。多睡一分钟就吃掉你一分钟的寿命，你一定不知道为什么时间过得这么快，因为被我吃掉的时间是不会归还给你的。”

多么可怕的闹铃！

谢麒宇一边揉着眼睛穿衣服，一边和闹钟妖怪聊天。

“为什么我不起来就会吃掉我的寿命？”

闹钟妖怪歪了歪头：“你定下闹铃的时候就等于和我签下了契约，你违约我当然可以收取你的违约金，也就是时间。”

“原来如此，可你要时间有什么用？”

“这可是修行的一部分，人类的时间对我们来说也是能量。我也有同伴做着买卖时间的交易，用金钱从不珍惜时间的年轻人那里廉价收购时间，然后贩售给需要时间的富人，总能大赚一笔。”

谢麒宇听得一愣一愣的。妖怪的世界果然和人类截然不同啊。他追着问了好多关于妖怪的问题，闹钟妖怪显然比住在他家冰箱里的那只长尾巴兔子好说话多了，对他的问题总是十分耐心地回答。

最后它终于有点儿不耐烦了，抛出了一个杀招：

“我得提醒你，你快迟到了。”

“啊啊啊啊啊啊——迟到了！”谢麒宇从床上一跃而起，匆忙穿好衣服抓起书包就往外跑，连母亲叫他吃早饭也没理会。

“妈妈我路上会买的！你自己吃吧！”谢麒宇穿好鞋子一跃出了大门，一路上把自行车骑得飞快。

好不容易在打铃前把车停到了车棚，路过配电房的时候却被站在那里骂骂咧咧的红蛙吸引了注意力。这只搬来配电房不久，看起来和普通小女孩无异的妖怪愤怒地挠着被撞得破了一块的墙壁嚷嚷：“搞什么啊，这年头还有人驾着马车撞墙自杀吗？荒诞界真是越来越乱七八糟了！小心我把你祖宗十八代的资料都翻出来爆给稽查部哦！”

“发生了什么事？”谢麒宇问她。

“昨晚我在修炼，结果有一辆马车从天而降，一头撞在了我这里，搞什么啊！幸好没有撞坏我的‘巢’，不然我的修行大业就要被迫中止了！”

“马车？”谢麒宇被惊了一下，想象一下从天而降的马车撞坏墙壁的画面，他忍不住默默黑线了一下，“现在的人类已经不坐马车了，估计是你们真理界自己折腾出来的。哦，你们那里估计也不要求有驾照吧，搞不好是哪只妖怪喝多了酒驾，在我们这里可是要抓起来的。”

“胡说，我大真理界怎么可能有酒驾这么不华丽的事情！”红蛙叉着腰气势汹汹地和他吵了起来。

“抱歉，还真有。”不知何时来到谢麒宇身后的顾妄突然插了一句。

“啊？顾妄！你竟然来上学了！”谢麒宇古怪地看着他。

他还是适应不了这只来自真理界的妖怪伪装成人类的样子来学校上学的事情。顾妄也确实三天打鱼两天晒网，比起上学他更多的时间放在自己受命调查的事情上——当然，谢麒宇对此知之甚少。

顾妄冷厉的眉眼一扫，轻哼了一声：“要迟到了。”

“啊啊，你不早说！”谢麒宇又是一声惊叫，飞也似的往教室跑去。

他几乎是踩着铃声进了教室，已经准备批评今天早自习迟到同学的老师快快地放他进来了，同桌的白铃看着他直摇头：“你干脆再晚点儿得了。”

“啊哈哈哈，下次改进下次改进。”谢麒宇长长出了口气，收拾课本准备自习。视线不小心扫到了窗外，他的位置正对着配电房的方向，谢麒宇看见顾妄正坐在花坛上和红蛙说着什么。

谢麒宇支着下巴，忍不住想他到底在说些什么。

他对顾妄的了解太少太少了，他总是这么神神秘秘的，但是性格却完全是个被宠坏的小少爷，一点就炸……谢麒宇想起顾妄恼羞成怒的样子，又忍不住弯起了嘴角。

早自习结束后，白铃无聊地翻看着谢麒宇手绘的怪物图鉴："哦，这个闹钟妖怪长得蛮可爱啊。"

谢麒宇睡眠不足地打了个哈欠："它会把你的时间偷走哦，要是你定了闹钟却睡觉，它会扣掉你的寿命。"

白铃笑着说："你入戏好深，完全沉浸在自己编造的妖怪世界里了。"

谢麒宇抬头看着趴在投影仪上的妖怪，又看看头顶错综复杂的电路蛛网，笑笑不说话。谁又知道呢，这一切都是真的存在的。

啊，或许，还有一个人……谢麒宇回头去看坐在角落里的童小琪，她觉察到了谢麒宇的视线，面无表情地转过了脸。

"今天小琪心情不太好呢，不会又和家里吵架了吧？"白铃在谢麒宇耳边小声说，有些担心，"小琪和家里关系不太好，你也知道的。"

是吗？其实谢麒宇没什么印象。他和童小琪说不上熟悉，如果不是他看得见妖怪后注意到了似乎和他有同样能力的童小琪，他们现在都说不上几句话。倒是白铃，身为班长总是试图把孤僻的童小琪拉进班级群体里……虽然谢麒宇想说白铃这种傲气的性格连自己的人际关系都处理不好，但还是忍住没说出口。

白铃歪了歪头，又跑到童小琪那里去和她说话了。谢麒宇撇撇嘴，视线继续投向窗外，可惜顾妄和红蛙已经都不在那里了。

上课了，白铃又从童小琪那里跑了回来，端正地坐在座位上听课，认真记笔记，谢麒宇正心想不愧是班长大人，上课就是认真，结果白铃递了张字条过来："我去问了！小琪的父母好像要离婚了，现在根本没空管她，我们放学和她一起回家吧？"

“班长大人你好像和她不同方向。”谢麒宇提醒她。

“没关系嘛，我们一起去喝奶茶，喝完再各回各家怎么样？”

谢麒宇想了想，回了一个字：“好。”

白铃满意他的识趣，一下课就去找童小琪，童小琪惊讶了一下，却也没有拒绝白铃。结果好不容易熬到放学，白铃突然接到家里的电话说爷爷住院了，不得不告别了两个人急匆匆地去医院了。

谢麒宇和童小琪面面相觑。

最后还是尴尬的谢麒宇试探地问道：“要不，我们照计划去喝奶茶？”

童小琪面无表情地看着他：“不要，再见。”说着自己去车棚推自行车了。被无情拒绝的谢麒宇忍不住拍了下额头——虽然他早就知道自己没有女人缘，但是被这么直白地拒绝还是第一次，多少打击了一个十八岁少年的玻璃心。

谢麒宇骑了车慢吞吞地往家的方向驶去，途中还抄近路从一条快要被拆迁的无人小巷经过。夕阳下的小巷弥漫着黄昏所特有的气息。

荒芜、昏暗、没落的气息。

异样的不祥预感让谢麒宇突然警惕了起来，他已经不是那个对妖怪世界一无所知的少年了，现在他多少猜到附近有妖怪，那种微弱的灵压的气息和他在郑玄家的阁楼里感觉到的相差无几。

突然他听到一个熟悉的声音在尖叫：“滚开，别过来！”

“童小琪？”谢麒宇立刻刹住了车。

童小琪从小巷的岔路里冲了出来，险些撞在他的自行车上。

“怎么……”谢麒宇刚要问她，童小琪一把揪住他的领子，气势汹汹地吼了出来：“你想死吗？”

“啊？”被女孩子大声训斥了……

“快走，被结界笼罩就出不去了！”童小琪急得直跺脚，频频往后看。

那条狭窄弯曲的小巷是旧式的建筑风格，古色古香的。但是此刻在黄昏的笼罩下却显得逼仄幽暗，那看不清的巷子深处仿佛是妖怪大张的嘴。

从巷子深处涌来的风卷起地上的落叶和垃圾，发出轻微的摩擦声。

有东西在里面。谢麒宇眯起眼，他以为自己会害怕这种来自妖怪的威胁，体内却涌起一种面对的勇气。

“愣着干嘛？快走！”童小琪努力想把他拽下自行车，谢麒宇却像是被巷子里的东西勾走了魂，一动不动地看着那里。

出现了！足有两米高的巨大影子摇摇晃晃地从巷子里出现，它的速度很快，几乎一眨眼的工夫就出现在了两个人面前。

这是一个巨大的怪物，看起来像是漫画里的巨人，体形足有它身高的一半宽，就连胳膊都比人类的大腿粗壮。皮肤散发着狰狞的青紫，乍一看颇像是死去多时的膨胀腐尸。

“嘿嘿嘿，人类的小姑娘，把你的眼睛交出来，我可以忍住不吃掉你的肉哦，虽然你闻起来很鲜美。”恶心的巨怪向童小琪伸出粗壮的手。

童小琪满脸厌恶地往后退了一步，右眼剧烈地疼痛了起来，卓凌焦急地劝她离开这里。可是她却不想动，如果她一次又一次，一次又一次地逃走，她到底有什么资格说要保护卓凌呢?

她不想失去了，不管是这只与众不同的眼睛，还是……卓凌。

她拥有的东西，太少太少了。

这么想着，她悄悄把手伸进了书包里，那里装了一把锋利的匕首，自从她知道自己的眼睛有多危险之后，她就没有一天松懈过。

谢麒宇突然跳下车，臂力惊人地扛起自行车狠狠向巨怪丢去，自行车砸在巨怪身上发出恐怖的巨响。下一秒谢麒宇一把拉起童小琪往巷子口跑去。

童小琪猝不及防地被他拉走，两个人一路狂奔到了巷子外的大街上，这才确信那个巨人不会再追上来了。

“那到底是什么东西啊？”谢麒宇一边喘气一边问童小琪。

“妖怪。”童小琪言简意赅。

“这我当然知道。”谢麒宇叹了口气，“可是它为什么追着你不放？你的眼睛除了看得见妖怪还有什么特别的吗？”

童小琪没吭声。

“算了，我也不是那么想知道。你的自行车呢？”谢麒宇转开了话题。

“丢在巷子里了。”童小琪闷闷地说。

谢麒宇又叹气：“我也是，看来只好等会儿再去看看，那妖怪应该不会停留很久吧。”

“嗯。”

“那现在……去喝奶茶？”谢麒宇苦着脸又问。

幸好这次童小琪没有干脆利落地拒绝他，只是轻轻“嗯”了一声，心不在焉地看着马路上来来往往的人。

最后两个人百无聊赖地在一家茶餐厅里坐下了，地方是童小琪选的，她说想坐在窗边看外面，谢麒宇没意见。结果一个人一杯奶茶和一份甜点，东西到了之后童小琪就一直漫不经心地看着窗外川流不息的车辆和人流。

“你在看什么？”冗长的沉默后，谢麒宇终于问道。

一向面无表情的童小琪突然露出带有一丝兴味的笑容：“有趣的东西。”

谢麒宇迷惑不解，顺着童小琪的视线看去，他只看到来来往往的行人，每一个都行色匆忙。

“你看，那对情侣看起来感情不错吧，一直手拉着手说说笑笑。”童小琪看着一对年轻的情侣手拉手过马路。男的正满脸微笑地和女孩子说着什么，女孩子笑得前仰后合。怎么看这都是一对再般配不过的情侣。

“嗯，然后呢？”

“看街对面咯。”

一个脸色阴沉的青年看着两个人，女孩子突然意识到了什么，一下子挣开了男孩的手，青年一言不发地向两个人走来，一把拎起男孩的领子吼了一句，两个人顿时在街边扭打了起来。少女在一旁焦急地劝架，可是两个失去了理智的男人已经你一拳我一脚地打成一团，路人纷纷停下了脚步，爱看热闹的行人将两个人围了起来，却没人上去拉架。

童小琪用勺子舀了一块蛋糕，放进嘴里：“看吧，什么都会发生。”

“可你怎么知道……”谢麒宇突然意识到了什么，眼睛顿时亮了起来，“你能看见未来吗？”

童小琪的嘴角动了一下，忍不住翻了个白眼：“你想多了。”

“那你怎么知道那对情侣会发生什么？”

童小琪又沉默了下来，像是在思考什么，许久她才选择性地说：“我能看见……一般人看不见的东西。”

“这我知道啊，你看得见妖怪。”

“不是这个。”童小琪为难地抚摸着耳垂，想了想又说，“我看得见的东西……也许可以形容成人类的灵魂。”

“鬼？”谢麒宇惊讶地问。

“你怎么会联想到鬼魂？”童小琪也有些无奈。

“你说的啊，能看见灵魂。”

童小琪叹了口气：“每个人的灵魂都是不同的动物的样子，贪婪的蛇、狡猾的狐狸、娇弱的热带鱼、花心的蝴蝶等，我看到的灵魂是这样子的。”

谢麒宇听得有些一愣一愣的：“那我的灵魂是什么样子？”

童小琪歪了歪头，看了他许久突然“扑哧”一声笑了起来：“是一只呆头呆脑的河马。”

“人身上发生的事情会影响到灵魂的形态，比如自从你看得见妖怪后，我就看到你身后的河马睁开了眼睛。以前它始终闭着眼。”童小琪喝着奶茶慢吞吞地说，“如果一个人快要死了，他身后的灵魂也会出现死兆。一些重大的事情多少都会在灵魂上体现，甚至会改变一个人灵魂的样子。”

“比如刚才，我看见那个女孩子身后的蝴蝶飞向了另一个人，而那个男孩子身后的浣熊染上了血，我就大概可以猜到发生了什么。”童小琪继续看着窗外，人群已经散开了，打架的两个人也已经被拉开，其中受伤的一个被送往了医院，女孩子一边哭着一边也跟着上了出租车。

“真是……非常有趣的能力啊。你眼里的世界的确与众不同，一定很有趣吧。”谢麒宇感慨地说。

童小琪温柔地抚摸着自己的右眼，露出了一抹幸福的笑容：“嗯。这是我所有过的，最珍贵的礼物。我绝对不会让任何人、任何妖怪夺走它，绝对不会！”

—✦ 3 ✦—

一个小时后童小琪和谢麒宇互相壮胆后回到了那条危险的小巷，目的当然是取回丢在那里的自行车。

两个人已经做好了随时逃跑的准备，但是事情却意外地顺利。两辆自行车被丢弃在那里，小巷里也没有先前那种诡异阴冷的氛围。

一切仿佛只是夕阳西下时的幻象。

但两个人都知道，这一切是真的发生过。

“那我回家了？再不回去都可以直接去学校上晚自习了。”谢麒宇扶起蹭掉了漆的自行车向童小琪告别。

童小琪点点头。

“你去上晚自习吗？”谢麒宇又问。

童小琪想了想，点了点头：“今天的作业……好难。我要去问白铃。”

谢麒宇忍不住微微一笑：“知道了，再见。”

“再见。”

回到家，打开门的一瞬间谢麒宇就知道母亲并不在家。

客厅里是冷冰冰的黑暗，门上还粘了一张便笺：“妈妈有事出门，饭菜在冰箱里，自已吃饭吧，乖。”

谢麒宇轻叹了口气，最近母亲倒是频繁地不在家，却从不说去哪里了，他稍微有点儿担心她。

拉开冰箱门从里面找做好的菜，长尾巴兔子毫不意外地在冰箱里翘尾巴：“哟，少年，你身上有陌生妖怪的气味啊。”

谢麒宇有些惊讶地看着它：“这也闻得出来？”

兔子骄傲地卷起了尾巴：“当然，放了一天的冷菜和放了两天的冷菜，我一闻就知道！”

“……”这到底有什么值得骄傲的？

兔子翻了个身肚皮朝上，耳朵一动一动的：“不过说真的，最近外面有点儿乱，你最好少乱晃。”

“发生什么事情了？”谢麒宇突然有种微妙的直觉，直觉这阵动乱会牵扯到他。

“最近有不少特殊的妖怪失踪了，据传罪犯是个变态妖怪收藏家。”

“妖怪收藏家？和古玩收藏家差不多的爱好者吗？”

兔子嗤笑了一声：“这可不是什么良善的爱好。它们喜欢收藏奇特的妖怪，尤其是寄居在动物或人类身上的妖怪。比如寄居在人类的手指上能弹奏出美妙音乐的妖怪，收藏家们砍断了宿主人类的双手，浸泡在特殊的液体里，进而禁锢了这只妖怪。不论拿去收藏还是拍卖都很受欢迎。”

谢麒宇瞬间背后发凉，他不能想象被砍断双手的人类会怎么样。

“还有寄居在人类喉咙里，能让人类发出无与伦比美妙嗓音的妖怪。妖怪收藏家们砍掉了那个人的头，将头安放在别的妖怪身上，让它昼夜不停地唱歌，直到耗尽能量死去。”

“太残忍了。”

兔子动了动耳朵：“现在明白了吧，妖怪收藏家可不是什么良善之辈，能躲多远躲多远吧。”

谢麒宇闷闷地应了一声，把冷藏的饭菜取出来热一热准备吃晚饭了。

有一口没一口地往嘴里塞着食物，谢麒宇感到食之无味，他还在思考妖怪收藏家的事情。

这群人应该对稀有的妖怪感兴趣吧，兔子不是说它们喜欢收藏寄居在动物或者人类身上……

童小琪！

谢麒宇一把拉开冰箱的门将在里面安然乘凉的兔子揪了起来：“等等，有个重要的事情要问你！”

兔子在半空中胡乱蹬腿：“愚蠢的凡人你这是要对伟大的妖怪做什么？”

“寄居在人类眼睛里能让宿主看到其他人类灵魂的动物拟态的妖怪是什么？”

兔子扑腾来扑腾去，终于死心地一动不动了，看着谢麒宇的眼神还充满幽怨："这就是人类求人的态度吗？"

谢麒宇这才把它放回了冰箱，双手合掌："求兔大仙解惑。"

兔子"哼"了一声："不知道！"

说着"砰"地关上了冰箱门。

谢麒宇又一把拉开了冰箱门，结果兔子已经不见了。

他沮丧地叹了口气，再一看时间，晚自习已经快开始了。他不得不把这个问题放到一边，骑着自行车去上晚自习。

到时候提醒童小琪一下好了，他是这么想的。

结果直到晚自习结束，谢麒宇也没有等到童小琪出现。

看完了爷爷匆忙从医院赶回来拿作业的白铃说："奇怪了，童小琪虽然经常最后一节课爬墙逃回家睡觉，但是晚自习一般还是会来的啊。而且她跟我说了要问我作业的。"

谢麒宇心中的不安感越发强烈："你有她家的电话号码吗？"

白铃为难地支吾了一声："有是有，不过她说了最好别打，她和家里关系够糟糕了，万一今天真的只是逃课结果被家里知道了……"

谢麒宇无奈地看着她："你就不能编个小谎吗？"

"啊……哦……哦，对哦。"白铃呆呆地点点头，这个好学生估计这辈子都学不会撒谎技能了。

最后为了防止扯谎技能为负值的白铃说漏了嘴，这项任务就交给了谢麒宇。

电话很快就接通了，接电话的是个女人，她先是"喂"了一声，又问："谁？"

谢麒宇不慌不忙地开始胡扯："您好，是童小琪同学的妈妈吗？我是她的同学，我们班周末有做义工的活动，我想问一下童小琪同学有没有到社区报名，我明天就要把名单报上去了。"

童小琪的母亲淡淡地说："我不知道。她去上晚自习了，放学回来我让她给你打个电话。”

谢麒宇的心一沉，却还是不动声色地说：“那好的，麻烦您了，再见。”

挂断了电话，谢麒宇对白铃摇摇头：“她来上晚自习了，但是人不见了。”

白铃倒吸一口气：“那现在怎么办？能报警吗？”

“报警要失踪满二十四小时，而且……”谢麒宇看着漆黑的天幕，深深皱起了眉。

这恐怕不是能用人类的办法解决的事情了。

也许……有个人会知道点儿什么。

“你给童小琪家里打个电话，就说她和你说了来上晚自习，但是人却一直没到，你担心她会出事。我去附近找找她。”谢麒宇嘱咐白铃说。

“等等，我和你一起去。”白铃慌忙站了起来。

谢麒宇轻轻摇了摇头：“不行。”

“为什么？两个人总比你一个人找得快。”

谢麒宇看着她认真又着急的眼睛，竟然一时不知道该说什么。

他突然意识到，自己或许已经慢慢从单纯的人类的身份里剥离了出来。他开始用妖怪的思维和行为模式来要求自己，甚至……第一时间想打的办法不是报警，而是……找身为妖怪的顾妄。

“这样吧，你跟老师说一声，他会告诉你接下来怎么做的。说不定她只是去外面玩了，闹大了她会怨我们的。”谢麒宇用自己也不相信的话劝慰着一心为朋友担心的白铃。

白铃点点头，抱着书包去办公室找老师了。

谢麒宇踌躇了一下，沉沉叹了口气，不知道他能不能找到顾妄。

怀着忐忑的心情，他骑车往家的方向驶去，在路过那条小巷的时候还特地认真看了一下，那里依旧毫无异样。

可是童小琪呢，到底去了哪儿。

昏黄的路灯下，这条安逸的小巷就好像静静沉睡在黑暗中。

谢麒宇茫然地停下了车，一时间竟然不知道自己该去哪儿。

顾妄会在哪里呢？他根本不知道顾妄的联系方法，从来都是顾妄突如其来地出现在他眼前，他总是像个奇迹一样，无所不能，又很容易消失得无影无踪。

他会在台风天敲开他的窗子，带着他乘上云龙，向着遥远的地方驶去。

会裹挟着他强拉着他去提取记忆，无礼地把他脑中的记忆掏出一块来分享。这个突然闯入他人生里的妖怪，实在是个非常与众不同的家伙。

谢麒宇深深吸了一口微凉的夜风，路灯已经注视了他很久很久。

没错，是路灯。

谢麒宇把自行车停在一旁，敲了敲路灯的金属杆子发出“哐哐”的声音。吊在路灯上的灯笼形妖怪嘟哝了一声：“没礼貌的人类。”

“打扰了。”谢麒宇抬头看着灯笼形状的妖怪说道。

“我一定是太无聊了才会产生人类在和我说话的错觉。”灯笼妖怪喃喃地自言自语。

“抱歉，你没有听错。”谢麒宇无奈地抓了抓头发，“我看得见你们，你是灯笼形状的妖怪对吧？我想向你打听个妖怪。”

“什、什、什么！现在的人类已经可以看见妖怪了吗？这世界越来越不正常啦，妈妈，我想回真理界了！”灯笼妖怪手足无措地惊叫了起来，“我、我、我、我要和同伴八卦一下这个新发现！”

“……”原来妖怪也会八卦吗？感觉自己的世界观又被刷新了一次的谢麒宇默默无语。

“哦，人类，你刚才和我说想打听什么？”路灯妖怪突然问道。

“是这样的，你认识一个叫顾妄的妖怪吗？我找他有点儿事。”谢麒宇期待地看着路灯妖怪。

路灯妖怪摇晃着灯笼形的身体：“我……不知道。”

“……”

“哈哈哈，别一脸丧气嘛，年轻人，我可以找我的同伴问问，要知道我们这一族的人脉可是很广的！有路灯的地方就有我们的八卦网络！”

“十分神奇的样子。”谢麒宇感叹说。

“那当然，”路灯妖怪得意地摇了摇身上的流苏，“因为电网把我们连在了一起，所以整个城市的电路就像你们人类的互联网一样四通八达！”

果然，路灯妖怪的信息十分发达，不到十分钟它就给了谢麒宇一个满意的答复：“告诉你一个好消息，我的一个同伴看到他正在东正街的自动贩售机那里。”

“感激不尽！”谢麒宇飞快地上了自行车向那里赶去。

幸好目的地距离谢麒宇所在地并不远，他没一会儿就骑到了那里。

顾妄已经十分顺利地从自动贩售机那里索要到了一瓶可乐，正靠在墙边慢悠悠地喝着。谢麒宇猛地刹车，勉强把车停在了顾妄面前。

“有事？”顾妄酷酷地问道，头也不抬。

“最近有个妖怪收藏家在附近出没？”谢麒宇亟亟地问道。

顾妄古怪地扫了他一眼：“你的消息还算灵通啊。所以呢？你要告诉我它现在在哪儿？”

谢麒宇拨浪鼓一样猛摇头：“童小琪失踪了。”

顾妄沉默了一下，淡淡地回了一句：“哦，是吗？”

“她会有什么危险吗？”谢麒宇又问。

“谁知道呢。”

看着顾妄漠不关心的样子，谢麒宇突然怒上心头，一把夺过他手里的可乐：“她的眼睛不同寻常，你应该早就知道的吧，现在她失踪了，很可能是被那个妖怪收藏家抓到了啊！”

顾妄挑了挑眉：“第一，这不关我的事；第二，我提醒过她了。如果你只是要告诉我这件事的话，很好，我现在知道了，你可以回家睡觉了。”

谢麒宇突然像是大冬天被当头淋了一桶冰水。

他突然冷静了下来。没错，这件事对顾妄来说没有任何意义。顾妄根本不会在乎一个和他无关的人类的死活。

顾妄灵巧地从他手中抢回了自己的可乐：“好孩子该回家了，现在这个时间点不该到处乱晃的，尤其是这种不太平的日子。”

他该怎么办呢？努力用人类的道德观念来说服一个妖怪？不，那太可笑了。

就算他并不了解妖怪的世界是什么样子，但是从顾妄字里行间透露出来的信息看，那应该是个信奉着丛林法则、弱肉强食的世界。同情和怜悯对妖怪来说太可笑了。

谢麒宇感到不知所措。

可是他不能错过这个机会，如果错过了……童小琪该怎么办？

就在他挣扎不休的时候，空气中突然点亮了一簇火苗，像是鬼火一样飘向顾妄，然后在虚空中像一朵莲花一样绽放，一个软软的童音回荡在空气中。

“顾妄大人，您要小人找的小人找到了！最近失踪的妖怪都是被庞普平马车带走了！今天傍晚还有妖怪目击到庞普平马车强行带走了一位人类少女，就在隔壁街……”

顾妄飞快地掏出裤袋里的打火机，一簇湛蓝色的火舌蹿出，莲花形状的鬼火尖叫了一声飞快地跑掉了。

“……”谢麒宇不知道该说什么。

顾妄转过脸，面无表情地对他说：“你什么都没听到，不然现在就滚回家吧！”

就算路灯的光不算明亮，谢麒宇也看到他的耳垂红了。

“噗——”谢麒宇忍不住笑出了声，立刻背过身去。

“不许笑！”

“我没笑，你刚才看错了。”谢麒宇纠正了一下表情。

“哼。”

4

童小琪觉得自己做了一个很长很长的梦。

她梦见了自己的一生。从襁褓里的自己，到牙牙学语蹒跚学步的自己，那时候父母还不像现在这样相敬如“冰”，她的姐姐也喜欢整天拉着她“妹妹妹妹”地叫个不停。后来她逐渐长大了，原本和睦的家庭逐渐蒙上了一层阴影，压抑的婚姻对崇尚自由的母亲来说就像是一道看不见的枷锁，就算是因为爱情而结合在一起，最后还是耐不过柴米油盐的生活。

她的母亲是个十分特别的女人，她出身于富裕的家庭，年轻的时候在法国学习服装设计，梦想是过着一边旅行一边寻找灵感的自由生活，从未想过自己会成为安定的家庭主妇，为家庭奉献自己的青春和才华，直到她遇见童小琪的父亲，一个成熟沉稳却大男子主义的成功男人。

他们相爱了，在爱情的最初他们并没有意识到性格的差异会带来什么，随着岁月流逝，爱情消磨殆尽，两个人之间的矛盾逐渐激化。

幼年的童小琪放学回家之时经常看见母亲坐在客厅里痴痴地看着花园里开得正好的向日葵，一丛一丛，向着湛蓝的天空绽放着自己全部的热情美丽。漫长的岁月和精神上的压抑在这个美丽的女人脸上刻下了浅浅的痕迹，她抚摸着粗糙的画布，最后却还是没能拿起画笔。她就像在等待着什么，但绝不是她那个宁愿把时间交给工作而不是交给家庭的丈夫。

母亲其实已经听见她开门的声音了，可是她鲜少会回头看她，那时候的童小琪其实是怨恨着母亲的。被忽视的不甘心对一个孩子来说是致命的。童小琪的姐姐事事都要做到最好，可她想要的也不过是父母一句夸奖而已。可是每每看到姐姐失落的脸和故作坚强的表情，她最后却什么都说不出来。

随着年龄的增长，童小琪却渐渐明白了母亲的心情。

其实，她也是不甘心的。

她有才华，也曾有过青春和美貌，她会有无比璀璨的未来，她从未甘于平凡的生活，可是最后却不得不困囿于这个压抑的家庭中，像个再普通不过的女人一样，相夫教子，逐渐忘了自己曾经的梦想。

对她的母亲来说，她的两个孩子是她梦想道路上的负累，而她的丈夫——在褪去了爱情的迷幻剂之后，他是杀死她梦想的刽子手。

在拥有与众不同的右眼之后，童小琪清晰地看见了，她母亲的身后缓缓游弋着一条绮丽的美人鱼。

传说中的人鱼和童话里的截然不同，她们兼具了美丽、无情、神秘、诱惑，却又会被爱情吸引，她们会因为爱上人类而来到陆地，却最终会因为爱情的死去而回到属于自己的大海。

大海，那才是她们的归处。人鱼是不会一生被困在狭窄的陆地上的。

童小琪却觉得不甘心，她得到的来自父母的爱太少太少，被忽略的痛苦和不甘就像虫子一样啮咬着她的心脏，她只是想像普通的孩子一样啊，为什么不看她一眼呢！

“小琪，你快醒醒！”卓凌焦急的声音将童小琪的意识拉回了现实。

童小琪低吟了一声，浑身僵硬。她发现自己躺在一片星空下，头顶无垠的星海是她这一生都未见过的繁华璀璨。

她痴痴地看着头顶的星空，直到卓凌的声音再次传来。

童小琪这才发现自己的不对劲，她发现自己躺在一块半透明的玻璃平台上，四面八方全是星海，她就像是飘在宇宙中，四周每一点光亮都是整个银河一般的星系。星海中还飘荡着许多半透明的平台，被一些同样材质的阶梯连接在一起，远远近近高高低低，一直通向她无法辨识的地方。

她觉得自己快要被这片星空吞没了。

“这里是哪里？”童小琪喃喃地问道。

“我也不清楚，不过我猜这大概是某个妖怪的体内。”卓凌猜测说。

“妖怪的体内？”童小琪不禁左右环顾，“可我没看见内脏啊。”

卓凌不由失笑：“那是你们人类的想象，妖怪的身体内部可不是你们人类的样子，当然也不都是这样无穷无尽的星空。”

不知为什么，童小琪浑然没有紧张感，她甚至饶有兴致地追问卓凌关于妖怪的事情，以往卓凌总会三言两语地转移话题，但是这次他却难得地耐心解答了她的疑问。

“妖怪是法则的衍生物，所以它们的身体内部有无尽的可能，也许是一片冰原、一个四通八达的地洞、一片没有尽头的大海，也可能只是无尽的虚无混沌。说不定还有妖怪体内有一个完整的城镇，里面住着其他的妖怪，没有什么是不可能的。”

童小琪听着觉得十分新鲜，还想再追问一些，却被卓凌打断了：“不过现在可不是说给你听的时候，我们必须找找有没有出去的办法。”

“卓凌，你知道那妖怪为什么要把我吞进肚子里吗？为了吃掉我？”童小琪又问。

“我也不清楚，但是大部分妖怪没有吃人的兴趣，如果真的要吃掉你，你现在早就不可能醒来了。我想……它大概另有目的吧。”卓凌沉默了良久，言不由衷地说道。

童小琪听出了他有所保留，却也没有再问什么。反而是卓凌，终究是耐不住心中的愧疚：“对不起，也许这次又是我连累了你。”

童小琪却笑着摇摇头：“不是的，我从来没有觉得你有连累我。你应该更骄傲一些，卓凌，别忘了是你让我看见了一个与众不同的世界。如果不是你，现在的我只是一个再普通不过的高中生，可是有了你，我觉得自己的人生有了不一样的意义。我很高兴……真的，很高兴。”

“……”卓凌久久没能说出话。

他也不知道怎么形容自己此刻的心情。如果说起初只是利用这个人类的女孩子，可是与她相处得越久，他就越无法把她当作单纯的利用对象。

至少，他想把这个人类少女当作朋友。

童小琪沿着半透明材质的阶梯往远处的另一个平台走去，楼梯没有扶手，她走得有些胆战心惊，总觉得自己要是趔趄一下说不定就会坠入无尽的星空中。星海很美，有种吞没一切的美，越是凝视就越是令人恐惧。

那是过分深邃和未知的神秘凝结成的绚烂，穷极凡人的一生也无法触及哪怕万分之一的奥秘。

她突然觉得有些恐惧，如果说此刻身处星之海的她是在某个妖怪的体内的话，那么人类所处的宇宙是否也只是某个妖怪的身体呢？佛家的一花一世界，一叶一菩提，是否就是这样的含义呢？她越想就越觉得害怕，这个世界到底有多大，她竟然是如此渺小。可是即便是如此渺小的她，也有着与众不同的人生，或许并不算精彩，但是独一无二。

“有东西过来了。”卓凌发出了警告。

童小琪眯起眼，看着远方的平台，平台上有一只橙黄色的东西一蹦一跳，她小心翼翼地走近一看，发现那竟然是一个南瓜！南瓜被挖掉了芯子，外壳上也镂空出了月牙一样的眼睛和嘴巴，就像是常见的万圣节装饰用的南瓜。南瓜一蹦一跳地围着童小琪转悠，却没有攻击她的意思。童小琪用手指戳了戳它，南瓜发出一声尖细的笑声，飞快地跑掉了。

“这到底是什么东西啊！”童小琪莫名其妙地嘟哝着。

“跟着它，或许有什么线索，反正我们也不知道该往哪里去。”卓凌建议。童小琪点点头，追着南瓜向前跑。

一路上他们遇到了不少万圣节南瓜，到处蹦蹦跳跳，甚至还有南瓜围着篝火像是在开篝火晚会。童小琪目标坚定，始终追着第一只遇见的南瓜一路狂奔，从平台到楼梯，再到另一个平台，不知道跑了多久，她终于遇见了除了南瓜以外的东西。

那是一只哭哭啼啼的兔子……不，是个有兔子耳朵的少年，看起来不过十二三岁。

“呜呜呜，我要回家，放我回家！”兔耳朵少年蹬着小短腿在平台上撒泼打滚，“我要回家，呜呜呜，快放我回去！”

“走吧，我不想和他说话。”童小琪对卓凌嘀咕道，转身就走。

兔耳朵少年已经发现了童小琪，飞一般扑上来抱住她的大腿：“姐姐姐姐，别丢下我一个人！带我一起走吧！我一点儿不吵闹也不会吃很多东西，别丢下我一个人啊呜！”

“不要。”

“呜哇哇哇，姐姐，我求你了！”兔耳朵少年死死抱住童小琪的大腿大哭，兔耳朵一抖一抖的。

童小琪低头看他，兔耳朵少年的尾巴也在抖，估计是真的被吓坏了。

最后无可奈何的童小琪只好带上这只拖油瓶继续往前走。

“你是怎么来到这里的？”童小琪问他。

“我也不知道，呜呜，我只是照常在店里卖东西，突然有一辆马车停在店门口，里面有一团黑雾把我卷了进去，然后我就什么都不知道了……”兔耳朵少年可怜巴巴地看着童小琪。

童小琪按了按额角。其实她对自己昏迷前的事情也记不太清了，感觉自己一下子从去晚自习的路上来到了这里。

“算了，总之先找找出去的办法吧。”童小琪说罢继续往前走去。

先前的那只南瓜已经不见了，她不得不重新戳了只南瓜继续追赶。兔耳朵少年在后面一边叫唤一边追：“姐姐等等我啊，我的腿好短，跑不快啊！”

“……”童小琪默默加快了脚步。

“哎哟！”兔耳朵少年被绊了一跤，顿时脸朝地摔了一大跤。

童小琪踌躇了几秒钟，最后回转身将他拉了起来，兔耳朵少年用发红的大眼睛瞅着她，一脸怯意，童小琪终于软下了心，摸摸他的耳朵：“跟紧了，再摔倒就不管你了。”

兔耳朵少年吸了吸鼻子，用力点头。

一人一妖继续在这个无尽的星空世界里前进，不知道走了多久，童小琪已经累得不行了，可是双脚却机械地运动着。

她觉得自己不能停下来，一旦停止就会再也无法离开这个世界。

兔耳朵少年还在一旁嘀嘀咕咕胡说八道。

“姐姐姐姐，我开了一家遗弃物工坊，专门卖被人类丢弃的旧物。你小时候有丢掉的玩具吗？比如洋娃娃什么的，它们其实也会因为被丢弃而伤心，千万不要丢掉它们哦。被丢掉的玩具会因为想念主人而逐渐怨恨这个世界，如果不化解它们的怨恨，它们会报复的。”

“闭嘴。”又累又渴的童小琪有气无力地说。她实在是厌烦这只喋喋不休的聒噪妖怪了。

兔耳朵少年噘着嘴，还想说什么，脚下却突然传来了剧烈的震动，他一下子扑倒在了地上。童小琪也一个趔趄，脚下不稳竟然摔出了悬浮的楼梯。

有一瞬间她感觉自己不再被引力束缚，四面八方都是璀璨而遥远的星辰，随着她摔倒的视角不停地旋转、旋转。

会掉下去吗？然后永远在这个出不去的星空的世界里漂流？

她突然感到恐惧。如果迷失在这个世界里，那么她就永远见不到她的亲人，她的朋友——白铃、谢麒宇、卓凌，还有……她的父亲、母亲和姐姐。

她以为她对他们失望透顶，她以为他们之间毫无亲情可言。

可是……还是不行啊。

想回去，想回去，好想回去。

坠落的身体被猛地拉住，兔耳朵少年焦急的脸出现在她的头顶，耳边传来他喋喋不休的话语："姐姐你没事吧？你真是太不小心了，万一掉下去了可怎么办啊？"

惊魂未定的童小琪任由兔耳朵少年把她拉回了楼梯，她抱着膝盖蹲在地上，把头埋在腿间，身体还因为刚才的遇险而颤抖着。

太好了，她还活着，劫后余生的感觉让她几乎要哭出来。

第一次在这个陌生的地方感觉到离家的恐惧，就算曾经再怨恨家人对自己的冷漠，可是这一刻她却还是很想回去。

兔耳朵少年蹲在她面前，耷拉着耳朵眨巴眨巴眼："你没事吧？我们还要走吗？这里现在震个不停好像要塌掉了哎，万一真的坍塌了怎么办？我们会掉下去摔死吗？还是永远飘浮在宇宙变成一块陨石？"

"闭嘴。"童小琪被他烦得不行。

兔耳朵少年这才快快地闭上嘴。

头顶的星空突然出现了一道亮光，两个人惊讶地抬头看去，头顶的缝隙越来越大，将星空整个撕裂开来。

模糊的声音传来："童小琪！你在里面吗？我是谢麒宇，你还好吗？"

童小琪猛地站起身来用力喊道："我在里面！"

"等着，我们马上救你出来！"

5

时间倒回谢麒宇找到顾妄的时候。

顾妄翻着一本老旧的笔记本，找出一页记录："迟滞返还真理界记录。姓名：卜洛里；种族：庞普平马车；原签证归期：2000年8月17日；调查结果：失踪中。"

谢麒宇凑过来看他手上的本子："这是什么？"

"近二十年来滞留在人类世界逾期不归的妖怪。"顾妄合上本子，深深吸了口气。

"抓走童小琪的就是这个……呃，庞普平马车？这名字真奇怪。"谢麒宇忍不住嘀咕道。

"庞普平马车翻译过来就是南瓜马车的意思。它算妖怪中的异类了，普通的妖怪的能量来源无非是自然能和人类的负面情绪。而它们吸取能源需要一个'巢'，你也可以把'巢'当作魔法阵一样的东西。比如说你们人类所用的集成电路板，其实就是一种魔法阵，它召唤了来自真理界的妖怪，妖怪通过这个巢吸取能量，提供其运转的可能性，所以这个魔法阵才能运行下去。但是庞普平马车不是这样。它是一种不需要'巢'的特殊妖怪。不，应该说，它本身就是一个'巢'。"

谢麒宇听得一愣一愣的："虽然不太明白你在说什么，但是好像很厉害的样子。"

"庞普平马车本身的智能比较低，通常被妖怪当作远距离行驶的交通工具。比起马车本身，我对它的幕后之人更感兴趣。"顾妄淡淡道。

"还有，这群妖怪竟然能无视真理界三大铁律，逾期不归可是会灰飞烟灭的……"

谢麒宇好奇地问道："什么是真理界的三大铁律？"

他不是第一次听说这个名词了，冰箱里的兔子妖怪就说过这个，顾妄曾经也不小心说漏嘴过，这应该是一种束缚着真理界妖怪的法则，使得妖怪受到真理界的管理而不会祸乱人类的世界。

顾妄打断了他的思索："这是真理界的事情。你最好还是多担心一下你的朋友吧。庞普平马车能够压缩两地之间的距离，类似于缩地成寸，所以无论多长的距离都可以大大缩短抵达时间。所以你的好朋友说不定现在正在地球的另一端。"

谢麒宇不禁皱起了眉。

顾妄又说："最近这一带频频发生妖怪失踪的事件。所以我想，凶手不会就此罢手的。"

"要引蛇出洞？"谢麒宇眼前一亮。

"当然。"顾妄微微挑起嘴角，一副自信满满的模样。

"诱饵呢？"

顾妄盯着谢麒宇不说话。谢麒宇摸摸鼻子："好吧，我来就我来。"

顾妄白了他一眼："你身上一个寄居的妖怪都没有，你以为它会对你有兴趣吗？"

"那怎么办？"

"找个被攻击过，但是没有被抓走的妖怪，尽快。"

这让谢麒宇陷入了纠结的思索中，他苦思冥想了很久也没有合适的妖怪人选。他认识的妖怪本来就不多，更别说还要特殊的品种，如果需要被攻击过，但是没有被抓走的……

"红蛙，她可以！"谢麒宇右手握拳在摊开的左手上用力一捶，"她才跟我抱怨过有一辆马车差点儿撞坏了她的巢。"

顾妄意味深长地"哦"了一声，突然笑道："也是，她可是稀有的品种啊。"

"是吗？我觉得她就是很普通的小女孩模样的妖怪啊。"对妖怪知之甚少的谢麒宇理所当然地说道。

顾妄瞥了他一眼："别小看她了，她可不是一般的妖怪。"

"哈？"

"从某方面来说吧，她能知道很多连你自己都不知道的秘密。"顾妄高深莫测地看着他，"她看得见'流言'。"

“流言？流言蜚语的流言？”谢麒宇问道。

顾安点点头：“从谁口中制造出来，被恶意的、好奇的、无聊的人一点点扭曲的流言。在她的世界里这些流言就像是飘浮在空中的植物，有着不同的颜色，从不同的人的身上出现、生长、开花、传播，最后变成充满了不同意义的流言，它甚至能影响人类。”

“真是神奇的妖怪啊。”谢麒宇有些感慨地说。

于是两个人急忙前往学校找红蛙帮忙，红蛙正蹲在配电房的屋顶上无聊地数星星，见到两个人来了还一脸惊讶：“你们把作业忘在学校了吗？”

“……”顾安不说话。

谢麒宇尴尬地把关于童小琪和庞普平马车的事情说了一遍，然后诚恳地请求红蛙帮忙，红蛙倒是答应得很快：“行啊，我正想找那个差点儿撞坏了我的‘巢’的浑蛋算账呢，正好。不过你们打算怎么捕捉它？我对庞普平马车的性能不了解，不过据说是非常难缠的妖怪。而且你们怎么确定它现在还在这儿附近？”

“我们也不确定……不过总得试试看，希望童小琪还没被它带到很远的地方去……”谢麒宇担忧地说。

“不会的。”顾安突然笃定地说。

“为什么？”

“虽然庞普平马车可以快速地远距离行驶，但是对它来说非常耗能，为了节约能量它一定会一次性捕捉数量足够的妖怪然后再带走。赌一把吧，就赌它还会来找红蛙。”顾安将手上的打火机抛到空中，然后轻松接住。

谢麒宇深吸了口气，凝重地点头：“那我们现在该怎么做？”

“我会在这个学校布下结界，让人类不会觉察到这里的异常。然后在这个操场设置困住妖怪的阵法，等庞普平马车来到这里以后就会启动阵法，到时候我上去和它缠斗，你们趁机将人救出来。”顾安言简意赅地说。

红蛙举手：“抱歉，我和这里的巢订了契约，不能离开很远，所以我大概只能吸引火力了。”

顾安的嘴角抽搐了一下，把怀疑的目光投向谢麒宇，显然不愿意把重任交托给他。

谢麒宇耸耸肩："你没得选了，我……试试看。"

说不怕是不可能的，他毕竟是个平凡无奇的人类少年，至今所过的人生绝大部分也只是再平凡不过的日常——当然在他十八岁的生日之后，这样平静的日常离他越来越远了。

现在他竟然要和妖怪去战斗！这对一个普通的高二学生来说是何等超纲的"考试"啊！

谢麒宇有些忐忑不安，却不想逃避。他的体内涌动着一股热血，就像每个这个年纪的少年一样，他充满了英雄主义的妄想，还有……

来自血脉的冲动。

也许他真的不是人类吧，他苦笑。

"算了，我会尽量帮你争取机会的。"顾妄一边说一边揉着额角，一副头痛的样子。

接下来的几个小时，谢麒宇有一搭没一搭地和红蛙聊着天，顺便问问她看得见"流言"到底是一种什么样的感觉。红蛙倒是十分坦诚，她向来直接，也毫不保留地将自己的能力透露给了谢麒宇。

谢麒宇啧啧称奇，妖怪果然是和人类截然不同的生物，就连妖怪之间也有着巨大的差异，这种差异可比不同种族、肤色的人类之间的差异大得多。

再看顾妄，他阴着脸不断将打火机开了关关了开，湛蓝色的火舌在大操场的每个角落飞舞，像是一条蓝色的龙。

谢麒宇看不太懂他到底是如何布下阵法的，他想顾妄所谓的阵法和他概念中的阵法恐怕也不是一类东西，他对阵法的全部理解都来自粗制滥造的网络文学，非常不具备品位这种东西。

"顾妄，阵法难道不该是炼成阵一样的东西吗？比如外面一个大圆圈，然后里面套一个三角形，周围写满了符文这样？"谢麒宇忍不住好奇地问道。

"闭嘴，你动漫小说看多了吧！"顾妄没好气地回道。

谢麒宇颇为不好意思地摸了摸头发。

红蛙在一旁好心给他科普："啧啧，我都看不下去了，给你来点儿科普省得你丢人到真理界去了。顾妄现在在弄的阵法其实应该说是一种法则。"

"又是法则……"谢麒宇小声咕哝。

"他正在构思一个契约，内容大致是让闯入这里的庞普平马车失去自由行动的能力。但是要达成这样的契约必须付出一些东西，比如力量，比如祭品，这就是法则的等价交换。一旦世界承认了他的契约，这个阵法就完成了。"

"原来如此。"谢麒宇点点头。

他对妖怪的世界仍然一知半解，但是时不时能从周围的妖怪那里听说一些。他多少知道妖怪就是法则的衍生物，它们遵循着法则，或许对人类来说法则这个词语过分虚无缥缈，但是它却是无所不在的。

每个物理定律都是一个法则，浅显如能量守恒定律，深奥如量子力学的原理，正是这些法则构成了一个稳定的宇宙，于是诞生了生命体，而生命的定义也并不仅仅是碳基智慧生物而已。

也许从宇宙大爆炸的那一刻起，起点里饱含着的无穷的宇宙法则就组成了整个世界，一切的世界演化进程都是法则的产物，他们就像是被操纵的木偶一样，沿着既定的轨迹运行着，自以为发现了真理。

就在谢麒宇沉思的时刻，忙了几个小时的顾妄也收工了，他回到配电房旁边的花坛，坐在谢麒宇身边静静地看着操场。

"好了？"谢麒宇问他。

"嗯。"

"那我们现在干吗？"

"等。"

"如果它不来呢？"谢麒宇已经想到了坏的可能。

"那就回家洗洗睡吧。"

"……"

谢麒宇觉得自己只能把希望投注于祈祷，祈祷勤劳的庞普平马车再次光顾这所高中，然后人赃并获。

时间静静流逝，其间谢麒宇还接到了母亲的电话，吓得他浑身一激灵，然后紧张兮兮地把电话递给顾妄拜托他圆个谎，就说他在同学家玩。

顾妄似笑非笑地看着他，红蛙倒是很热情地想帮忙，但是谢麒宇一想到母亲听到女孩子的声音后的反应，顿时觉得还不如他自己上阵呢。

最后好不容易糊弄了过去，谢麒宇顿时陷入了蔫蔫的萎靡状态，蹲在花坛边等庞普平马车。

夜色越来越深，周围也越来越安静，不知什么时候地上突然起了雾，白色的雾气似有若无地给这个炎热的夏夜铺上了一层迷蒙的白纱。

微妙的预感让谢麒宇坐立难安，他觉得自己像是被放进了蒸锅的螃蟹，焦躁不安。

“来了。”顾妄站起身，手上的打火机一开一关地响着。

话音刚落，远处就传来了车轱辘滚动的声音，由远及近，在这片雾夜里显得分外诡异。

近了，越来越近，谢麒宇已经可以透过迷雾看到这辆马车的形状，它的外形十分奇怪，一眼就让人联想到童话里的南瓜马车，但是没有马匹来拉动这辆马车。

黄澄澄的大南瓜看起来有些可爱，但是空荡荡的车头却让人心生寒意。

马车在远处停下了，远远近近浮现出湛蓝色的符文，在半空中盘旋，马车似乎意识到自己被困在了这里，突然暴起向配电房的方向冲来！

顾妄动了，他以肉眼难以捕捉的速度冲向了庞普平马车，手上的打火机在空中飞舞出一道绚丽的湛蓝光弧，耀眼得宛如舞动的飞龙！

谢麒宇也想冲上去，突然被红蛙拉住了：“这个借给你。”

谢麒宇茫然地接过红蛙递过来的一把大锤子，哭笑不得地问她：“这是做什么的？”

红蛙一本正经地说：“砸南瓜，你就当万圣节活动吧。砸了那辆肇事不赔的马车！”

“……”

再看操场那边，顾妄已经控制住了那辆马车，湛蓝色的火焰织成了一张巨大的网，将马车困囿在网中，但是为了控制住它，他自己也不能移动了，只能把解救人质的任务交给谢麒宇，谢麒宇扛着锤子忐忑地走到了南瓜马车前。

走近一看，南瓜马车显得越发不像是人类世界该有的东西，它看起来就像是从童话书里出来的事物，每个细节都充满了童话的味道。

“砸吧。”顾妄手上的蓝色火焰束缚着南瓜马车。

谢麒宇深吸了口气，举起锤子重重一砸。

南瓜马车发出沉闷的声响，顶部裂开了一条缝隙。谢麒宇跳上了马车，对着缝隙大喊：“童小琪！你在里面吗？我是谢麒宇，你还好吗？”

里面传来童小琪的声音：“我在里面！”

谢麒宇一下子有了精神：“等着，我们马上救你出来！”

说完继续用力砸南瓜，南瓜马车上的裂纹越来越大，顾妄却突然皱起了眉。

强行打开南瓜马车会造成什么后果吗？他记不太清了，真理界的妖怪有千千万万种，他不可能每个都记得清楚，通常来说这种战斗力贫弱的小妖怪并不会被他在意，他所重视的只有比他强的家伙。

不过总有种怪异的感觉。

“你先等……”

顾妄想要阻止谢麒宇，可是太迟了！南瓜马车的缝隙里逐渐渗出了深蓝色的雾气，里面夹杂着闪闪发亮的微光，雾气冲出的速度非常快，几乎一瞬间就将整个操场包围了起来。

谢麒宇一愣，几乎是刹那之间，周围已经被星雾占领了！

6

童小琪怔怔地揉了揉眼睛，有一瞬间她还以为自己是在做梦。

前一秒钟她还在星海中迷路，可是现在，她竟然站在家中的客厅里，兔耳朵少年却不见踪影。

多么熟悉的景象啊！原木的地板，落地窗正对着茂盛的小花园，母亲坐在画架前一笔一画地涂抹着自己的世界。是的，属于她自己的世界。

她永远活在自己的世界里，而不会回头，哪怕一次，看一看默默望着她的童小琪。

童小琪默默在地上坐了下来，地板上传来微凉的触感，她其实知道眼前的一切不对劲儿，可是莫名地，她就是不想去面对。她只想静静地，静静地坐在这里……

她的母亲身后游弋着的依旧是那条美丽绝伦的人鱼，她寂寞地徘徊在沉寂的空气中，摇摆着绚丽的尾鳍，抚弄自己如海藻般浓密卷曲的长发。人鱼尾巴上的鳞片色泽一年比一年黯淡，她的长发日渐稀疏，就连脸上的表情也越发冷漠孤独。

就像她的母亲。

童小琪抱着膝盖，静静地看着她的背影。

什么时候，她才会发现她呢？

小时候的童小琪不甘寂寞地悄悄走上前去，捂着母亲的眼睛要她猜是谁，母亲只是冷淡地叫出她的名字，随意抚弄着她的头发，继续自己的绘画。年幼的童小琪总是失落地垂下头，转身离去。

如果，如果能被注意到就好了。

被忽略的不甘心一年一年沉淀下来，静静埋藏在灵魂的角落。

后来，童小琪不再玩这幼稚的游戏，她只是默默地坐在母亲的身后，看着她，看着她，直到彻底失望。

或许在她的内心深处，她始终奢望得到那份从未得到的爱。

此刻，童小琪的手逐渐握紧成拳，微长的指甲嵌入掌心，带来疼痛的感觉，她像是做了一个艰难的决定，又像是下了某种破釜沉舟的决心。

她起身，一步步向她的母亲走去。

只是短短的几步路，就像是迈过了十几年的岁月。

拿着画笔的女人专注于自己画布上的作品，甚至吝于给予她一个眼神。

童小琪深吸了一口气，缓慢而坚定地说道：

"我不会再期待了。虽然我曾经幻想过你像别人的母亲一样拉着我的手温柔地絮絮叨叨，这种渴望折磨了我很多年，越是冷淡就越是希望得到，就像是心魔一样。可是时间已经给了我证明，你永远不会这么做。我想……我大概可以停止这种妄想了。再见了……再见了。"

周围的画面逐渐扭曲，像是雾气中的景象一样逐渐氤氲朦胧，她听见身后传来谢麒宇的声音："童小琪？你在哪儿？童小琪！"

童小琪浑身一凛，回头大喊："我在这里！"

她开始向声音传来的方向奔跑，右眼传来钝钝的痛感，还有湿润温暖的触感，她一边跑一边笑了起来。

"卓凌，我做得对吗？"她忍不住向自己珍贵的眼睛求问。

"我不能评价，但是……也许这是件好事。"

"好事？"

"不管怎么说，你挣脱了束缚着你的东西，你蜕变得比以前更勇敢，这难道不是一件好事吗？"卓凌反问她。

童小琪轻笑，捂着自己的右眼又问："刚才那是什么？幻境吗？"

"算是吧，也可以说是你内心执着的东西。"

"卓凌，谢谢你。"童小琪突然说。

"为什么要谢我？"卓凌不解地问她。

"在遇见你之前，我的世界很小。我没有朋友，和家人的关系冷淡，我只是一个再普通不过的女孩子，但那是遇见你之前。"童小琪已经看见前方谢麒宇的身影，朦胧中他的身影像是一根标杆，为她指明方向，"可你让我知道这个世界有多奇妙，每个人身后都有自己的故事，每个妖怪也有自己的故事，这么多的故事串成了这样一个缤纷的世界。而我……"

“是如此与众不同。”

是的，她是不同的，每个人眼中的世界都是独一无二的，没有人会拥有同她一样的经历和记忆。

哪怕是最微小的温情，也是独一无二的。

谢麒宇已经冲上来拉着她上看下看，见到她没有受伤后才松了口气：“太好了，刚才我砸了那辆南瓜马车，结果里面的星空一样的雾气溢了出来，弄得满学校都是，马车里也空了，我还在想你到底会被那些雾气冲到哪里去，万一找不到你，我可怎么向白铃交代呢？”

看，我有了朋友，也有人会担心我的安危，我不再是一个人。

从童小琪的视角看去，谢麒宇身后那只呆呆的河马瞪着红彤彤的眼睛一下下点头，似乎对童小琪的出现感到安心。

她不觉笑了起来。

“你没事吧？”谢麒宇有些怔忪地看着突然发笑的童小琪。

童小琪一把拉住谢麒宇的手，郑重地道谢：“谢谢你来找我。”

“啊……哦……不客气。”谢麒宇被突然热情起来的童小琪吓了一跳，有些愣愣地回复。

顾妄在一旁没好气地“嘁”了一声，用脚踢了踢濒临散架的南瓜马车。周围的星雾还没散开，整个操场还是朦胧一片。

远处突然传来少年的尖叫声：“啊啊啊啊别追啊！姐姐你在哪儿？我好害怕呜呜……”

一个长着兔耳朵的少年像是火烧屁股一样一路冲了过来，一下扑到童小琪的怀里“嘤嘤嘤”地哭了起来，大声哭诉自己有多怕。

童小琪无奈地扶额，对一脸好奇的谢麒宇解释说这是在南瓜马车里遇到的一个妖怪，胆子很小。

顾妄打开打火机，空间撕裂出一道界门，谢麒宇已经不是第一次见到了，所以并不好奇，童小琪虽然有疑问，但是这显然不是个合适的提问时间，顾妄也不是个合适的提问对象，所以她咽下了所有的疑问。

撕裂的界门背后是阴冷的石头走廊，幽深的走廊墙壁上挂着稀疏的火把，为阴暗的走廊带来些微的光明。

可是这份微弱的光亮却越发凸显出这条走廊的阴森恐怖。

走廊深处传来规律的脚步声，一下一下，一群穿着黑色斗篷手持镰刀的人从界门内出现，它们身形高大，整个人笼罩在黑色的斗篷下，宛如人类想象中的死神。

领头的斗篷人向顾妄鞠了一躬，顾妄将刚写好的字条递给了它。

“这辆庞普平马车不知用何种办法逾期滞留在荒诞界长达二十年，照例说这种违反真理界法则的行为会被法则毁灭，但是它却安然无恙，甚至大肆捕捉特殊的妖怪，我想这背后一定有什么阴谋。”顾妄说道。

斗篷人点了点头：“交给我们吧。”

顾妄皮笑肉不笑地说：“希望稽查部不要辜负陛下的期待啊。”

马车被酷似死神的稽查部的人套在了一张巨大的网中，向界门拖去。距界门不到几米的时候，马车突然发出诡异的“咯吱”声，然后一寸寸断裂开来，彻底散架成了一堆废料。

顾妄的脸色瞬间铁青一片。稽查部的人聚在一起商议之后，决定把报废的庞普平马车带回去继续研究。

顾妄冷笑，若有所思地看着马车的残骸，最后目送稽查部的人离开。

谢麒宇之前一直没吱声，眼见着稽查部的人离开后才一溜烟跑到顾妄身边小声说：“他们是稽查部的？看起来像死神啊。”

“有特殊能力的人类偶尔也会看到稽查队，误认为是死神也不奇怪。”顾妄说。

谢麒宇“哦”地点了点头，又问：“马车怎么会突然散架呢？散架了它还活着吗？”

“没用了，已经不可能拷问出什么了，它已经死了。”

“那我们岂不是不知道到底是谁主使这件事的了？”谢麒宇有些失望。

顾妄瞥了他一眼：“不知道对你来说也许是件好事。”

谢麒宇心有不甘地撇撇嘴。

顾妄又走到童小琪身边：“喂，你想不想摘除寄宿在你眼睛里的妖怪，这样的话就不会再遇到这样的事情了。”

童小琪警惕地后退一步，捂着自己的右眼摇头：“不需要，谢谢你。”

被拒绝的顾妄倒是没有任何恼怒的表现，反而肃然地警告她：“下次你未必有这么好的运气。”

童小琪还是摇头：“我不在乎。”

顾妄微微眯起眼，似乎对她的固执不悦。

“我的眼睛里有另一个世界，我不想失去它。”童小琪郑重地说，“它对我来说……很重要，很重要。”

顾妄挑了挑眉：“好吧，希望你不会为今天的决定后悔。”

“我不会的。”童小琪抚摸着自己的右眼，露出了一抹浅浅的笑容，“就算再危险，也总有不想失去的东西。”

谢麒宇走到两个人中间，对童小琪说：“很晚了，我送你回家吧。”

童小琪微微一笑：“嗯！”

兔耳朵少年突然从童小琪背后蹿出来，搓着手用怯怯的大眼睛看着谢麒宇：“我也好怕，送我回家吧……”

“……”

7

最后是谢麒宇送童小琪回家的。

远远看建在半山腰上的别墅灯火通明，而现在已经接近午夜。

童小琪踌躇地徘徊在围墙外的铁门前，最后还是谢麒宇替她按了门铃。

铁门缓缓打开，然后是远处的房门。一道人影穿过绿意葱茏的花园跑到两个人面前，怔怔地看着童小琪。她看起来相当年轻，完全不像是童小琪的母亲，花园微弱的灯光下，她美丽的脸上尽是苍白。

“妈……妈妈。”童小琪喃喃地叫了一声，低下头。

“啪”的一声脆响，女人扬手就是一巴掌。

童小琪愣住了，谢麒宇也愣住了，就连女人自己也愣住了。

“对不起……”童小琪捂着脸轻声说，声音哽咽着。

女人颤抖着手，用力将童小琪抱进怀里，几乎要揉碎她的骨头。童小琪像是受到了惊吓，竟然一动不动地呆立在那里。这个拥抱来得太晚，她已经记不清上次被母亲这样拥抱是多久以前的事情了。

她听到这个冷漠至今的女人轻微的抽泣声，还有她身上止不住的颤抖。

童小琪默默伸手反抱住了她，小声说：“对不起，妈妈，我回来晚了，下次不会了。”

“你爸爸和姐姐在外面找你，快打电话让他们回来吧。”冷静下来的女人恢复到原本的冷淡，松开紧抱着童小琪的胳膊。

如果不是她微红的眼眶和仍在颤抖的手指，童小琪几乎以为刚才惊慌失措的人不是她。美丽的人鱼终于不再焦躁地甩动着鱼尾，而是安静地扶着母亲的肩膀，宛如一直以来的冷漠淡定。

其实，她一直被不自知地爱着。突然很想哭，喉咙里像是被棉絮塞住，她意识到自己并不是自己想象的那样孤独。

真好。

“后来呢？”白铃坐到童小琪桌前的座位上，托着下巴问道。

童小琪并没有将妖怪的事情告诉白铃，而是找了个非常不靠谱的借口——自行车坏了，乘公交回家睡着了坐过站，回来的时候没钱了，只好走回家，然后迷路了。最可怕的是，看似精明的白铃竟然全盘相信了。

对此，谢麒宇表示自己不想评价。

“后来，他们还是协议离婚了，她说耽搁了这么多年，她还是想找回从前的梦想。”童小琪拿书挡住脸，小声说，“不管爸爸怎么说，我和姐姐都支持她的选择，现在她已经去法国了。”

童小琪记得，母亲临走前坐在客厅的沙发上，看着落地窗外的花园，突然对身后的童小琪说：“你小时候总是坐在这里看我画画。”

“嗯……”

“我一抬头就可以看见玻璃上的反光，把你的一举一动都倒映出来，你还会悄悄走上来蒙我的眼睛。”

童小琪微微一愣，几步走到以前摆放画架的位置上，再像母亲一样坐在地板上，确实，她透过落地窗的倒影能看见门口的方向。她竟然从未发现。

母亲突然微笑了起来：“后来你不来了，我却总有种错觉，好像一抬头还能看见小小的你坐在那里，又乖又听话。原来一转眼，你已经这么大了。”

童小琪看着她，突然发现记忆里清冷美丽的母亲笑起来的时候已经有了深深的眼纹。她有多久没有好好看过她，没有好好和她说过话了？

好像已经很久很久了……

“我要出发了。”母亲起身拎起行李箱，对童小琪说。

“一路顺风。”

母亲绽然一笑，转身离去。

她身后的人鱼一甩尾鳍，尾巴上的鳞片在阳光下闪闪发光。空气中传来奇妙的声音，她从未听见过这样美妙的仙乐，却是如此震慑人心。那是自由了的人鱼的歌声，她厌倦了陆地的束缚，终于决定回归大海。

童小琪抚摸着右眼的眼眶，忍不住露出了微笑。

谢谢你，卓凌。是你给了我一个如此与众不同的世界。

Di-si Zhang Qiyue Bei Sinian de Ni

第四张契约　被思念的你

你知道吗？其实，你一直被不为人知地爱着。你比你想象的还要幸福。

1

谢麒宇觉得，自己十八年来的人生遇到了重大的危机。

对，重大的……家庭危机。

他那个出国工作十几年来从不回家的老爹……继续失踪着，他对自己的父亲只有照片上的概念，差不多已经完全没有期待了。

问题出在他母亲身上，最近他的母亲苏娜可频频外出晚归，谢麒宇敏锐地发现，每次她出门前都会精心打扮一下，然后兴高采烈得像是十八岁的少女出去约会一般出门了。

谢麒宇感到了深深的担忧。

虽然他觉得老妈终于下定决心甩掉他那个不负责任杳无音信的老爹是件可喜可贺的事情，但是他还是觉得担心。如果母亲真的要离婚重建家庭的话，他该怎么办呢?

这天刚好是周末，谢麒宇正在为明天的绘画作业绞尽脑汁，苏娜可出门的声音传来，他立刻像是受惊的兔子一样一跃而起，抄起钱包、钥匙和手机就紧跟着出了门，做贼似的偷偷摸摸跟在苏娜可的身后。

这不是捉奸，这只是关心老妈。

谢麒宇给自己想了个合理的借口，继续小心翼翼地尾随着他的母亲。

苏娜可用手机打了个电话，然后笑容满面地走进了一家茶楼，谢麒宇站在门口踌躇了一会儿，最后还是硬着头皮进去了。

苏娜可就在窗边的座位上，对面坐着的是一个中年男人，谢麒宇在看到他的那一刻就当场呆住了，愣愣地看着那个人熟悉的面容，一时间竟然一个字也说不出来。

谢君荣啜了一口茶，笑眯眯地对妻子说道：“麒宇果然跟来了啊。”

苏娜可回头看着站在门口的儿子，笑着对他招招手：“麒宇，来这边！”

谢麒宇一时不知道该不该转身就走。他对父亲的印象只停留在照片上，还有定期打来的电话，但是他们之间从来不多说什么，他接到电话后总是默默地把话筒递给母亲。

十三年了，从他五岁开始，他的父亲已经离开他们十三年了。

他的成长中并没有这个人的影子，也不止一次为母亲觉得不值，甚至还和同桌白铃抱怨过，虽然每每被嘲笑他一定是有恋母情结。

可是现在，他直觉这一切似乎不简单。

从十八岁生日这天开始，他的人生似乎就偏离了一个正常的轨道，他开始看得见妖怪，开始知道不属于人类世界的东西，甚至结交了一些妖怪朋友。他开始逐渐觉察到自己所在的世界其实并不是自己原本以为的样子。

那么，他离家已久的父亲，真的只是普通的人类吗？

他已经不是对妖怪世界一无所知的普通人了，妖怪之间讲究血统的传承，他既然看得见妖怪，而母亲苏娜可又是一个普通人，那么他的特殊能力到底来自哪里呢？

只有那个在他记忆里模糊到只剩下一个剪影的父亲。

他有预感，他即将得知一个巨大的秘密。

谢麒宇定了定心，试图让自己变得成熟冷静，他强作镇定地走到两个人面前，在母亲旁边的座位上拉开了椅子，低声说了一句："晚上好。"

谢君荣饶有兴致地看着他，不像是父亲一般的眼神里透着一股促狭的意味，谢麒宇觉得尴尬，默默把视线转向窗外的人流。

"好多年没看到麒宇了，一下子就长成一个男子汉了啊。"谢君荣给谢麒宇斟了一杯茶，自己又慢悠悠地啜了一口。

谢麒宇别扭地看着微笑的母亲："为什么不告诉我……他回来了？"

苏娜可含笑摇了摇头："让你爸爸说给你听吧。"

谢麒宇没法从母亲那里得到答案，只好默默看着谢君荣。

谢君荣今年已经四十多岁了，眼角已经爬起了浅浅的皱纹，可是即便如此，他身上略带沧桑的成熟气质还是令周围的顾客侧目不已。

谢君荣"啪"地打了一个响指，茶馆里悠扬的古曲声突然变得遥远，客人们小声谈话的声音也一下子消失，谢麒宇慌忙看向窗外，玻璃窗外车来车往的夜景已经消失了，他们三个人依旧坐在桌子前，而周围是无边无际的混沌之雾。

谢麒宇似乎顿悟了什么，用一种了悟的眼神看着谢君荣。

谢君荣微微一笑：“你看见了吧？”

“……”

“一个与众不同的世界。”谢君荣淡淡地说着，突然又笑了起来，“这次，我不会允许你逃避了。”

“逃避……什么？”谢麒宇怔忪地问道。

“你的使命。”谢君荣悠悠地说。

谢君荣说了一段很长很长的往事。

谢君荣是人类和妖怪的混血，遗传到谢麒宇身上使得他也看得见妖怪，小时候的谢麒宇从未觉得自己和别人有什么不同，也并不知道那些无处不在的妖怪和人类是不一样的。

他并不害怕那些友好的妖怪，甚至会“咯咯”笑着和它们玩到一起。

直到有一天，年幼的谢麒宇被一只邪恶的妖怪重创，奄奄一息地躺在地上濒临死亡。从那天起，他才知道疼痛和害怕到底是什么，也终于明白那些生物和人类是不同的。

“所以我封印了你的眼睛，代价是不可以再和你见面，否则封印就会因为血缘的亲和力自动解除。但是随着时间的推移，这个封印已经弱化了，现在看来……其实已经解除了吧？”谢君荣不动声色地问道。

谢麒宇默默点了点头。他对幼年时的记忆非常模糊，甚至可以说是一片空白，五岁以前他就好像生活在真空里一样，无论他如何努力去回忆都是一片片的荒芜，他甚至不记得自己的父亲长什么样，如果不是苏娜可翻着老旧的照片一张一张地对他说着小时候的事情，他几乎以为自己是从石头缝里蹦出来的。

苏娜可笑着说：“麒宇的天赋很好呢，所以封印才会这么快就失效，要知道当初给你眼睛下封印的人……”

“咳，就是因为麒宇天赋很好，所以我才想让他接替我的工作。”谢君荣打断了苏娜可的话说道。

苏娜可发现自己说错了话，默默低头抿了一口茶。

谢麒宇并没有注意到父母话中的矛盾之处，他满心好奇着父亲口中的工作是什么，却因为陌生感而没有问出口。

“我的工作很危险，也很辛苦，稍有不慎就会送命，不过我觉得很值得，因为这是我的使命。”谢君荣淡淡地说。

谢麒宇下意识地挺直脊背，被父亲脸上严肃的表情给震住了。

他的脑中甚至开始跳跃着各种不靠谱的胡思乱想，比如说不定他老爸是个国际走私团伙的头目，干着违法乱纪的勾当之类的，但是很快他就被谢君荣的话吸引住了。

“我们这一行被称为除妖师，也可以说是妖怪猎人。任务就是在全世界范围内肃清作乱的邪恶妖怪，尤其是犯下伤害人类血案的。这个职业非常危险，朝不保夕，我们保护着普通人，却不为人所知。我曾经有许多队友，有不少已经永远长眠在了地底。终其一生都无人知晓他们的赫赫战功。”

“麒宇，你愿意做一个无名的英雄吗？”

谢君荣的声音平静而充满了张力，他看着谢麒宇的眼神有着淡淡的期许和鼓励，谢麒宇怔怔地看着自己的父亲。他十数年未见的父亲坐在他面前，用轻描淡写的口气向他描述了一个充满危险的奇妙世界。

他就像手握着染满了血腥的钥匙的孩童，懵懂地站在一扇通往异世界的大门前，踌躇着是否要鼓起勇气推开它。

“还是再等等吧。”苏娜可叹了口气，摸了摸发蒙的谢麒宇的头发，“麒宇还小，让他好好想想吧。”

2

当晚谢君荣踏进了十几年没有回来过的家，然后夸张地闻着家里的味道感慨说：“还是家里好啊，娜可给我做夜宵吃吧，我想吃你做的夜宵。”

母亲笑嘻嘻地拍了拍他的肩膀，洗手做羹汤去了。

谢麒宇默默转过脸，感觉自己心中刚刚建立起来的英俊伟岸的父亲形象轰然崩塌。

当晚谢麒宇痛苦地赶明天要上交的作业，心里郁闷地吐槽，就算是未来的除妖师也是要被高中作业困扰着的，这算哪门子除妖师啊，太憋屈了！

总算在午夜前他搞定了绘画作业，打着哈欠洗漱睡觉去了。睡到半夜，他突然在半梦半醒之间听到了什么声音，起初他以为自己在做梦，翻了个身用被子蒙住头继续睡，可是没一会儿敲窗子的声音就越发响亮了起来，让他想睡觉都不行。

有病啊！大半夜敲人家玻璃窗干吗啊！

等等，他家住几楼？

谢麒宇浑身一激灵一下子就被吓醒了，窗子还砰砰作响，他想了想，干过这种不靠谱事情的对象，好像只有顾妄一个，于是壮着胆子开了灯。

门外有个黑漆漆的脑袋，脑袋上还有两只长长的耳朵。

兔子精啊！

谢麒宇汗毛都竖起来了，突然转念一想，难道是住在他家冰箱里的那个长尾巴兔子？于是蹑手蹑脚地走到窗前仔细看。

结果窗外的脑袋一下子拱了起来，露出一张小男孩的脸：“恩人，开窗啊，我来给你送名片了！”

谢麒宇的内心有一辆狂怒的火车呼啸而过。

“你来这里做什么？”谢麒宇暴躁地拉开窗子吼道，“大半夜的你想吓死人啊！还趴在我家窗外，你知不知道这里是几楼？”

兔子少年被他吼了一通，当即委委屈屈地低下头，一副泫然欲泣的样子。谢麒宇顿时有了一种自己欺负小孩子的感觉，只好深吸了口气好声好气地对他说："别哭别哭，我不是要吼你，就是刚才被吓了一跳。下次你去人家家里可千万不要爬窗子了，万一遇上个有心脏病的指不定就被你吓死了。"

兔子少年这才破涕为笑："我知道了，以后我不会爬窗子了，你胆子小，我不能吓到你。"

"……"谢麒宇一脸无奈地解释这不是他胆子小。

但是兔耳朵少年已经一副"我很懂你，别掩饰了，我绝对不会嘲笑你"的表情，让谢麒宇憋屈得不行，拜托啊，兔子兄弟，是谁之前被南瓜马车吓得拉着童小琪的衣服哇哇大哭?

"所以你到底是来我家做什么？"说得口干舌燥也没能成功给兔耳朵少年洗脑的谢麒宇已经放弃了，只好转移了话题。

兔耳朵少年这才恍然，两手揪着耳朵一副嫌弃自己的样子："看我这个破记性，简直和你的胆子一样。"

"……"懒得吐槽他的语病的谢麒宇装作没听见。

"这个送给你，谢谢你上次救了我，要不是你，我现在大概已经被泡在福尔马林里当标本了。"兔耳朵少年把名片递给谢麒宇，大大的眼睛瞅着谢麒宇，一眨一眨的，就连兔耳朵也竖得直挺挺的，看起来倒是挺可爱。

这么可爱一定是男孩子。谢麒宇的脑中突然跑出这么一句没逻辑的吐槽，旋即又唾弃自己最近一定是上网上多了。

"长耳朵？你的名字？"谢麒宇看着名片问道。

"对啊，我叫长耳朵，恩人，我还没问你的名字呢。"长耳朵眨巴眨巴大眼睛问道。

"谢麒宇。"

"哇，听起来很酷。"长耳朵笑得露出了两颗兔牙。

"你还开了一家废品回收站？"谢麒宇看着名片上的介绍问他。

长耳朵鼓着腮帮子生气地说："才不是废品回收站，是遗弃物工坊！专门回收被大家丢弃的旧物的。"

谢麒宇古怪地看着他："那不就是回收站吗？"

长耳朵揪着耳朵哇啦哇啦地叫了起来："不是不是不是！我要生气了！哼，人类就是这点讨厌，喜新厌旧！明明以前那么喜欢那么宝贝的东西，一旦不喜欢了就随随便便地丢掉了，你们都没有想过被丢弃的东西的心情吗！可恶，我就是最讨厌你们这点了。不管了，反正明天你到我那里去看看吧！一定要去哦！"

谢麒宇被他磨得没辙，只好点头应下了，兔耳朵少年这才满意地点点头："那我回家了，你要早点儿睡觉哦，要是害怕的话锁紧门窗，如果有人敲窗子一定不要随便开哦。"

"……"谢麒宇默默看着天花板上的电网蜘蛛爬来爬去，对赤裸裸的污蔑充耳不闻。明明是这只兔子精胆子小吧，上次把他从庞普平马车里救出来的时候还吓得半死的。

不管怎么说，送走了这个胆子小又聒噪的兔子妖怪，他总算能够好好睡一觉了。

第二天一早谢麒宇照常在闹钟妖怪可怕的"诅咒"中起床，连滚带爬地去洗手间洗脸刷牙，结果出来的时候看到在餐桌上慢悠悠地看着报纸吃着爱心早餐的谢君荣，有些尴尬地打了个招呼："早上好。"

谢君荣冲他笑了笑，两个人无声地享用了一顿美味的早餐，等谢麒宇换鞋子准备出门的时候却突然听到谢君荣对他说："麒宇。"

"嗯？"谢麒宇回头看着他的父亲。

"和妖怪结交的时候要小心些，如非必要最好还是保持距离。"谢君荣淡淡地说。

谢麒宇直觉他是知道昨晚长耳朵来访的事情，沉默了一会儿说："我知道了。"

他感觉得到谢君荣并不喜欢妖怪，可能是多年猎杀作恶多端的妖怪留下的固有印象，可是他现在也不想和父亲发生争执。他有自己的看法、自己的主见，也许会出错，也许会遭遇危险，但是他却不想因为偏见而将那群善良的妖怪拒之门外。就像顾妄，最初见到他的时候他也觉得这一定是个危险的家伙，可是这段时间接触下来他已经摸得到这家伙的个性了，他虽然是有些傲气，但是本性却也不坏。

来到学校又是快迟到了，谢麒宇讪笑着在同桌白铃鄙视的眼神中坐到座位上，赶紧整理作业准备上课的东西。

上学的日子总是无聊的，但是时间却过得飞快，下午放学的时候谢麒宇摸了摸口袋里的名片，决定去长耳朵的废品回收站……啊，不，遗弃物工坊看看。

“童小琪，你还记得上次的那个兔子妖怪吗？”谢麒宇走到童小琪的位置旁小声问道。

童小琪愣了下，点点头。

“它邀请我去它的小店里看看，你要一起来吗？”谢麒宇邀请道。

“我正要去，走吧。”结果童小琪把长耳朵的名片往他面前一放，两个人相视一笑，原来竟然都收到了邀请。

于是结伴同行，路上童小琪还说起了在庞普平马车里的一些遭遇，也说起了长耳朵是怎么哭着喊着要跟紧她，听得谢麒宇眉开眼笑，准备待会儿到了小店里嘲笑它一番。

“这地址正好是上次我们遇到那个巨怪的那条小巷，听长耳朵说那里原来就是妖怪的聚居地，不少妖怪在那里做交易，那天因为磁场混乱把结界撕裂了一条缝隙，不然我们是看不到那条小巷的。”童小琪说。

“得，那我们现在怎么进去？”谢麒宇看着原本应该是小巷入口现在却是砖头的墙面，干瞪眼。

“让开。”

听到顾妄的声音，两个人齐刷刷地回过头，惊恐地看着他。

顾妄的目光在两个人的身上一扫而过：“你们不是想进去吗？”

说着他在空中打了个响指，清脆的“咔嚓”声后，长着青苔的墙面突然晃动了一下，像是水中的倒影随着涟漪瞬间破碎，露出里面幽深的小巷。

青石板铺路的小巷里传来热闹的人声，小巷两旁的店铺古色古香，时不时有妖怪从一家店出来，又进了另一家店，手里还提着诸多让人类啧啧称奇的东西，谢麒宇和童小琪就像是进了对角巷的麻瓜一样目瞪口呆。

“等等，你怎么会在这里？”谢麒宇抓住了重点。

“来买东西。”顾安没好气地说，“然后看到两个笨蛋像是没头苍蝇一样在这里转来转去。”

谢麒宇斜睨了他一眼，怀疑地反问：“我说你不会是看到我们两个鬼鬼祟祟地来到这里，不放心所以跟来了吧？”

“鬼鬼祟祟”的童小琪翻了个白眼。

“我还没那么闲。”顾安“哼”了一声，大步从两个人中间走过，一脚迈入了小巷中。

谢麒宇赶紧跟了上去：“等等，帮我找找16号店铺在哪里啊！”

童小琪慢悠悠地走在青石路上，时不时好奇地打量着两边的店铺，中式古风的建筑，就连文字都是繁体，牌匾从右往左念，店里卖的也都是一些古怪的东西，她看到了古董店，也看到了卖稀奇药材的店铺，甚至还看到了贩售妖怪的店铺，而这里的妖怪也和她以往看到的不一样。

一个足有五六米高，袍子下空荡荡的妖怪目不斜视地从他们一行人身上“走”过——与其说是走，不如说是飘，因为几个人都没感觉到它的实体，只有一阵风从他们身上擦过的感觉。

还有几只叽叽喳喳的彩色团子在青石板路上滚来滚去，看起来颇为可爱，团子们还会互相撞来撞去，像是彩色的台球一样碰碰撞撞的，童小琪几乎要努力克制才能抑制住女孩子看到毛绒动物的本能。

“卓凌，你说这里是不是很有趣？”童小琪对自己的眼睛说话。

“是的，我很久没有来过这里了。”住在她眼中的妖怪小声说，“突然有些怀念了啊……真理界的日子。”

童小琪沉默了，她始终感谢卓凌带给了她一个与众不同的世界，现在她早已习惯了这样的生活，甚至不能想象自己失去这只眼睛会变成什么样子。

“我不会离开你的。”卓凌像是感觉到了她低落的情绪，柔声安慰她。

“谢谢你。”童小琪捂住那只眼睛，眼前瑰丽奇幻的妖怪世界一下子消失了，她只看到荒芜的小巷杂草丛生，杳无人烟。可是当她松开捂住那只眼睛的手之后，她再次看到了那个喧嚣幻美的妖怪世界。

她想，她爱着这样的世界。

“童小琪，这边这边，我找到那家回收站……啊，不，遗弃物工坊了！”谢麒宇在前方朝她招手，周围的妖怪对这个咋咋呼呼的人类用眼神表达了自己的不满，但是被顾安冷冷地一瞥又默默低头干自己的事情去了。

顾安毫不掩饰自己身上大妖怪的威压，妖怪之间比人类更习惯这种力量带来的不平等，弱小的妖怪是不会轻易招惹强大的对手的。

就连童小琪也能感觉得到顾安身上的气场，所以她才会对这个妖怪感到害怕，可是谢麒宇却像是浑然感觉不到这种力量的威压，这也令她感到疑惑。

当她把这种疑惑告诉卓凌后，这个住在她眼睛里的妖怪温柔地说道：“你没有发现吗？他们长得有些相似呢。”

童小琪瞪大了眼睛，仔仔细细地看着两个人，如果撇去两个人截然不同的气质，他们的五官确实有相似之处，但是因为迥异的气质而掩盖了这点儿不明显的相似之处。

“妖怪的血缘是很深的羁绊，他们身上有相同的血，虽然已经淡化了，但是三代之内他们必然有同样的血亲。”卓凌说。

童小琪恍然：“怪不得，我觉得顾安对谢麒宇很特别。”

卓凌似乎是轻笑了一声：“血缘的牵绊是抹不掉的，你的这位人类同学，虽然血统已经淡薄了，但毕竟是十二王族的血脉啊。”

“你告诉我这些没关系吗？”童小琪有些担心地问道。

“只要你不说出去，那就没有关系。”卓凌说。

3

“就是这里了。”谢麒宇指着店门紧闭的店铺说道。

这家店铺看起来年代久远，牌匾上的字样是“遗弃物工坊”，谢麒宇迟疑了一下，敲了敲门。

门内发出“咕咚”的响动，还有长耳朵的呼救声：“救命啊——”

谢麒宇惊了惊，毫不犹豫地一脚踹开门冲了进去：“喂，你没事吧？”

一进门他就被凌乱的店铺给吓住了，当然最令他忍不住囧了一张脸的是长耳朵，他现在被压在货架下只伸出了一双小短腿在地上乱踢：“快救我！我被压住了！”

谢麒宇先是扶着墙狂笑了半分钟，这倒不能怪他，实在是被压得只剩下一双小短腿还胡乱踢蹬挣扎的样子太过搞笑，笑完了他还是很厚道地把翻倒的货架从长耳朵身上推开。得救的兔耳朵少年哭丧着脸，灰头土脸的，就连耳朵都耷拉了下来，看到童小琪才破涕为笑：“姐姐姐姐你来了！姐姐姐姐谢谢你救了我，要是没有你我肯定死掉了，姐姐姐姐你想要什么东西？我送给你呀，只要你看得上眼！”

兔耳朵少年扒着童小琪的肩在她身上蹭来蹭去，结果把童小琪干净的衣服蹭黑了一片。童小琪无奈地摸了摸他的耳朵，结果又是一手灰，顿时郁闷地看着谢麒宇用眼神示意他救援。

谢麒宇躲在顾妄身后吹着口哨装死。

好不容易安抚了兔耳朵少年，三个人都悄悄松了口气，会用大眼睛和长耳朵卖萌的正太实在是太难搞了，最可怕的是他还是个话痨！一旦你试图打断他喋喋不休的啰唆，你就等着被他用谴责的大眼睛直勾勾地看着吧！

谢麒宇倒是还好，但是童小琪出于女性的正太控天性，每次都玩不过兔耳正太，只好一脸郁闷地听着他的唠叨。

现在长耳朵介绍起了自己的店铺，一边整理一边给三个人科普：“这些东西呢，其实都是人类丢弃的旧物，有一些上面还有妖怪住着呢，你们看，比如这只泰迪熊。妖怪们住在里面，用人类对它们的喜爱的能量养活自己，被爱着的妖怪会强大起来，甚至能够保护自己的主人。人类世界的夜晚是很危险的，尤其是小孩子，总有贪婪的妖怪会想要潜入孩子的梦中，用噩梦吸取能量。如果孩子足够喜欢他的玩具，玩具里的妖怪就能获得强大的能量保护自己的小主人一夜好眠。”

兔耳朵少年抱着一只棕色的泰迪熊拍了拍：“但是，再喜欢的玩具也有被抛弃的一天。它们会陈旧，会失去刚生产出来时的光鲜亮丽，小主人会找到更新颖、更漂亮的玩具，这些老玩具就会被无情地抛弃。我听得到它们的哭泣声，也听得见它们的回忆，其实我的耳朵并不是兔耳，应该说这双耳朵就是一个妖怪，只是像住在姐姐眼睛里的妖怪一样，它住在我的脑袋上。”

童小琪的表情僵住了：“你怎么知道？”

长耳朵奇怪地看着她：“这不是很明显的事情吗？妖怪能嗅到同类的味道啊。哦，姐姐是人类所以不知道，妖怪的感觉是很灵敏的，比如我就感觉得到谢麒宇哥哥不完全是人类，而那位冷着脸很可怕的先生也不全是妖怪。”

谢麒宇好奇地看着顾妄：“不全是妖怪？你有人类的血统？”

顾妄没有回答，只是脸色并不好，看着长耳朵的表情也有些可怕。

兔耳朵少年的耳朵立刻哆嗦了起来，他“哇”地尖叫了一声，躲到了谢麒宇身后颤抖了起来：“我错了我错了，呜呜呜，请你不要吃掉我。”

童小琪也被这种杀气弄得汗毛倒竖，后退了几步远离顾妄。只有谢麒宇没什么感觉，还笑嘻嘻地对顾妄说：“这也没什么好隐瞒的嘛。你看我也不全是人类啊，这么说来我们都是混血啊。哎，同样是混血怎么差这么多呢，你都能欺负妖怪了，我还要被妖怪欺负，哎哎哎，天理何在啊？”

顾妄勾了勾嘴角：“让你爸好好训练训练你，收拾个把兔子一点儿问题都没有。”

谢麒宇“噗”地笑了，笑着笑着却突然僵住了：“你怎么知道我爸？”

顾妄淡淡地说：“他杀过不少从真理界偷渡过来的逃犯，和真理界也有往来，我自然知道。”

谢麒宇想了想也对，也就没往深处思索。

长耳朵一看危机已经解除，立刻又喋喋不休了起来："你们听我说嘛，我现在就收集这些被人类丢弃的旧物，因为被丢弃的旧物产生的怨念污染了居住在里面的妖怪，如果不加以处理它们就会恶化，甚至会有可怕的报复行为。所以呢，我在努力为它们寻找新的主人，希望它们能够重新感受到爱！"

顾妄冷笑："这种垃圾直接烧掉就好了。"

长耳朵生气了，也不顾等级威压的可怕巴拉巴拉地一通说教："满脑子打打杀杀的妖怪最讨厌了，世界的和平都是被你们这种家伙破坏的！要用爱，用爱来治愈它们，拯救它们！"一大串如何用爱拯救世界的理论听得谢麒宇头都大了，只好退到一旁的货架上随便看看。

货架上的货物都很老旧了，都是些零散的小玩意儿，比如闹钟，比如台灯，他能看见居住在里面的妖怪，每个都露出寂寞的表情。

原来被遗弃的旧物里居住的妖怪是这样的吗？他突然想到自己床头的那只闹钟，虽然它每天早上都用不怀好意的"早安曲"诅咒他，但是它脸上的表情却是神采飞扬的。如果有一天自己抛弃了它，它也会露出失落和寂寞的表情吗？

突然，谢麒宇在货架的底层看到了一只老旧脱毛的抱抱熊，它看起来真的是很旧很旧了，就连棕色的绒毛都已经脱落了，镶嵌在眼眶里的塑料眼睛也毫无神采。可是莫名地，谢麒宇觉得它很熟悉。

他试着抱起这只绒毛熊，拍了拍它的头，抱抱熊发出"I love you"的机械音。谢麒宇想了想，这应该是他小时候那会儿流行的东西吧。

可是关于幼年时的回忆，他却已经再也想不起来了。

谢麒宇莫名觉得眼睛里有一种痒痒的湿意，仿佛那段空白的童年记忆里有什么温柔却令人疼痛的东西。他早已忘记了，关于童年的记忆，但是从父亲的描述中他还是知道了一些。他从小就看得到妖怪，也乐于和妖怪相处，却还是遭遇了邪恶的大妖怪险些丧命，从那以后他开始害怕妖怪，抗拒这些与人类不同的生物。父亲为了保护他封印了他的眼睛，代价是必须远离他，否则封印就会因为相同的血缘的共鸣而失效。

但是十几年过去了，封印的效力还是逐渐变弱，直到他十八岁生日这天彻底归于无效。

谢麒宇审视着自己空白的回忆，他直觉那并不是太美好的记忆，却有一个陌生而温柔的声音，柔柔的，却轻易刺痛他的灵魂。

他到底……忘记了什么呢?

“那是你的东西。”长耳朵不知道什么时候来到了他的身边，对他说道，语气笃定。

“你听到了它的回忆？”谢麒宇想起长耳朵说过他有这样的能力。

长耳朵点点头，伸出短短的胳膊抚摸着毛绒熊。

陈旧的毛绒熊里突然冒出了一个圆圆的脑袋，谢麒宇被吓了一跳，定睛一看，那个小妖怪竟然是个葫芦。白色的小葫芦从毛绒熊的拉链里钻出来，伸出细细的胳膊和小细腿，看到谢麒宇的那一刻突然发出清脆的笑声，欢快地向他扑来，却因为“巢”的引力而被拉回了毛绒熊的身上。

“这……是寄居在这只毛绒熊上的妖怪吗？”谢麒宇怔怔地问道。

“对啊，它很想念你。”长耳朵小声说着，“它在努力想要唤起你的回忆，但是……你已经忘记了吧？”

谢麒宇突然感到愧疚，但还是诚实地点了点头。

“想回忆起来吗？我可以把它的回忆带给你。”长耳朵用大大的杏眼看着他，询问道。

谢麒宇迟疑了一会儿，默默点了头。

顾妄和童小琪来到他身后，没有出声地看着长耳朵和谢麒宇的互动。

长耳朵将短短的胳膊放在谢麒宇的脑袋上，对他说：“闭上眼睛，放空思维，不要抵抗我的力量。”

谢麒宇闭上了眼睛，一片黑暗中他似乎看到了前方有微弱的光亮，像是漫长的隧道深处的出口，他感觉自己的意识在往那里走，一步一步地，虽然遥远却不愿意停下脚步。突然，前方的光亮开始变得明亮，他像是沙漠中看到了绿洲的饥渴旅人，奋不顾身地向前奔跑，不在乎前方是绿洲抑或蜃楼。

眼前开始出现大片大片的白光，他在时空的隧道中行走，逐渐来到过去的回忆里。

那是……被他遗忘了太久太久的，幼年时的回忆。

天下着雨。绵绵的细雨细如牛毛，十八岁的谢麒宇站在小公园里，迷惑不解地环顾四周。

周围的人行色匆匆，打着伞的，没打着伞的，一个个都匆忙地往家赶。

他看了看公园的大钟，已经是傍晚了。没有人注意到他的存在，他就像是闯入了人类世界的幽灵一样，就连身体也是半透明的。

他在公园附近走来走去，很快他看到了前方的孩子。

那是个五六岁的小男孩，抱着一只对他的身体而言太大的抱抱熊，坐在一架老旧的秋千上。谢麒宇一眼就认出了他——那是幼年时的自己。

“谢谢大姐姐，可是我要回家了，爸爸妈妈会担心的。”五岁的谢麒宇对站在他面前的女人说道。

那个女人留着长长的黑发，穿着一身白色的长裙，看起来无比温柔，她蹲在秋千前摸了摸谢麒宇的脑袋向他告别：“我要走了，麒宇也要乖乖在这里等家人，不可以乱跑哦。”

小麒宇乖乖地点头，接过了她递过来的雨伞：“可是姐姐把雨伞给了我，要怎么回家呢？”

那个女人笑了笑：“姐姐不怕淋雨。”

女人离开了，背影消失在公园深处的树林中，不见踪影。

小时候的谢麒宇乖乖地抱着毛绒熊等待家人寻找到走失的他，时间一分一秒地走着，天已经彻底暗了下来，他还是没有等到他的父母。

远处响起了轰然的雷鸣，小时候的谢麒宇颤抖了一下，似乎感到了害怕。可是他还是牢牢记着母亲的教导，一旦走丢了就要乖乖在原地等妈妈找到他，绝对不可以乱跑，所以他还是强忍着心里的害怕，紧紧抱着毛绒熊等待着自己的父母。雷鸣声越来越近，几乎是在幼年时的谢麒宇的头顶响起。小麒宇终于哭了起来，一抽一抽地吸着鼻子，呜呜地说着自己害怕。

谢麒宇想走过去安慰他，可是不知道从什么时候开始，他的身体已经无法动弹了，他就像是被定格在了这场回忆里，无法行动，更无法上前相助。

雾气弥漫了开来，大雨中的迷雾显得分外诡异。

闪电中巨大的野兽的身影出现在了小公园的沙滩里，那是一只可怖的巨兽，狰狞的外表和肃杀的气息都昭示着那是一只凶恶的妖怪。它虎视眈眈地盯着年幼的谢麒宇，像是嗅到了什么美味，一步一步地向他逼近。

不同于普通的人类，谢麒宇是看得到的，此刻年幼的他已经被吓呆了，一动不动地坐在秋千上，紧紧抱着怀里的毛绒熊，竟然连逃跑都忘记了。

恶兽已经近在眼前，庞大的身躯在闪电的光芒中投下巨大的阴影，散发着血腥味的兽体让小麒宇止住了哭泣，只会呆呆地看着这只可怕的巨兽。

它舔了舔嘴唇，好奇而垂涎地盯着眼前的小孩子，似乎是在好奇他身上这种美味的气息是从何而来。它品尝过很多人类，有男有女有老有少，但是没有一个会散发出这种香甜的气息，就像是……对，像是妖怪。

只有血统高贵的妖怪的身上才会有这种美味的香气，令人垂涎欲滴又恐惧不已。巨兽已经按捺不住了，它张开血盆大口号叫着向小麒宇扑去。

“麒宇！——”远处的丛林中响起女人的尖叫声，带着惊恐和愤怒的声音宛如雷电一般劈开这血腥的雨夜！

成年的谢麒宇几乎要闭上眼睛躲开这惨烈的一幕，可是下一秒钟，锐利的剑光像是骤雨一般铺天盖地，伴随着刺穿血肉的声音和野兽痛苦的号叫，一时间竟然震住了谢麒宇。持剑的男人一身黑衣，浑身上下笼罩在黑色的雾气中，他一击斩杀了那只凶恶的妖怪，拯救了年幼的谢麒宇。

那个女人匆匆跑到小麒宇面前，紧紧抱着他痛哭：“没事了没事了，别怕，好孩子，奶奶陪着你，别怕，别怕……”

持剑的男人一甩长剑，剑刃上污黑的血液被抖落在地，形成一大片扇形的血痕。

“母亲大人，时间不早了，如果您再不走，我那个笨蛋哥哥就该找来了。”持剑的男人拍了拍痛哭流涕的女人的肩膀说道。

谢麒宇这才注意到那个黑衣的男人，仔细一看，这个人的五官和他的父亲几乎一模一样。谢麒宇的心里一惊，他竟然不知道自己的父亲还有一个兄弟。再联系刚才那个女人说自己是他的奶奶……他恍然间似乎明白了什么。

虽然有着一样的面孔，但是眼前这个男人的气质和他的父亲也有些许差异，他的父亲虽然偶尔会露出犀利冷酷的眼神，可是绝大部分时候都有种随意潇洒的气质，而眼前这个男人……他就像是一把锋芒毕露的利剑，锋锐的剑刃指向他的每一个敌人。

那是一把犀利而残酷的利剑，伤人，也伤己。

年幼的谢麒宇已经止住了哭泣，但还是抱着他的玩具熊害怕地颤抖着。

女人为他撑着伞，柔声安抚着害怕的小麒宇，她的声音又细又轻，却是一种特别的、坚定的温柔。

年幼的谢麒宇终于止住了哭泣，定定地看着眼前的女人，虽然他看不懂她眼中的怀念和不舍，却还是感觉得到她的善意，有时候孩子反而比成人来得敏锐，他们感觉得到周围人的善意抑或恶意，此刻惊魂未定的小麒宇用哽咽的声音说："我要妈妈，妈妈……"

女人的眼睛暗淡了下来，她抚摸着小麒宇的头发问道："麒宇，你还想看到妖怪吗？就是……刚才那只野兽一样的东西。"

小麒宇看着地上血肉模糊的怪物，猛地把头埋进了女人的怀里，害怕得颤抖了起来："我不要，不要不要！"

"麒宇不哭，别怕了，以后……以后你都不会再看见了。"女人像是下定了什么决定，又像是终于释然了什么，她温柔地说着，眼泪却从眼中缓缓流下，"是我的错……一切都是我的错……对不起，麒宇，明明是我的过错却要你们来承担……"

"母亲，我并没有怪你，我想哥哥也总有一天会明白的，你有你的苦衷。"持剑的男人淡淡地说着，像是这一切都与他无关，"还有，我不赞成您封印麒宇的眼睛，这对您的损害太大。这孩子的情况比较复杂……即便是您，也不该试图去篡改命运，否则会付出惨痛的代价。谢麒宇的事情可以交给他父亲处理，您大可不必插手。"

女人却摇了摇头："不是这样的，君耀，我只想补偿你们，尽我所能地补偿你们，也补偿这个孩子。请不要劝我了，我心意已决。"

"如果您已经决定了，好吧。"名叫君耀的男人似乎很平静地接受了她的话，可是他冷漠的表情却还是透露出不动声色的寂寞和一闪而逝的痛苦。

“麒宇，乖，把眼睛闭上。”女人对小麒宇说。

小麒宇乖乖地闭上了眼睛，女人抚摸着他的头发，眼神中充满了留恋和不舍。她俯下身，在小麒宇的眼睛上印下了轻柔的吻，一左一右，落在了他的眼睑上。

“睡吧，孩子，以后……你就可以从宿命中解脱了，让你的血脉，连同你的命运，一起沉睡在我的眼睛里吧，祝你幸福。”

小麒宇疼得轻轻唤了一声，捂着流泪不止的眼睛努力想要睁开，可是透过泪水他只看到前方大片的黑暗，而却空无一人。

成年的谢麒宇静静地看着，两个人其实还站在小麒宇面前，可是眼睛已经被封印的小麒宇却已经看不见他们，也感觉不到他们的存在了。

他还是动弹不得，只能默默地看着，看着那个女人抚摸着年幼的谢麒宇，静静地哭泣着。泪水像是断了线的珠子一样滴落，比这大雨更汹涌。

那是血红色的泪水。

君耀俯身搀扶起哭泣的母亲，为她擦去血一般的泪水：“您的眼睛……从此以后都看不见了吗？”

她默默地点头：“可是我却突然安心了。当年我孤注一掷的自私的爱情伤害了那么多的人，这么多年来我从未安心睡过一个安稳觉。终于，我得到了我应该得到的报应。麒宇可以从他的命运里解脱了，真好……真好啊……”说完，她最后一次试图去触摸她的后裔，却因为失明的眼睛而无法碰触到，最后还是君耀握着她的手放到了谢麒宇的脸上。

“睡吧，醒来后，你将开始新的人生。从我的命运里解脱吧，成为普通而幸福的人类，这是我，也是你父母最大的心愿。祝你好运，孩子。”

可是年幼的谢麒宇却已经再也感受不到了。

感受不到他的祖母带给他的，那样决绝而残酷的牺牲，那样不动声色的爱与温柔。

4

回忆就在这一刻结束了，谢麒宇看着远去的祖母和持剑的黑衣男子，两个人消失在真理界打开的界门中。雨停了，他呆呆地坐在秋千上，然后渐渐在势不可当的困倦中闭上了眼睛。

回到遗弃物工坊的谢麒宇久久回不过神，他有些怔忪，甚至搞不清自己身在何处。长耳朵踮着脚拍了拍他的肩膀问道："你还好吧？"

谢麒宇恍惚间像是做了一个很长的梦，算不上噩梦，却也并不是美梦。

他只是默默点了点头，指着毛绒熊问道："这个可以卖给我吗？我会把它好好存放起来的，不会再弄丢了。"

长耳朵似乎很高兴："当然可以啦，我本来就不是拿这个来卖钱的，如果能给旧物找到自己原来的主人，它们也一定会很高兴的。"

像是回应着他的话，那只白色的葫芦妖怪在玩具熊的头上转起了圈圈，就连愁眉苦脸的表情也变得开心起来。

谢麒宇抱着玩具熊谢过了长耳朵，三个人准备回家了。走到门口的时候谢麒宇有些尴尬起来，毕竟五岁的小男孩抱个玩具熊还能理解，一个十八岁的男孩子抱着玩具熊，怎么看都觉得很奇怪。

"我走这边，再见。"童小琪指着自己回家的方向对谢麒宇说道。

谢麒宇应了一声："再见。"

顾妄点点头，但是没有说话。

于是只剩下了谢麒宇和顾妄，两个人相顾无言地走在路上，谢麒宇思索着刚才的回忆，寻思着要不要告诉自己的父亲他知道的事情。

比如他的祖母，比如父亲的弟弟。

原本他眼睛的封印并不是父亲种下的，而是他的祖母，但是父亲所说的血缘共鸣会导致封印消退，所以他才不得不离开他又是怎么回事？

更多的谜团又浮现了出来，他不禁有些纠结地抓了抓头发，算了，不想了，反正船到桥头自然直嘛。

"顾妄，真理界……是什么样子的？"谢麒宇问他。

“要看是哪部分了，城市的话和人类没太大区别，荒野则长年笼罩着阴霾，刮着永不停歇的烈风，空气中弥漫着弱肉强食的血腥味。那是一个非常残酷的世界，秩序和野蛮并存。”顾妄淡淡地说着，他描述中的真理界绝不是一个美好的地方，但是谢麒宇还是听得出他言语中的怀念之情，似乎每个妖怪都是这样，他们说起家乡的时候并不会赞美那是一个多么美好的地方，却又总是满怀眷恋之情。

“秩序和野蛮，怎么并存？”谢麒宇不解地问道。

“弱肉强食的丛林法则即是秩序，但是这种秩序本身却是野蛮的。妖怪猎食妖怪是常态，但是猎食人类却是被禁止的。当然，永远不乏触犯秩序的生物，不管人类还是妖怪。”顾妄说道，“因为有违反秩序的生物存在，所以自然也有我和你父亲这样的裁决者和清道夫，这都是秩序野蛮的部分，却又是必不可少的部分。”

谢麒宇耸了耸肩：“好吧好吧，我其实不太能理解你们妖怪的东西，你们有时候很讲道理，但是有时候又蛮不讲理，我不能理解你们的逻辑……”

“你也不需要明白……如果幸运的话。”

“什么意思？”谢麒宇直觉他话里有话，可是顾妄却显然没有继续回答的意思了。

“话说，你怎么不回家？还是你家就住在我家隔壁？”谢麒宇在楼梯间上瞪着一路跟随他到家门口的顾妄。

“我找谢君荣。”顾妄说。

谢麒宇瞪了他老半天，找不到反驳的话，只好郁闷地拿钥匙打开门。

“我回来啦！”谢麒宇说着换好了拖鞋，又给顾妄找了拖鞋。

母亲苏娜可正在厨房做饭，听到他的声音探出脑袋来：“饭还没好呢，等你爸爸回来再吃吧……咦，你的同学吗？”

“嗯，我同学。”谢麒宇不知道该如何给母亲解释顾妄要找他爸爸的事情，只好含糊了过去，“我先带他去房间玩一会儿。”

顾妄叫了一声“伯母好”，跟着谢麒宇进了房间。

谢麒宇倒是挺惊讶，原来他还是懂得人类世界的礼貌的，想想也是，他好歹也是考过来荒诞界的签证的妖怪，那签证的变态程度他一听就为顾妄掬了一把同情泪。

谢君荣今天回来得很晚，顾妄很远就感觉到了他的气息，他原本安安静静地坐在谢麒宇的椅子上，此刻却突然站了起来："他回来了。"

谢麒宇呆呆地看着他，又开门确认了一下："没啊。"

"大概还有三分钟。"顾妄说。

"……你……狗鼻子。"谢麒宇无语。

顾妄斜睨了他一眼，懒得和他解释他父亲其实也早就感觉到他的存在了，于是闭嘴不出声。很快谢君荣打开了家门，看到顾妄似乎完全不惊讶，只是点了点头："谢君耀的儿子？叫什么？"

"顾妄，还有，我父亲叫顾君耀。"顾妄不卑不亢地说道。

谢君荣似乎勾了勾嘴角，大大咧咧地在沙发上坐了下来："改了个姓也磨灭不了他身上流着一半人类的血的事实。我的那个笨蛋弟弟，这么多年过去了也没长进啊。不说这个了，你来有什么事？"

顾妄也坐到了沙发上："我来替奶奶见见你。"

谢君荣点了根烟，"唔"了一声，含含糊糊地问道："她还好吗？"

"并不好。她的丈夫去世得很早，还是个人类，回到真理界后她带着一个混血的孩子回归了家族，但是可以想象她艰难的处境，而且她执意不肯再嫁，只是带着自己的儿子住在王都的郊外相依为命。后来她的眼睛瞎了，虽然儿子长大后因为实力出众重掌家族大权，但是她却闭门不出，过着与世隔绝的日子。她的另一个儿子始终记恨着她害死了他的父亲，这么多年也没有原谅她。她过得并不快乐。"

谢君荣没有说话，只是闷不吭声地抽着烟，在烟灰缸里摁灭了烟头。很久很久，他像是终于下了某种决心，又像是真正做好了一个艰难的决定。

"替我转告她吧，我已经……放下了，真的，这么多年过去了，就连麒宇都这么大了，我已经看开了。当年的事情不能怪她，不能怪任何人。我们都应该原谅自己，无论我还是她。"

顾妄看着他，又看了看谢麒宇，最后点了点头："我会告诉她的，她一定很高兴。”

谢麒宇听着两个人的对话，恍然觉得自己好像明白了什么。

“你和麒宇谁比较大？”谢君荣突然问道。

“真理界和荒诞界的时间流速有区别，按照各自的世界算年龄，我比他大一岁。”顾妄说着，突然不怀好意地扯出一道笑容，“叫我堂哥吧，亲爱的堂弟。”

谢麒宇火烧屁股一样从沙发上跳了起来，指着他的鼻子叫道：“凭什么？你做梦！”

顾妄呵呵一笑：“凭我比你大。”

谢麒宇郁闷地仰天长叹，只恨自己生得晚。

“话带到了，我也该告辞了，再见。”顾妄起身准备离开了。

“一起吃个饭吧。”谢君荣说。

“不了，我还有事。哦，对了，说到这个……最近‘天网’一直不稳定，不知道是什么原因。如果你会在这里留一阵的话，麻烦多留意一下，最近偷渡过来的妖怪实在多得不寻常。”

“我会注意的。”谢君荣说。

等顾妄离开了，谢麒宇直勾勾地盯着自己的父亲：“顾妄的爸爸是你的弟弟？”

“对。”

“那……”

“当年的事情很复杂，有空我再和你慢慢说吧。该吃饭了。”

谢麒宇只好闷闷地应了一声，老老实实地坐到餐桌旁吃饭。

饭桌上谢君荣倒是说起了过去的事情，从他轻描淡写的描述中，谢麒宇听出了很多东西。谢君荣的母亲，也就是谢麒宇的祖母是来自真理界十二王族顾家的妖怪，和他的人类祖父生下了一对半妖双胞胎，两个人为了躲避真理界的追查一直过着颠沛流离却琴瑟和鸣的生活。直到有一天，谢麒宇的父亲在一次妖怪袭击中死去，他的双胞胎弟弟被顾家夺走，母亲将谢君荣托付给一个朋友后匆忙赶回真理界，从此再也没有回来过。

那时候谢君荣已经记事了，关于母亲最后的记忆就是她绝然离去的背影，从此一去不回。刚刚失去父亲，又被母亲“抛弃”，在这种孤独和怨恨的情绪中，他被半妖抚养人教导长大，成为一名除妖师。

后来，谢君荣的母亲回荒诞界来探望过他们，却最后不欢而散。

恰好那天谢麒宇走失，谢君荣的母亲在一座小公园找到了他，却又发生了妖怪袭击谢麒宇的事情，于是她封印了他的眼睛，代价是自己也失去了视力。而因为与封印人的直系血缘，谢君荣也不得不告别谢麒宇，以免引发封印共鸣提前失效。

转眼十几年过去了。

“对于命运，你曾经逃避过一次，那么这次呢？”谢君荣问谢麒宇。

谢麒宇低头看着自己的手，拿画笔的手是否拿得起武器，他能否和父亲一样成为一名了不起的除妖师，他困惑着。

“我会给你时间好好想想，今天就到这里吧。”谢君荣说着，又看了看窗外叹了口气，“没完没了，真忙啊。”

“又要‘加班’？”母亲苏娜可笑着问道。

谢君荣耸耸肩：“啊啊，可惜没有加班费，我走了，待会儿就回来。”

“路上小心。”苏娜可平静地微笑着说道。

谢君荣走到门口时突然停下了脚步，回过头来用耐人寻味的目光看着谢麒宇。谢麒宇被他看得毛骨悚然，虽然明知眼前这个人就是他的父亲，但是十几年的代沟不是轻易能被抚平的，他的父亲对他而言，也只是个见面没多久的“陌生人”。

“你不会是想带麒宇一起去吧，我可不同意哦。”苏娜可笑着说。

“知我者，娜可也。”谢君荣摸着下巴上的胡碴儿笑眯眯地说，“让麒宇自己选吧，出去见见世面也不错，至少要让他知道自己以后要干的是什么样的活儿。”

谢麒宇腹诽他什么时候答应要接手他的工作了，但出于心里那种蠢蠢欲动的好奇心，他还是点了头。

5

“这里是废港，小时候我带你来这里坐过船。”

谢君荣和谢麒宇站在废弃的海港外，晚风带着一丝秋天的凉意，谢麒宇突然后悔自己出门前没有多带一件外套。

“可是这里现在已经被废弃了，港口也已经停用，除了几艘年久失修无人使用的渡轮还停在岸边，根本没有人会来这里。”谢麒宇看着空无一个人的港口说道。就连路灯也已经停用了，谢麒宇看到路灯上早已没有妖怪的巢，它们也已经离开了。

“所以大概是七年前，这里被开辟为前往真理界的海港，当然，是属于妖怪的海港。”

谢麒宇皱了皱眉：“妖怪从真理界来到荒诞界还需要坐船吗？我看它们都是直接穿过打开的界门过来的啊。顾妄的那只打火机就可以打开界门。”

谢君荣嗤笑了一声：“第一，界门不可以随便打开，这是需要极高的权限的；第二，打开界门需要大量的能量，哪怕对大妖怪来说这也是一个不轻的负担，如非必要它们也不会随意打开界门；第三，普通的妖怪来往于两界的交通工具是界船，也叫彼渡之舟，它穿行于真理之海上，将大群妖怪送至目的地。”

谢麒宇觉得头痛：“只有通过彼渡之舟和通过界门两种办法吗？”

谢君荣摇头：“当然不是，一旦被召唤，妖怪也会直接来到荒诞界，这属于契约召唤行为，当然，除了契约召唤行为，还有……”

“打住打住打住……我已经混乱了。”谢麒宇觉得眼冒金星，妖怪对他而言实在是不能理解的生物，他对它们怎么来到荒诞界已经不感兴趣了。

谢君荣低低笑了起来：“算了，不勉强你了。彼渡之舟已经快来了。”

谢麒宇闻言看向海面，寂静的夜幕中大海倒映着月光和星光，远方的灯塔闪烁着微弱的光芒，成为这片黑暗大海上唯一的光源。凄凉的夜风吹拂着这片被人遗忘的海港，谢麒宇深吸了一口气，眺望着远方的大海。

不知何时海面上浮现了淡淡的雾气，若有若无宛如一片薄纱，可是随着时间的推移，雾气越来越浓重，等到谢麒宇注意到的时候，这片海雾已经白茫茫地快要将海港吞噬了。

“这是什么？”谢麒宇问谢君荣。

谢君荣擦拭着长弓漫不经心地说：“彼渡之舟到来的信号。”

“这把弓是什么时候出现的！你出门的时候明明没带东西！”谢麒宇被他的那张长弓吓了一跳。

谢君荣古怪地看着他：“具象化武器是概念武器，当然是随心所欲地出现和消失了。顾妄没和你说过吗？”

“我……我以为……等等，难道顾妄的打火机也是那什么概念武器？”谢麒宇突然想到了顾妄经常把玩的打火机。

“当然了。”谢君荣撇了撇嘴，“如果加以训练你也可以拥有，这属于入手容易但是用得好却很难的技能，非常考验对法则的应用水平。”

谢麒宇觉得自己又开始眼冒金星，他开始质疑自己能不能当除妖师了。

“来了。”谢君荣把视线投向大海，轻声说道。

远方的大海依旧静谧，倒映着星光的海面深邃平静，谢麒宇静静地看着，看着，恍惚间觉得那仿佛不是大海，而是星空。

对，星空。无边无际的星空沉入大海之中，闪烁的星光坠落在海中，遥远的海平线那端有一艘大船缓缓驶来，它是如此庞大、如此陈旧，却又是如此平静地行驶于星空大海上，向着他们驶来。

谢麒宇觉得一阵恍惚，这一幕仿佛是梦中的盛景——遨游于星空之中的彼渡之舟。

“静心，界门已经打开，你现在看到的大海是真理之海，剥去我们人类所学习的宇宙的知识，其实真理界和荒诞界就是漂流于真理之海上的小世界而已，而真理之海就是组成这个宇宙的法则集合体，这是人类穷极一生都无法理解的东西啊。”谢君荣感慨似的说。

谢麒宇揉了揉眼睛，又做了一个深呼吸，终于把混乱的思维从真理之海上拉了回来。

“我们今天是来做什么的？”谢麒宇问道。

“来肃清一个试图偷渡到荒诞界的妖怪。”谢君荣说着，手中的长弓拉长变大，转眼竟然变成了一人多高的巨弓。

巨型弓箭的身上刻满了谢麒宇看不懂的符文，他好奇地看了良久，最后还是一无所获。

“概念武器上的符文就是契约，每个人的武器上所订立的契约都是不同的，越是严格的契约就越能发挥强大的力量，但是这也意味着对自己行为的束缚。献祭可以增强武器的力量，不过这属于邪门歪道了。”谢君荣给谢麒宇普及了一些常识，又用手指弹了弹弓弦，“例如我与我的武器约定，这一生绝不伤害无辜的人类，我将为保护人类而战，斩杀作恶多端的妖怪。所以它赐予了我守护的力量。”

彼渡之舟已经靠岸了，幽灵船一般的彼渡之舟在靠拢浮动码头的那一瞬间，大大小小的妖怪像是解放了一般从船中涌出。大片飞行的妖怪冲出船只飞往夜空，会水的妖怪则投身大海转眼消失无踪，更多的妖怪则踏足这片人类的世界，它们奇形怪状，善恶不明。

谢麒宇突然觉得毛骨悚然，在知道自己的身世后他一度对自己人类的身份产生了隔阂感，但是现在他突然意识到，他骨子里仍然遵守着十八年来人类世界的熏陶，他的内心认同着自己人类的身份，甚至对这些妖怪怀着下意识的警惕乃至敌意。

长弓被拉开，弓弦饱如满月，漆黑的夜色中，谢麒宇看到被拉满的弓弦上浮现出一支翠绿色的长箭，而大量繁复的符文环绕着这支长箭，连同弓身都被密密麻麻的法则所笼罩着。

操纵着这一切的人，正是谢君荣。谢麒宇看着他肃穆的表情，那是一种执行着杀戮的冷酷，却又隐隐透着庄严之意。

拉开弓弦的手突然松开，翠绿色的长箭在夜空中划出一道光弧，准确无误地命中了天空中的妖怪。“哔”的一声巨响，天空中突然开出了一朵盛大的礼花，五彩缤纷的烟火在荒芜之港的夜空中昭示着绚丽无比的死亡。

被命中的妖怪早已无声无息地湮灭，而周围被惊吓的妖怪尖叫着四散飞去，眨眼就消失在了他们眼前。

废港再次恢复了平静，无论方才绮丽的真理之海，还是神秘的彼渡之舟，抑或是那突然爆发出的死亡烟火，都消失了。

只有夜风在这片被人类遗弃的港口吹动着。

“搞定，收工。”谢君荣打了个响指，巨大的弓箭在两个人眼前消失无踪。谢麒宇还被方才的那惊艳一击震撼着，久久地盯着谢君荣，一声不吭。

谢君荣突然哈哈大笑，抚摸着谢麒宇的脑袋，用力揉了揉他的头发。

“被吓坏了？”

“不……刚才那一下……帅呆了！”谢麒宇的眼睛闪闪发亮，“你是怎么从成千上万的妖怪里找到要击杀的那个的？又是怎么命中的？我也可以做到吗？”

谢君荣神秘地笑了笑：“如果你想当一名除妖师，这些我都可以教你。”

谢麒宇警惕地看着他：“你这是想诱拐我干这行吗？”

“对。”谢君荣轻松愉快地笑着，“这是充满了危险与死亡的美学，我相信你无法抗拒这样的魅力。因为你是我的儿子。”

谢麒宇思索了良久，久到彼渡之舟都已经离开了海港，他终于下定了决心。

“我想成为和你一样的除妖师。”谢麒宇说道。

谢君荣拍了拍他的脑袋：“很好，那从明天开始，我来教你怎么做。”

Di-wu Zhang Qiyue Chenmo de Shijie

第五张契约　沉默的世界

这个世界，我只听得见你的声音，于是你就成了我的唯一。

1

谢麒宇终于相信，他的人生从某个拐点开始，奔向了一个他不能理解的世界。

周五，谢麒宇打着哈欠睡眼惺忪地起床上学，同桌白铃嫌弃地看着他一副昏昏欲睡的样子："你到底在做什么？每天都一副睡不够的样子。"

谢麒宇一边打开他的速写本画着妖怪图鉴，一边懒洋洋地说："我在拯救世界。"

"……"白铃一脸无语，扭头和童小琪传字条去了。

除妖师远不是谢麒宇想的那么容易，半个月过去了，他虽然知道了概念武器的原理和召唤方法，但是目前成功率仍为零。

这个残酷的数据让谢麒宇怀疑起了自己的天赋，不过谢君荣倒是很坦然地告诉他，三个月内他能召唤出概念武器就已经是天赋异禀了。

谢麒宇对自己的人生产生了绝望感。真不该一时热血上头就答应学当那什么除妖师，果然是个男人总有热血冲脑的时候。

"周六要做社会实践，我们这组的调查课题是对学校的满意度，周六下午去时代广场发问卷调查表，你可千万别忘了哦。"白铃提醒谢麒宇说。

谢麒宇应了一声，懒洋洋地打着哈欠。

"我们这组四个人，我、你、童小琪、顾妄，哎，顾妄今天也没来上课呢，他到底在忙什么？"

白铃左转右转也没找到顾妄的身影，不由嘟哝了一声。

"他也在拯救世界。"谢麒宇笑着打趣说。

白铃瞪了他一眼："正经一点儿好吗？自从你开始画那个什么妖怪图鉴后整个人都被洗脑了一样，你最近到底看了什么乱七八糟的小说啊？"

谢麒宇耸了耸肩："这才是现实啊，接受这个充满了妖怪的世界吧，人类少女。"

白铃已经不想和这家伙说话了。

谢麒宇把最近新见到的妖怪画到了速写本上，这本妖怪图鉴已经快画满了，他琢磨着什么时候再买一本速写本。

周六的阳光实在灿烂过头了。

谢麒宇拍了拍被秋日骄阳晒得隐隐作痛的脸颊，继续捺着性子把传单递给时代广场上的学生们。

周六的时代广场倒是有不少偷偷摸摸的小情侣，趁着难得的休假日一起来广场附近的电影院看电影。被谢麒宇拦住要求填调查问卷也大多一边交头接耳一边很合作地填了。一转眼一个小时过去了，剩下的问卷已经不多了，谢麒宇还有闲情去看另外三个人填得怎么样了。白铃和童小琪问题不大，两个年轻漂亮的女孩子走到哪里都问卷递到哪儿，很少有拒绝她们的。

有问题的是顾妄。

如果是女孩子填问卷还好，大多看在顾妄那张棱角分明的帅气脸蛋的份儿上很合作地填了表格。但是男孩子们就不太配合了，有目不斜视走过去的，有冷笑一声掉头就走的，还有讷讷地说有急事走开的。

一个小时下来顾妄还没发完一半问卷。

谢麒宇看到他那张彻底僵硬的脸笑得肠子都打结了。

“你就不能笑一个吗？”谢麒宇走过去勾着他的脖子小声说道。

“……不用你管。”顾妄没好气地说，他几乎想要动用妖怪的手段来“强迫”这群不合作的人类了。

谢麒宇见自己好心的建议没好报，也只好耸耸肩自顾自走开了。

“麻烦同学，能帮我填一下这张调查问卷吗？”谢麒宇把问卷递到一个坐在花坛边的男生面前。

一开始他并没有注意到这个男生，但是刚才匆忙一瞥他却看见这个人类男生的肩膀上站着一个巴掌大的红衣娃娃。那个娃娃梳着两个可爱的包包头，十分淘气地在他的身上爬上爬下，还时不时在他耳边说着什么。

谢麒宇不确定这个男生知不知道他身上的这个小家伙，于是走过去递了张问卷，也方便就近观察。

那个男生顿了顿才反应过来，下意识地填上了自己的名字，又把问卷仔仔细细看了一遍。

这是一份调查本城内的学生对自己学校满意度的问卷，上面列举了这片区域的所有高中。那个男生看了一会儿说：“没有我的学校。”

“怎么会？本市的所有高中我们都列上了。”谢麒宇凑近他说道，看到了他在问卷上填的名字——唐易声。

倒是个很文雅的名字，谢麒宇想着，又趁机打量了一下男生肩膀上的妖怪。

那个可爱的小妖怪对上了他的视线，好奇地眨巴着大大的杏眼看着他，好一会儿才吐了吐舌头，扯着男生的头发爬到了他的头上，一边爬一边说话：

“易声易声，那边的那棵树在抱怨天气好热，天气好热，它快渴死了。我也好热啊，我也快渴死了。”“那边的那个女孩子好可爱啊，我也想穿可爱的短裙，可惜你看不见我……”“易声易声，这个男生让你填的问卷是什么？”

“我住在临城。”唐易声淡淡地说着，又报了一所临城很有名的私立中学的校名。

谢麒宇盯着小妖怪看，突然注意到这个男生耳朵上戴着助听器。

原来他有听力障碍吗？谢麒宇心想，于是又说：“啊，那就算了，不过还是谢谢你。”

“易声易声，这个人对你说‘谢谢你’。”

唐易声点点头，笑着回道：“不客气，举手之劳。”

谢麒宇狐疑地看着唐易声肩膀上的小妖怪，他突然想到——这个小孩子一样的妖怪不会就是住在助听器里的吧。

这么一想反而明白了，为什么这家伙一直喋喋不休地在和唐易声说着周围的情况，甚至把他的话重复给唐易声听。

接过问卷的谢麒宇按捺住了自己不合时宜的好奇心，再次道谢完毕就转身走了。

“等等。”唐易声突然叫住了他。

那个小妖怪扯着他的耳朵对他叽里咕噜说着什么悄悄话，唐易声听着听着，温文尔雅的脸上突然露出了微笑。

“同学，你看得见娜娜，对吗？”唐易声笃定地问道。

“娜娜？你说……你身上的那个红色衣服的小妖怪？”谢麒宇越发好奇了起来，原来唐易声竟然知道妖怪的存在？

“你果然看得到……可惜，只可惜我却看不到她。”唐易声落寞地说。

名叫娜娜的小妖怪坐在他的肩膀上，靠着他的耳朵低声说着什么，似乎是在安慰他。

“你现在忙吗？如果不忙的话，我们聊聊吧。从来没有人能和我说说娜娜的事情。”唐易声用期待的眼神看着谢麒宇。

谢麒宇有些没辙，看着手上的问卷也只剩下两张了，于是坦然地把问卷往花坛边上一垫，自己一屁股坐下，笑眯眯地看着唐易声：“来吧，那我们就说说关于妖怪的事情。”

唐易声笑了：“谢谢。我一直很想有个朋友，能和我谈谈这些不被人类所知晓的生物。”

唐易声曾经有个幸福美满的家庭，父母恩爱，家庭富裕，他健康快乐地生活着，从没见过这个世界的阴霾。

直到他十二岁那年，一场车祸夺走了他的父母，也夺走了他的听力。

从监护病房醒来的那一刻，他突然发觉这个世界再也没有了声音。

曾经五彩缤纷的世界仿佛一夕之间失去了色彩，曾经喧嚣的声音从此消失无踪，就连疼爱他的父母也撒手而去，他只能在寂静的灰白世界里将自己封闭起来。

经过半年的治疗，他终于可以佩戴助听器，借助助听器，他的听力能够恢复到正常人的水平。

意外总是在最绝望的时候发生。

很多年后他仍然觉得，这是他一生的幸运。

就在他忐忑地戴上助听器，第一次重新收听这个世界的声音的时候，他听见一个甜甜的声音在抱怨：

“啊，你这个人怎么一直一脸不高兴呢？笑一个给我看看嘛，你笑起来一定很好看的。”

十二岁的唐易声，忍不住当着自己的主治医生露出了不可抑制的惊讶的表情。

不知道为什么，他就是这么轻易地接受了娜娜的存在，也接受了妖怪的存在。助听器里住着一个小妖怪的事情听起来简直像是小说里的事情，可是他却由衷地感觉到了幸福。

娜娜为他翻译着这个沉默的世界，翻译别人说的话，翻译周围植物、动物的心声，偶尔还会把别人不怀好意的心里话说给他听，每每都带着趾高气扬的得意和嘲笑，就好像看破别人的内心是多么令她得意的事情。但是她从来不会说出别人嘲笑唐易声的话，她拒绝为他翻译这些。

失去了父母庇护的唐易声过得并不快乐。

他生在一个富裕却人情冷漠的大家族中，野心勃勃、不怀好意的亲戚用贪婪如豺狼的眼神觊觎着他父母的遗产，如果不是唯一真心疼爱他的爷爷保护着他，他早就一无所有了。

“所以我才会希望看到娜娜，这是我一直以来的心愿。虽然有时候我也能感觉到娜娜的存在，她扯我的头发，爬到我的肩膀上，对着我的耳朵大声嚷嚷。可是无论镜子里还是照片里，我永远见不到她。”唐易声看着头顶湛蓝的天空幽幽地说道。

娜娜的表情也失落了起来，嘟着嘴小声抱怨：“易声是笨蛋！”

唐易声笑着说：“娜娜，我听见了哦。”

“哼，听见就听见。”娜娜嘟哝着，语气里充满了怨念。

谢麒宇忍不住告诉他：“娜娜梳着两个包包头，穿着一身红色的像是旗袍一样的衣服，大概有你一个巴掌那么大。眼睛很大，像猫一样，啊，她现在瞪着我，还试图咬我的手指。”

唐易声轻笑出声：“真好啊，你能看得见娜娜。”

谢麒宇想了想，还是决定帮助唐易声：“我会画画，改天画一张娜娜的画像给你吧。”

唐易声愣了一下，立刻惊喜地说：“谢谢！太感谢你了！真的……我都不知道说什么才好……”

谢麒宇倒是被他真挚的感谢弄得怪不好意思的：“举手之劳而已，这样吧，你留个手机号码给我，我画完了打电话给你寄过去。”

于是两个人交换了手机号码。

不远处白铃终于发现了躲在树荫下偷懒的谢麒宇，她气势汹汹地拽着童小琪冲过来：“谢麒宇！”

谢麒宇立刻蹦了起来：“班长饶命！任务已经完成了！”

白铃叉着腰，母夜叉一般深吸了口气：“很好，调查表交出来！”

谢麒宇苦着脸把问卷调查交了出去，白铃一点：“少了。”

谢麒宇郁闷地从背包里翻出没填的两张：“白铃大小姐目光如炬，小人确实私藏了两张，这就去填完。”

说着一溜烟儿跑没影了。

远处的顾妄似乎听到了什么，回头瞥了他们一眼，又继续干着无聊的工作：“同学，帮忙填下问卷。”

人高马大的男生瞪了他一眼，若无其事地从他身边路过了。

顾妄呆呆地捧着问卷，默默把目标转向了下一个。

2

谢麒宇并没有忘记只有一面之缘的唐易声的嘱托，回到家他就拿起了画笔，回忆着娜娜的模样在纸上画了起来，一直到晚餐时间才被母亲苏娜可叫去吃饭。

一家三口其乐融融地在一起享用美味的晚餐，曾经谢麒宇无数次地设想过这样的画面，虽然美好，但是他下意识地觉得陌生。毕竟十几年了，他已经习惯了和母亲相依为命的生活，突然闯入他人生中的父亲反倒像个熟悉的陌生人。

“最近很忙吗？”苏娜可给谢君荣夹着菜，似乎有感于丈夫最近一般时间的忙碌，随口问道。

“啊啊，事情很多啊。最近一段时间以来‘天网’破裂的事情越来越多，缝隙也在逐年增大，真是非常麻烦啊。”谢君荣苦着脸和妻子抱怨。

“天网……到底是什么？”谢麒宇忍不住好奇地问道。

谢君荣像是小孩子一样吮着筷子，明明是四十好几的男人了，做起这样的动作竟然也不显得违和。

“这是洪荒时代的事情了。上古时期人类和妖怪是共存的，通婚的情况也不鲜见，你去查找一下洪荒时代的传说就可以发现，那时候真是人、神、妖并存的世界。只是后来矛盾激化，当时妖怪世界的十二大家族在真理界和荒诞界中间建立了一张‘天网’。它就像是渔网一样，强大的妖怪就像是大鱼，无法通过天网狭小的孔洞，而小妖怪就像是小鱼小虾一样，可以在得到人类世界的召唤需要后前往人类世界。被召唤的妖怪寄居在电器等巢穴里，不需要签证，而强大的妖怪要来到荒诞界是需要通过签证考试，并且被严格监督的。”

谢君荣一边说一边给自己夹菜吃，还抽空赞美一下苏娜可的手艺：“这个好吃，娜可，我明天要吃排骨。”

谢麒宇怒视着他，对他这种说一半吞一半的行径大为不满。

“打个比方，像顾妄这种级别的妖怪，要来到真理界是需要非常严格的签证手续的，而挂在天花板顶灯上的那种‘小蜘蛛’，在电灯创造出来的那一刻，电灯中的‘巢’就自动将它们从真理界召唤过来了，当‘巢’损坏的时候它们也就自动回去了。”

谢麒宇若有所悟，点了点头：“那像顾妄那种妖怪，一旦签证到期就必须回到真理界，是吗？”

谢君荣意味深长地看了他一眼：“理论上来说是这样的，他们不能违反真理界法则。”

“真理界的法则？”谢麒宇不是第一次听人说起了，但是从没有人告诉他具体的规则是什么。

“也可以叫三大铁律。”谢君荣懒洋洋地说道。

“第一，除非被巢召唤或者得到签证，否则不得前往荒诞界。

“第二，契约或任务完成后立即返回真理界。

“第三，违反前两者，即死。”

谢君荣的筷子在盘子边缘敲了两下，又沉重地说道：“但是这些年，明明违反了三大铁律却仍然留在荒诞界的妖怪已经越来越多了，真不知道是怎么回事，明明会被誓约反噬……也许是天网在运行了这么多年后已经开始崩坏了吧。”

谢麒宇皱了皱眉，心里却想起了艾丽娅，那个美丽又勇敢的妖怪少女也是这样逃脱了反噬驻留在了人类的世界，但当顾妄问起她的时候，她却没有说出真相。

“如果天网崩坏会有什么样的后果？”谢麒宇又问。

谢君荣没有回答，只是长长地叹了口气。

许久，他才说道：“也许，我们会回到当初那个人类与妖怪并存的时代吧……不，或许更糟糕。这么多年过去了，人类早就失去了远古血脉里的力量，现在的人类早已无法抗衡妖怪了。”

“天网，绝不能崩毁。”谢君荣说道。

娜娜的画像完成得挺快，下个周末来临的时候谢麒宇就给唐易声发了短信，告诉他这个好消息，并问他地址说要寄给他。

唐易声却邀请他带着朋友去他家小聚，并让人去接他们。谢麒宇想了想，倒也没拒绝他的好意。

于是他给童小琪、白铃和顾妄打了电话，两个女孩子倒是很配合地说要一起去看看，但是顾妄没好气地说他很忙，挂了他的电话。

谢麒宇啧啧叹气，最后和白铃、童小琪一起上了车去唐易声家。

唐易声的家在临城城郊的别墅区，一路上两个女孩子叽叽喳喳地说着话，谢麒宇苦着脸完全插不上话，只好有一搭没一搭地和唐家的司机聊天。司机似乎很高兴唐易声的朋友能来做客，倒是和谢麒宇说了一些唐易声小时候的事情。

转眼到了唐易声的家，谢麒宇一下车就看见唐易声站在花园里，侧着耳认真听娜娜说话，见到三个人来了还对他们挥手："几位中午好啊。我先带你们到里面转转吧，晚点儿我们联机玩游戏怎么样？"

白铃一下子心动了，虽然她在学校里一直是好好学生的模范，但其实私底下对游戏有极大的兴趣，一听说唐易声家里有最新的《星际Ⅸ》，顿时两眼放光。

唐易声笑眯眯地带着三个人在家里逛了一圈，一路上说着日常趣事，没十分钟就俨然和三个人成了不错的朋友。

等他把三个人带到专门的游戏室之后白铃已经捂着胸口一副要晕过去的样子，如果不是还仅存了一分理智，她此刻大概已经尖叫着扑到游戏手柄前去了。童小琪对闺蜜的喜好心知肚明，于是舍命陪君子，两个人先玩了起来。

"我去给你们端点儿水果，你们慢慢玩。"唐易声说着对谢麒宇使了个眼色，谢麒宇了然地点点头，跟他一起去了。

"喏，娜娜的画像。路上白铃对这个好奇得不得了，要糊弄过去可真不容易。"谢麒宇把包装好的礼物送给唐易声。

唐易声嘴边噙着一抹微笑，满心雀跃地拆开了画像上的包装。

穿着红色改良旗袍，梳着可爱的包包头的娜娜活灵活现，就连蹲在唐易声肩膀上的娜娜本人都惊讶地叫了一声："你画得真好。"

谢麒宇摸了摸鼻子："老本行嘛，我画了三张，都送给你了。"

唐易声又是一番感谢，捧着画册爱不释手。

"原来娜娜长这样啊，果然是个可爱的女孩子。"唐易声笑着对娜娜说。

娜娜鼓着包子脸理直气壮："那当然了！我是世界第一的可爱！"

"对对，娜娜是世界第一的可爱。"唐易声笑得一脸温柔淡然。

等两个人端着水果回游戏室的时候，童小琪已经被白铃三连杀，一脸郁闷地握着手柄，白铃则得意洋洋地指导她，时不时嘲弄一下她的技术太烂。看到谢麒宇回来了，童小琪松了口气："你们来吧，我玩不过她。"

于是谢麒宇顶上，结果输得比童小琪还惨，唐易声笑呵呵地看着三个人玩得开心，结果也被拉进战局，也是被秒杀。

"你们三个，弱爆了。"白铃一脸女王样地说道。

三个手下败将齐声拜服："大王饶命。"

"不要叫我大王，要叫我女王大人！"

"是的，大王！没问题，大王！"谢麒宇捏着嗓子说道。

于是被白铃拿着充气玩具狠狠砸了脑袋。

"现在的女人，真是越来越凶残了。"谢麒宇小声对唐易声说。

站在唐易声肩膀上的娜娜冷酷地歪曲了谢麒宇的话："他说，现在的男人真是越来越愚蠢了。"

唐易声："……"

谢麒宇："……"

玩腻了游戏，四个人又去家庭影院看了一部电影，等电影结束已经是傍晚了，玩累了的三个人也要向唐易声告别了。

"我让司机送你们回去吧。"唐易声说。

"没事没事，我们可以自己回去。"谢麒宇有些不太好意思来去接送的待遇，心里还吐槽自己果然是没见过世面。

"我晚上要去H市的爷爷家吃饭，正好顺路的。"唐易声说着，硬拉着三个人一起上了车。

车子平稳地向H市驶去。谢麒宇看着窗外，心里想的却是晚餐吃什么。

周末早上天气很好，但是下午的时候却阴了下来，到傍晚甚至起了一点儿雾，谢麒宇看着窗外昏暗的天象突然心里有些惴惴的。当车子驶入隧道之后，车内一下子晦暗了下来，只有隧道里的昏黄的灯光照亮了这一路。

谢麒宇毕竟比普通人敏锐很多，当他留意到这条单向隧道里始终没有第二辆车的时候，他立刻起身拍了拍坐在副驾座上的唐易声："有点儿不对劲啊。"

唐易声回过头看着他，皱着眉指了指自己的耳朵，小声说："娜娜突然没有声音了。"

谢麒宇这才发现娜娜已经趴在唐易声的肩膀上睡着了。而唐易声，没有娜娜的翻译，他根本听不见周围的声音。

谢麒宇想这时候他的脸色一定很难看，因为唐易声看着他的脸，表情也一下子凝重了起来。

"司机，停车！"唐易声叫道。

司机毫无反应，他的眼睛直勾勾地看着前方，而双手还搭在方向盘上。

谢麒宇猛地想到了童小琪和白铃，白铃已经睡着了，歪着头靠在车门的玻璃上睡得无知无觉，而童小琪低低地呻吟了一声，捂着自己的眼睛痛苦地说："不对劲，这里不对劲，快让司机停下来，我们必须出去！"

是的，这条隧道不对劲。

原本半分钟内就可以驶出的隧道直到现在都没有看到出口，而这个下班高峰期的时段里，这条单向隧道里却没有第二辆车！这绝不是正常情况下该发生的事情!

唐易声反应极快地一脚踩上了刹车，打开车门对三个人喊道："出来，我们离开这里！"

虽然听不见声音，但是唐易声此刻却非常冷静，甚至记得把司机也从车里拖了出来。

“白铃，白铃你醒醒！白铃？”谢麒宇摇着白铃的肩膀，可是她却像是昏睡过去了一般，丝毫没有醒来的迹象。

“带她走！”童小琪捂着剧痛的眼睛下了车，又拉开白铃那边的车门连拖带拽地把她抱了出来，谢麒宇也下了车，接过白铃扶着她。

阴暗的隧道里只有昏黄的顶灯散发出来的微光，在这样一个逢魔之时一切都暧昧阴沉，带着一种沉沉的暮气和不动声色的诡异。

“咚”“咚”“咚”。

谢麒宇浑身都颤抖了起来。

“咚”“咚”“咚”。

沉闷遥远的声响从隧道的一端响起，像是什么人擂着巨大的战鼓，又像是什么东西被沉重地敲击着，一下又一下，一下又一下。

声音越来越近，越来越近。

童小琪突然尖叫了起来：“快走！它在靠近！它要过来了！”

她的眼睛前所未有地疼痛着，整个视野都像是浸透了鲜血一样变成了恐怖的猩红色，卓凌已经失去了声音，她害怕，无比害怕卓凌出事。

作为唯一状态正常的人，谢麒宇强迫自己冷静了下来。他不知道这条隧道发生了什么，但是直觉告诉他这绝不是好事。隧道的一段散发出来的阴冷而恐怖的威压只可能是邪恶的妖怪，而且对他们绝无善意！

“我们走！”谢麒宇背起白铃咬咬牙说道。

前方和后方都是无边无际的黑暗，几个人在笼罩着恐怖的世界里艰难地前行。

这条隧道是单向隧道，而与之并列的是另一条逆向的隧道，两条隧道虽然是平行的，但是其实中间是有连通的小通道的。

身后的“咚咚”声越来越近，仿佛下一秒钟就会将几个人吞没，那种在黑暗中被不明生物如影随形的恐怖感，换作任何一个时候都是噩梦。

“这里，进去！”谢麒宇找到了两条平行隧道中间的横向的通道。

唐易声扶着司机先行进入通道，童小琪回头看着无垠的黑暗，露出恐惧的表情：“那是……什么东西？”

谢麒宇没有回答，背着白铃又一把拉住童小琪钻进了通道。

身后传来令人牙酸的碾压声，那是令人毛骨悚然的、汽车被压碎的声音！明明是坚固安全的交通工具，却像是小孩子的玩具车一样被轻易摧毁！而摧毁它的怪物此刻就在这条狭窄安全通道的外面！

谢麒宇愣了一下，就算是在这样的黑暗里，他还是看得清童小琪那苍白到极致的面孔。

“没事的，我们会没事的。”他拉着童小琪的手安慰她。

跑、跑、跑，在这条仿佛没有尽头的狭窄通道里，这群人忘记了疲惫，忘记了回头，只记得向前跑。

终于，前方出现了微弱的光亮，那是被期待着的光明。

然后当谢麒宇冲出通道的那一刻，他怔住了，所有人都怔住了——

铅灰色的厚重云层沉沉地压在天空中，即便如此还是遮挡不住云层后面那绯红色的天空、旷野、戈壁、荒漠，还有那永无止境的充斥着血腥味的烈风。

狂风卷起的细沙打在脸上，割得人生疼，而头顶阴翳的天空好像永远不会有放晴的一天。

如此辽阔，却如此陌生的世界。

谢麒宇急促地喘息着，充满他肺部的空气是如此陌生，却让他浑身的血液都在颤抖，在鸣叫着。

那是来自血脉深处的悸动，被人类的身份所死死压制着，可是这一刻，他不能不觉醒！

沉睡在唐易声肩膀上的娜娜睁开了眼睛，错愕地看着这片萧瑟的天地。

“真理界！这里是真理界！”

3

傍晚五点三十分，H市通往临城的凌山隧道突然坍塌。

谢君荣身负长弓站在俯瞰凌山隧道的半山腰上，皱着眉。

几分钟以前这片区域的天网突然出现巨大裂缝，两个来自真理界的穷凶极恶的妖怪穿过了天网的缝隙来到了荒诞界，正好降落在隧道这块，时空扭曲的力量直接震塌了半条隧道。

谢麒宇的气息消失了。

谢君荣俯瞰脚下正在紧急抢修的隧道，心中的不安也越来越深。

他感觉到谢麒宇的气息消失了，可是从血缘的力量中他能感觉到谢麒宇并没有死，只是……

那一瞬间天网的裂缝，究竟将他卷到了真理界的哪里？

“你还要躲躲藏藏多久？”谢君荣冷声问道。

顾妄从树后缓步而出，冷淡而睥睨地看着脚下坍塌的隧道。

“我不知道你们真理界出了什么问题，我也管不着那么多，但是一旦威胁到人类的安全，我绝不会心慈手软。”谢君荣的声音冷如坚冰，周身肃杀的气息比这夜风更凉、更阴郁。

顾妄没有回答，打火机发出“吧嗒”一声，幽蓝色的火焰中，通往真理界的界门打开了，凭空撕裂出来的缝隙里是真理界的模样。

“我去把他们带回来。”顾妄说。

“你得加快速度了，麒宇也就算了，人类在那里待久了会很快虚弱死亡……比起这个，我更担心的是真理界的妖怪啊……麒宇还没学个一招半式，他身上的血对妖怪来说……总之你快去快回。”谢君荣言语间带着浓浓的忧虑。

顾妄已经一闪身穿过了界门，消失在了傍晚的暮色之中。

旷野上的疾风卷起地面上细密的沙砾，每一下都像是要在脸上割出一道血痕。

唐易声看着头顶盘旋着的巨大阴影，脸上不由自主地流露出恐惧："那是什么？"

"荒原狮鹫！我们快点儿离开这里，这一带是狮鹫的领地！"娜娜用惊恐的声音说道。

在这无边无际的荒野戈壁上，他们不知道自己可以去哪里，白铃和司机还在沉睡着，而清醒的几个人也毫无战斗力，谢麒宇努力回忆着父亲只言片语的教导，可是无论怎么努力都无法召唤出他的武器——事实上他也从没成功过。

盘旋在天空中的狮鹫宛如潜伏在铅灰色云层中的死神，它已经发现了自己的猎物，兴奋得发出瘆人的鸣叫，呼唤着它的同伴一同来享用这难得一见的美餐。

近了，越来越近！

谢麒宇已经看得见狮鹫身上泛着金属光泽的羽毛，还有那强健有力的利爪，以及那沾满了暗红色痕迹的鸟喙。

死亡的预感让他整个人都紧绷了起来。

"小琪，拉住谢麒宇的手！"卓凌突然对童小琪说。

童小琪浑身颤抖："这有什么用？"

"我可以暂时将我的力量借给他，用来激发他血脉深处的本能，我们别无办法！"卓凌冷静地说道。

童小琪咬咬牙，一把拉住谢麒宇的手，还不等谢麒宇提出疑问，被拉住的手上传来了灼热的力量，像是有什么人将滚烫的液体金属灌入他的身体中一样，又沉重又火热，谢麒宇几乎要叫出声来，眼前的世界一下子化为狰狞的血红色！

那扑食而来的狮鹫像是被定格了一下，谢麒宇的眼睛里失去了理智的光芒，灵魂深处有什么声音在叫嚣着。那种可怕的杀戮的冲动令他浑身疼痛了起来，他几乎要耗尽自制力才不会崩溃地尖叫起来。

杀，杀，杀。

只要将眼前的敌人杀掉……不是的，这不是为了杀戮，是为了……

他艰难地转过头看着用担忧的眼神看着他的同伴们，谢麒宇咬咬牙对自己说，这不是为了杀戮，是为了保护啊！

不再用尽全身力气去抵抗什么，谢麒宇任由这种本能贯穿了他的全身。

在童小琪惊讶的神情中，谢麒宇的全身都浮现了一层淡淡的血光，血红色的藤蔓夹杂着大量看不懂的繁复文字从他的身体里显现，在他的皮肤上形成一大片一大片的红色图案，这些符文甚至开始从他的体表悬浮到周围的空气中，这带着浓重血腥味的空气里逐渐出现了一种可怕的威压！

狮鹫似乎是感觉到了恐怖的气场，可是低等妖怪的智商不足以让它理解发生了什么，它兴奋地高叫了一声，足有七八米宽的羽翼收拢，竟像捕食的猎鸟一样向他冲来。

谢麒宇的眼中一片空茫，右手在半空中一挥，周身血样的符文宛如跳动的音符一般在他手上旋转凝合，刹那间竟然组成了一把两米长的血色镰刀。

在所有人惊诧的注视中，谢麒宇手握巨镰对准空中的荒野狮鹫用力一挥——狮鹫俯冲的姿势像是被按下了暂停键一般瞬间定格，血红色的镰刀在半空中划过惊艳的弧度，那艳丽的光弧一瞬间夺走所有人的视线。然后——

恐怖的狮鹫在这样致命而炫目的光弧中一分为二！

在半空中被斩杀的狮鹫喷洒出火热的鲜血，将这片危机重重的大地染成了屠宰场一般的地狱，天空宛如下起了一场血雨，为所有死里逃生的幸运儿献上来自这片残酷大陆的初生庆典，那是血与火的洗礼。

洋洋洒洒的血雨浇灌在谢麒宇的身上，他还没有清醒过来，只是本能地抬起头，任由淅淅沥沥的血水划过他的脸颊，划过他的头发，划过他的四肢百骸。

他并不觉得恐惧，也不觉得违和，他甚至忘记了自己曾经坚守着的人类的身份。

童小琪像是被吓傻了一样，呆呆地摸着自己脸上腥味的红色液体，黏稠的、火热的，带着令人作呕的腥味，她短促地尖叫了一声，跪倒在地上干呕了起来。

狮鹫身首分离的尸体就在不远处，失去了头颅的狮鹫甚至能动弹几下，但是这样的挣扎也只是让它动脉里的鲜血喷洒得更汹涌而已。

这一刻，他们终于知道这风中带来的血腥味，到底是来自哪里——来自生存于这片残酷而真实的世界中的妖怪的身上，每个都概莫能外。

马车的声音由远及近，沉默不语的几个人终于可以顺理成章地移开自己的视线，将目光投向远方的旷野。

谢麒宇浑身是血，表情冷漠地看着驶来的庞普平马车，他还没从刚才的状态中醒来，一种奇怪的力量将他和身为人类的谢麒宇割裂，他记得自己的过去，却清晰地觉得从前的自己并不是现在的自己。而眼前的庞普平马车，谢麒宇当然没有忘记这是什么，童小琪显然也没有。

比起惊魂未定的童小琪，还处于异常状态的谢麒宇就镇静多了。他只是定定地看着由远及近的庞普平马车，看着坐在南瓜形马车上的女人。她穿着一身碧绿的衣裳，看起来肖似古装，只是一头乌黑的长发没有绾成发髻，只是随意地披散在肩头，随着旷野上的烈风飘扬成一匹黑色的锦缎。

“诸位下午好，我奉主人之命前来邀请几位前往做客，请吧。”

距离近了谢麒宇就看清了这个人脸上绿色的兽纹，绘在眼角眉梢，有种说不出的妖娆。

“我不去！”童小琪从地上爬起来，后退了两步咬牙切齿地说道。她看着庞普平马车的眼神都带着恐惧和厌恶。

谢麒宇瞥了她一眼，淡淡说道：“没兴趣。”

绿衣的女人勾了勾嘴角，那是冷漠到极致的美丽：“这可由不得你们。”

庞普平马车的大门突然洞开，马车内的世界竟是一片虚无的星空，而这片星空像是黑洞一样带着极强的引力，竟然是想把他们一口气都吸入庞普平马车之中！

脚下的荒原骤然迸发出翠绿色的强光，一个直径足有二十米的魔法阵徐徐出现，阵法中错综复杂的法则一瞬间将谢麒宇周身的红色符文打散成粉末。谢麒宇只觉得腹中绞痛，血气在胸腔中翻腾不已，他喉头一甜，吐出一口鲜血。

“住手！”

就在千钧一发之际，远处的云端突然传来熟悉的声音，谢麒宇猛地抬起头，只见远方的云层中突然有一道黑影迎面而来，速度快得惊人，谢麒宇愣了一愣，竟然是一条巨龙！

那并不是东方意义上的巨龙，而是奇幻故事里传说中的巨龙，而顾妄站在龙的脊背上，幽蓝色的火舌竟然一改记忆中的模样，化为滔天的火雨从天而降！

谢麒宇下意识地护住几个人，那蓝色的火雨却像是长了眼睛一样避开了他们的位置，反倒是庞普平马车，在轰然的袭击中化为了灰烬。

而马车上的女妖怪早已一跃跳出了火雨的攻击范围，趁着巨龙降落之时远远向几个人俯身一礼，笑盈盈的声音传来：“既然如此，就此别过。”说着像是一阵风一样消失在了旷野中。

顾妄从十几米高的巨龙背上一跃而下，一身黑色的风衣在荒原的烈风中显得格外冰冷，就连他的表情也比以往更冷酷。

只见他大步走到谢麒宇面前，先是从上至下将他看了个仔细，然后挥手就是一拳，正中谢麒宇的鼻梁！

谢麒宇惨叫一声捂住了喷血的鼻子，皮肤上的红色符文尽数消失，就连神志也一下子清醒了过来。

没人喜欢被莫名其妙地揍一拳，还是被揍得鼻血狂喷的打法，于是他一手捂着鼻子挥手也是一拳，却轻而易举地被顾妄扭住了手腕，一个轻轻松松的过肩摔就把他揍趴在地。仿佛是嫌这么打还不过瘾，顾妄一脚踩在他的胸口，居高临下地睥睨着满脸是血的谢麒宇。

“顾妄……你个……神经病！”谢麒宇被摔得浑身疼痛，顾妄的脚还踩在他胸口，让他连说话都觉得喘不过气。

顾妄只是用看死人的眼神看着他：“你该谢谢我的。”

“呸！你当我受虐狂啊，被打了还谢谢你！”谢麒宇愤怒地叫道。

顾妄的嘴角泛起嘲讽的弧度，倒是收回了脚潇洒地一转身：“连力量都控制不了的废物，死了也活该。”

浑身是血的谢麒宇艰难地从地上爬起来，T恤的正中还印着顾妄四十码的脚印，这样绝对是狼狈到了极点。

偏偏顾妄一副“懒得和蠢货说话”的表情，就连他的坐骑巨龙也跟他的主人似的一副鄙视“愚蠢的凡人”的神情，这可把谢麒宇气得七窍生烟。

童小琪终于冷静了一些，一手抚摸着自己还在隐隐作痛的眼睛，一边说道：“顾妄说得没错，你是该谢谢他。卓凌跟我说，如果他不及时打醒你，你只怕有反噬的危险。”

谢麒宇平静下来以后回想了一下自己刚才的状态，也隐隐觉得顾妄说得没错，他完全被力量控制住了。

“卓凌说，半妖的血统容易造成力量的不稳定，越是稀薄的血统，因为逐渐弱化自控性越是会大大降低，当然同时降低的还有觉醒的可能性，但是一旦觉醒就容易因为自制力薄弱而引发暴走、反噬、魔化等问题。卓凌让我代他道歉，刚才他在危急时刻不得已利用了你，让你觉醒了力量，这才导致了刚才的危机，他很抱歉。”童小琪对谢麒宇道歉说。

谢麒宇已经冷静下来，倒是恢复到了一贯的性格，挠了挠头说：“没事没事，他不也是为了救大家吗？不然我们刚才就都成狮鹫的点心了，哪儿还有命等顾妄来？”

说到狮鹫……谢麒宇回头去看身首异处的狮鹫，却发现顾妄的巨龙正蹲在那里狰狞地饕餮起了狮鹫的尸体，那津津有味的神情在它本就恐怖的脸上显得格外骇人。

谢麒宇闻到了自己满身的血腥味，不由一阵恶心。

“你们跟我来吧，把昏过去的两个人都带上，我把你们送回王都，和女王陛下通报后就把你们送回去。在这里待久了你们会送命的。”顾妄拍了拍仍在享用美餐的巨龙，巨龙不满地打了个响鼻，终于放弃了美味乖乖地让几个人乘上了他的脊背——因为脊背太高，最后还是顾妄打了个响指让几个人飘着上去的。

白铃还在昏睡着，童小琪不安地跪坐在她身边擦了擦她脸上的冷汗，眼里闪过自责的情绪。

顾妄冷淡地和几个人解释了一下他们为什么会出现在这里，又简单说了下天网出现缝隙的情况，然后就不再说话了。

巨龙乘着风在真理界阴霾的天空中飞行，结界挡住了荒原上汹涌的大风，让几个人能够平稳地乘坐在龙背上。巨龙的翅膀全部展开后足有几十米长，而它飞驰在如此广阔无垠的天空上，从龙背上往下俯瞰，一望无垠的荒原向地平线蔓延，远处云层中高低起伏着的魔物们因为巨龙的龙威而四散逃开。谢麒宇勉强能分辨出一些魔物，有的是狮鹫，有的是猎鹰，还有许多奇形怪状他不能理解的生物，甚至天使一般长着翅膀的类人妖怪。

这片与人类世界截然不同的自然风光吸引了惊魂未定的几个人，一时间龙脊上的几个人都沉默了。

“刚才那辆庞普平马车是怎么回事？”谢麒宇看够了这壮阔的风景，终于静下心来，开始向顾妄追问刚才的事情。

顾妄颇为冷淡地说道：“我不知道。”

谢麒宇直觉他没说实话，不由用怀疑的眼神看着他：“真的吗？我看不尽然吧。你是怎么这么快找到我们的？那驾庞普平马车和之前绑架童小琪和长耳朵的马车有什么关系？上面那个绿衣服的女妖怪是哪儿来的？她说了主人，主人是谁？还有，王都离这里多远？什么样子？”

顾妄被一连串的问题弄得不耐烦，于是狠狠瞪了谢麒宇一眼：“你再啰唆我就把你从龙背上踢下去，我说到做到！”

谢麒宇撇撇嘴：“得了吧，我还怕你吗，堂哥？”

顾妄的脸色一黑，竟然当真飞起一脚将谢麒宇踢了出去！

谢麒宇“啊”地惨叫了一声，感觉自己的身体腾空而起，眼看着就要飞出龙背。就在他以为自己要被谋杀的时候，脚上却传来一阵拉力，硬生生将他倒吊在了龙背上。

谢麒宇艰难地扭过头，死死瞪着抓住他的狡猾的顾妄，那家伙的棺材脸终于变了表情，可是怎么看都让人觉得这种令人讨厌的笑容简直让人恨不得揍他两拳。

“现在怕了吗？”顾妄懒洋洋地用拖长了音调的语气问道。

童小琪似乎是想笑，但最后还是勉强忍住了。

“你放我下来！啊不！放我上去啊！”谢麒宇张牙舞爪地挣扎了起来。

结果顾妄的手一松，他“啊啊啊——”地惨叫着掉了下去！

耳边的风呼啸而过，他的身体在自由落体地下降着，灵魂仿佛还停留在龙背上，可是身体却已经坠下去了。

坠落的途中谢麒宇拼尽全力咆哮了起来：“顾妄，我和你没完！——”

结果话还没喊完，顾妄已经跟着跳下了龙背把他捞了回来，在半空中轻松一跃又回到了龙背上。

惊魂未定的谢麒宇脸色煞白，一副刚刚从鬼门关回来的表情。

“这可比过山车刺激多了，你这是要玩死我啊！”谢麒宇的心脏还在“扑通扑通”地跳着呢，简直要从他的喉咙里蹦出来了。如果现在要他站起来跑两步，他肯定腿一软就跌倒了。

顾妄似笑非笑地看着他：“现在老实了？”

谢麒宇瘪瘪嘴，想着人在屋檐下不得不低头，又在心中默念君子报仇十年不晚，最终还是老老实实地装哑巴不说话了。

巨龙似乎也觉得有趣，在空中发出了嘹亮的龙啸，前方自由飞行的妖怪们被龙威恐吓了，纷纷展开翅膀飞离了自己的航道。

谢麒宇突然觉得眼前一闪，前方的旷野和乌云顷刻间消失无踪，而眼前竟然是湛蓝的天空和恢宏的云中之城！

对，正是云中之城，那飘浮着的岛屿一般的城市！正中央是巨大的岛屿，上面的建筑群高大恢宏，而主城附近还有许许多多的小型岛屿飘浮着，周围环绕着云彩，甚至有几道绚丽的彩虹。

“我们穿过了王都结界，这里就是真理界的王都了。”顾妄双手环在胸前俯瞰脚下的王都，“永不坠落的云中城，真理界永远的圣地，恭喜你们，成了难得有机会踏上王都的人类。”

Di-liu Zhang Qiyue Yun Zhong Cheng

第六张契约　云中城

欢迎来到新世界，人类。

1

巨龙盘旋在云中城湛蓝的天空上，谢麒宇目瞪口呆地看着脚下飘浮在云端的城市，有一种恍如在梦中的错觉。

这就是真理界的王都吗？原来竟然是如此模样。

“它不会掉下去吗？”唐易声自言自语般问道。

“据说只要弥天之塔矗立在云中城，所有的岛屿都将永不坠落。”娜娜怀念地看着脚下的云中城，她已经离开这里很多年了。

“弥天之塔是什么？”谢麒宇不由好奇地问道。

“就是那个啊，你看，很高很高的，不过那里是禁地呢，我们是不允许进去的。”娜娜指着王都主城中间那座直插云霄的高塔说道。

弥天之塔。谢麒宇心里突生出古怪的感觉，仿佛那座塔有什么微妙的东西在吸引着他，可是很快他的注意力又被其他东西吸引了。

“为什么这么多岛屿环绕在云中城周围，和人类世界的卫星城一样吗？”谢麒宇看着环绕着主岛的小型飘浮岛屿问道。

这些岛屿像是钟表盘一样，最大的那些恰好有十二个，间距平均地分布在主岛周围，而在那十二个小岛周围又是更小的岛屿，远远看去仿佛是时钟的刻度一般。最有趣的是，弥天之塔的阴影仿佛是指针一样，此刻阴影正指着其中一个小岛。

顾妄指着弥天之塔的阴影指向的小岛：“那里就是顾家的岛屿。”

谢麒宇吃了一惊：“什么？这些岛屿是私人的吗？”

顾妄点点头：“是上古时期划分下来的。十二个家族主张将真理界和荒诞界分割开来，也就是现在真理界的十二大家族了。”

谢麒宇定定地看着那个岛屿，喃喃问道：“那……奶奶在那里吗？”

顾妄“嗯”了一声：“我带你去见见她。等降落后我会派人将其余人送回荒诞界，普通人类穿越界门是有危险的，必须乘坐彼渡之舟回荒诞界。不过可能要过几天，这些天是真理界的庆典日……你们最好还是别出门。”

“为什么？”谢麒宇追根究底的坏习惯到现在也没改过来。

顾妄冷哼道："认清现实吧，你们现在可是流落到了食人族的地盘。"

几个人都沉默了。巨龙开始降落，巨大的翅膀扇出凶猛的狂风，它缓慢地盘旋在小岛的空地上空，像鹰一样螺旋着下降，健壮有力的龙爪在抓紧地面的那一刻，整个小岛都震了一下。

龙背上的几个人顿时摔得七零八落，谢麒宇"哎哟"一声摔了个屁股墩儿，顾妄一脸笑意地看着他，看得他差点儿恼羞成怒。最后几个人是像滑滑梯一样从龙背滑到了龙尾，这才安全地下了这个不安全的飞行工具。

巨龙已经悠然地自己走开了，谢麒宇回头看了看它，颇有些艳羡地问道："它是你养的吗？叫什么名字？"

顾妄眉眼间都透出骄傲来："我从小抚养它，它叫林科里亚，林科里亚在龙语里的意思是'聚拢珍宝、财富'。"

谢麒宇的表情一下子微妙了起来，嗫嚅了几声后小声反问："那这个名字……和人类世界里的'李富贵、丁旺财'是一个性质咯？"

顾妄瞬间石化了。不远处的巨龙似乎是听懂了他的话，仰天发出了一声愤怒的咆哮。顾妄差点儿吐出一口血："是林科里亚！不是李富贵，更不是丁旺财！"但无论童小琪还是谢麒宇抑或唐易声，都用嘲弄的表情看着他，那模样让他火冒三丈。

人类，果然都是大大的讨厌！恼怒的顾妄心想。

顾家的岛屿面积巨大，绿化也很好，如果不是隐约看得见远处中式的塔楼和脚下碎石铺就的小径，谢麒宇几乎以为自己是在原始森林中了。

几个用面具蒙着脸的黑衣人不知何时来到了他们身边，在顾妄的示意下接过了仍在昏迷中的白铃和唐易声家的司机。

"他们的情况不太好，得放置到专门的隔绝真理界辐射的地方休养，你们两个最好也一起过去，虽然你们身上因为有妖怪跟随可以降低这种辐射伤害，但是身体毕竟是人类的，长时间暴露在真理界的空气里会折损你们的健康。至于你……"顾妄瞥了跃跃欲试的谢麒宇一眼，"哼"了一声，"皮糙肉厚，死不了。"谢麒宇捏了捏自己的脸皮，也不厚啊。

几个人沿着碎石小路往前走，绕过一棵千年古木之后，眼前豁然开朗！

古色古香的庭院笼罩在一片葱茏的绿意之中，亭台楼阁水榭飞轩错落有致，谢麒宇一时间还以为自己是来到了苏州园林。

溪水淙淙流过，淌入碧绿的人造水系中，几名一身鹅黄色对襟古装的侍女宛如从古画中走出来的一样，袅袅婷婷地从几个人眼前路过，还驻足向几个人施了一礼。只是这些侍女的脸上都戴着白色的面具，看不清面容。

“云中之城都是中式的建筑吗？我从天上看的时候大部分都是欧式的啊。”谢麒宇对顾妄咬耳朵问道。

“十二家族里三家是国姓，追溯到上古时期都是生活在华夏的，其余九家遍布世界各地，还有一家传承至今都是黑色皮肤，你看到了也不要太惊讶。”顾妄说。谢麒宇想了想黑人妖怪，突然觉得有点儿喜感。

唐易声正好奇地东张西望，童小琪也是，几个人跟着顾妄一路往前走，踏入环廊的时候他突然说：“奶奶来了。”

谢麒宇浑身一凛，不由挺直了腰板，又整理了一下自己身上的衣服，在看到衣服上大片的狮鹫血迹后又觉得很沮丧，他还想给奶奶留个好印象呢。

他对奶奶的印象停留在遗弃物工坊那里长耳朵给他的回忆，记忆里的奶奶是个十分温柔的大姐姐，年轻得完全看不出她真实的年龄，只是她温柔的眉眼中总是带着淡淡的忧伤和挥之不去的愁苦。

听说……她后来盲了，为了帮他封印眼睛。谢麒宇不由心中愧疚。

远处的楼阁门开了，“咯吱”的一声轻响，说轻不轻，说重却又不重，但是谢麒宇却觉得自己听得清每一个细节。一个姿容绝丽的女子在侍女的搀扶下走了出来，两个人缓步向这里走来，谢麒宇看着她骤然苍老了的容颜和蒙着薄纱的眼睛，突然眼中一热，几乎要落下泪来。

忍不住心中这种澎湃的情绪，谢麒宇大步走上前去，可是真正站到奶奶面前的时候他却又情怯了，嚅动着嘴唇半天说不出话来。

“是麒宇吧，麒宇，过来，让奶奶看看。”女人的声音一如他记忆里那般温柔，谢麒宇握着她的手，贴到了自己的脸上。

“麒宇长大了。”奶奶笑着说，虽然看不见，可是她还摸得到，感觉得到，眼前这个孩子对她并无怨恨之情。

“奶奶……我很想您，爸爸也很想您，虽然他从来不说，但是我感觉得到。”谢麒宇哽咽着说。奶奶却没有说什么，只是抱着他缓缓拍着他的背：“傻孩子，我也想你们啊。”

这舐犊情深的一幕让几个人都不忍打破。顾妄远远地看着他们，心里有欣慰，却又有些嫉妒，这些年奶奶在他耳边念叨着谢麒宇的名字，他几乎从小听到大，可是真的到荒诞界见到谢麒宇的那一刻，他却又是不屑的。只是个妖血稀薄的半妖，和人类又有什么差别，值得奶奶这么挂念吗？

但是越是和谢麒宇相处，他就越是被这个堂弟吸引，他有着与生俱来的乐观和幽默，还带着一点儿调皮的气质，时不时还会捉弄他一下，虽然他每每感到恼怒，却没法讨厌这个人。也许……是血缘的力量吧，他想。顾妄正思索着，突然感觉到身后的气场，立刻转过身低头问候：“父亲。”

顾君耀从环廊尽头缓步走来，不紧不慢，谢麒宇不由转头看向他，果然，这个人就是他记忆里和奶奶在一起的那个黑衣男人，也就是他的叔父。顾君耀和母亲打了个招呼，然后对几个人略一点头就离开了。

顾妄大概是习惯了父亲的冷淡，毫无异样之色：“你们最好先去休息，等真理界庆典结束后我会派人送你们去‘海中洲’，从那里可以登船回到荒诞界，有什么需要可以叫人，不可以单独出门。”

童小琪心里记挂着白铃，立刻就跟着侍女的脚步前去探望白铃了。唐易声和娜娜交流了一会儿，决定在庭院里随便逛逛。

谢麒宇和奶奶说了好一会儿的话，这才回房间去休息。

说是房间，但其实是一整栋楼阁，还是三面环水的水榭，谢麒宇好奇心十足地在木质结构的房间里溜达来溜达去，这里摸摸那里碰碰，对这里充满了好奇。顾妄拉了一把圆凳坐在上面，慢悠悠地喝茶。

“我说顾妄，要不是今天来到这里，我绝对想不到你是在这种环境里长大的。”谢麒宇感慨地说。顾妄身上浑然没有古典气质，谢麒宇还以为顾妄接受的是相当西化的教育。

顾妄似乎是嗤笑了一声：“十岁以后我就很少回家了。”

“哎？不回家做什么？上学吗？哦，对，妖怪要上学吗？”谢麒宇问道。

“云中城有学院，不过接受教育的都是贵族的后裔，平民妖怪基本上是不可能进去的，除非真的很优秀。”顾妄很平淡地说着，对这种不平等的阶级世界习以为常。

谢麒宇却沉默了一会儿，有些忐忑地问道：“所以真理界，其实比人类世界有更重的阶级观念吗？”

顾妄挑了挑眉，问道：“你想把人类那套平等的思想传播给真理界？”

谢麒宇尴尬地笑了笑，摇摇头：“我暂时还没这种雄心壮志，只是想了解一下这里的情况，省得闹笑话。”

“你倒是有自知之明。其实这里和人类世界没什么不同，一个是金钱本位的世界，一个是力量本位的世界，因为越是强大的妖怪越能将自己血脉中强大的法则传给下一代，使得下一代有更多的可能获得力量的传承，所以血统才显得珍贵。其实只要有力量，妖怪并不在乎你是平民还是贵族，只是平民很少有机会获得那么强大的力量而已。”

谢麒宇若有所思：“嗯……那这里的平民妖怪很少有出头之日吗？”

“是的，比你们人类世界里出人头地难得多。就像你们在荒原里被袭击，如果你死了，奶奶或许会为你难过，但是顾家是不会为你说一句话的，因为你只是个弱者，所以只能平等地面对死亡。真理界有一句谚语：公平女神手上的天平，装着的是死亡。因为在我们眼中，死亡，是最大的公平。”

谢麒宇沉默了许久，又问：“强大的妖怪可以随意杀死弱小的妖怪？”

“城市结界外就是这样，在城区里不行，因为会影响环境秩序。怎么，觉得很不公平？”顾妄似笑非笑地反问。

“不，只是觉得太残酷了，毕竟你们同为妖怪不是吗？”

顾妄突然哈哈大笑：“抱歉啊，我们可从来不这么觉得。妖怪靠利用法则吸收能量而变强，而死亡，本来就是最强大的法则。所以杀戮在我们眼中……唔，就像你们屠宰牲畜进食一样，同为哺乳动物，你们吃猪肉的时候不也觉得挺美味吗？”

谢麒宇忽然觉得有点儿冷。不是来自气温，而是来自内心。

他再次清醒地认识到，他是人类，他习惯了人类世界的法则。虽然他继承了妖怪的血统，但是骨子里他和顾妄这样天生的妖怪有着深深代沟，他可以理解，但是不能接受这样赤裸裸的残酷。也许是他太虚伪了吧？谢麒宇思索着，可是他没法说服自己将弱肉强食当作理所当然的事情。

“不过你们人类有一点不错，那就是保护幼崽。”顾妄露出了难得一见的微笑，“这是种很好的品质，也确保你们人类生存了下来。不过在真理界，可是没有这种美德的。所以身为幼崽的你，最好还是小心一些。”

“幼崽？”谢麒宇的脸部抽搐了一下，“我成年了！”

顾妄撇了撇嘴：“抱歉，在我们眼里，你还未成年。未成年的幼崽在妖怪眼中总是特别美味。”

“……变态！”谢麒宇忍不住骂道。

顾妄拍了拍他的肩膀：“认命吧，这就是现实啊，幼崽。”

谢麒宇气鼓鼓地趴在桌子上想了半天，又问：“你通知我爸妈了没？”

顾妄点点头：“我说过几天把你们送回去，放心吧，两界时间流速差异很大，等你们回到荒诞界最多也就过了半天。”

谢麒宇松了口气，他可不想周一赶不上上课。可是转念一想，发生了这么不科学的事情，他脑子里竟然还想着要去上学，他是不是太认真严肃了一点儿，简直可以被评为“三好学生”啊。

“哦，我记得你刚才说过庆典，是什么庆典？”

顾妄百无聊赖地看着窗外，漫不经心地说道：“真理日，就是庆祝‘天网’成功分割两界的日子，真理界独立的日子，相当于你们的国庆日吧。”

谢麒宇类比了一下人类的国庆日，又问：“有活动吗？比如阅兵什么的？还有啊，为什么你说真理日不能让我们出门？”

顾妄转过头幽幽地看着他，要怎么形容那种眼神呢？带着一种深深的危险和恐怖，宛如一潭死水的枯井。谢麒宇瑟缩了一下，竟然觉得有些害怕。

“真理日啊……那是属于强者的庆典，属于弱者的祭典。”顾妄说着，突然扯出了一抹笑容，“如果你很有兴趣，我会考虑带你去看看的。”

2

真理界的天空与荒诞界不同，最大的区别在于，这里的太阳和月亮十分怪异，城区的结界外终年笼罩着乌云不见天日，云层里隐隐约约都是绯红的光芒，而城区结界内的日月不是东升西落，而是像指针一样环绕在王都周围，太阳十二小时一圈，月亮十二小时一圈，正好区分了白天和黑夜，而光源使得弥天之塔投下的巨大阴影就像是指针一样缓缓在云中城里旋转着。

童小琪站在窗边叹了口气，又回头看了看仍旧昏迷不醒的白铃，她的情况已经稳定下来了，不会冒冷汗也不会发出痛苦的呻吟，现在她就像睡着了一样，平稳地呼吸着，却怎么也无法醒来。

床边点着莲花形状的灯，光源来自莲心仿佛夜明珠一样的晶石。

童小琪心里挂念着白铃，总觉得心神不宁。

夜晚的顾家庭院显得十分幽静，心烦意乱的童小琪走出了阁楼，提着同样由晶石照明的灯笼在庭院里散起了步。

她沿着古色古香的庭院小径走到了湖边，湖心有一座小塔，塔周围有几尾绝美的鲛人唱着柔美的歌，时而打闹嬉戏，那水声和歌声在这样的夜幕里传出很远很远，童小琪不由觉得这一幕宛如梦幻，却又让她觉得不真实。

这一天的经历实在跌宕起伏，她十八年的人生都没有这么精彩纷呈过，但是想起荒原上浑身浴血手持镰刀的谢麒宇，她又不由觉得一阵心悸。

“你在害怕吗？”卓凌问她。

“也许吧，毕竟……我从没见过他变成这个样子。”童小琪喃喃地说。

“不用担心，我们很快就能离开真理界了，在真理日之后。”卓凌说道，他在真理界度过了很多岁月，对真理日自然一清二楚。

那可绝对不是一个“好日子”，至少对大部分妖怪而言，这都不是个美妙的节日。

“我听这里的人说我们要去海中洲坐界船回去？”

“是的，因为你们的身体强度不足以安全穿过界门，所以必须乘坐彼渡之舟。渡船会在海中洲起航，那里是我的老家……真是怀念啊。”卓凌怀念地说道。

童小琪歪了歪头，有些好奇。卓凌从前并不喜欢说自己过去的事情，今天竟然难得听他说起了。

“那是个什么样的地方？”童小琪问他。

“那里啊，是个非常美丽的地方。真理界的海域非常广阔，上面有无数的漂流岛屿，这些岛屿在海上沿着各自的航线前进，最大的那个叫作海中洲。真理界的海中也生活着许多妖怪，海中洲的妖怪大多有一些海洋系妖怪的血统，所以大家生活得还算融洽。在特定的时间海中洲会停靠在大陆，算算日子庆典那天晚上有一次，不过那天不宜出门，庆典后天也有一班，到时候你们就可以上船回家了。”

童小琪听卓凌说着，不由有些神往。

她坐在湖边的小亭中和卓凌说了很久的话，卓凌突然说道：“我觉得你比以前开朗了许多。”

童小琪微微一笑：“或许吧，因为……明白了很多事情，人总是要长大的啊，我不可能一辈子生活在自己的小世界里。”

“你能这么想就好了，我以前还担心你一辈子都交不到几个朋友。”

夜晚的风有些凉，童小琪托着下巴看着不远处的嬉戏着的鲛人，她想了很多，关于自己的，关于她的母亲，关于卓凌，关于谢麒宇。

最后她摸了摸自己的眼睛，微笑。

远处突然传来模糊的说话声，仔细一听是谢麒宇的声音：“喂喂喂，说好的教我概念武器召唤呢？别跑啊你！你说话不算话！”

然后是顾妄不耐烦的声音：“我已经教你了，学不会是你太蠢。”

谢麒宇追着他大喊：“什么太蠢！你自己不也花了一个月才学会吗！别以为我不知道，奶奶都告诉我了！我现在连你几岁尿床都知道！”

“……闭嘴！我教你最后一次！”

“嘿嘿，早该这样了呗，来来来，快点儿把法则演示给我看。”

童小琪听着两个人的对话，不由微笑了起来。

这样的生活，其实也挺好的。

在真理界的日子一晃而过，谢麒宇有事没事和奶奶聊天，实在无聊就在庭院里乱逛，倒是遇到过顾君耀几次，但是每次他都是惴惴地问好，然后跟见了狼的兔子一样跑得没影。

虽然顾君耀从来没多说什么，但是谢麒宇有点儿怕他，其实不只是他，他觉得顾妄也挺怕他父亲的。大概是顾君耀身上有种久经沙场的戾气，让他本能地觉得有些畏惧。

他跟奶奶说起这件事的时候，奶奶幽幽地叹了口气："是我的错。君耀从小跟我孤儿寡母地住在郊外，为了保护我他从小就要强，打打杀杀的，总是带着一身伤回来。长大后还加入了军部，后来虽然执掌了顾家，但是大概是因为童年那种不安定感吧，他始终不太喜欢亲近人。就连顾妄的母亲……如果不是家族联姻，他到现在恐怕都是孤家寡人。"

说到顾妄的母亲，谢麒宇又问了一句："我没见过顾妄的妈妈，她不住在这里吗？"

"她啊……不在了。"奶奶的眼中闪过一丝复杂的神色，最后却只是淡淡地说。

谢麒宇没有再追问，只是听话地点点头。

一转眼真理日就要到了，谢麒宇扯着顾妄的袖子指望他兑现诺言把他带出去参观王都，但是顾妄十分残酷无情地拒绝了他，理由是他太弱了。

谢麒宇被打击得跪地不起，却又听顾妄说："白天不能带你出去，不过晚上有一个十二家族的晚会，倒是可以带你去见见世面。"

谢麒宇的眼睛又亮了："此话当真？"

顾妄冷笑："我什么时候骗过你？"

谢麒宇于是乐颠颠地回房间去。

就在谢麒宇觉得自己会平安回到人类世界的时候，意外却发生了。

真理日这天，百无聊赖的谢麒宇准备在古色古香的木质大床上懒洋洋地睡半天，然后去和奶奶聊聊天。结果一大早就被顾妄拉起来吃早餐，吃完顾妄就没影了。

谢麒宇郁闷地慢吞吞地回房间，结果路上却见到童小琪急匆匆地跑过来，拉着他的胳膊焦急地说："快抓住白铃，她突然醒来了！"

谢麒宇摸不着头脑："醒了不是好事吗？"

童小琪急得简直要咬他了："她就在那里啊，还跑那么快，绝对不正常！我的眼睛看得到她的灵魂具象化的白猫，那只白猫现在完全疯了！"

谢麒宇顺着童小琪手指的方向，看到穿着连衣裙的白铃像是幽魂一样，几乎是飘着向庭院大门而去。

两个人拔腿就追，白铃虽然是飘着前进的，但是那速度却异常快，两个人几乎拿出玩命的力气在追，顾家庭院里的侍女和侍卫们却像是什么都没看见，对他们的异常视而不见。

谢麒宇直觉这儿有什么蹊跷，但是此刻却顾不上许多。

白铃已经跑出了顾家庭院的范围，前方犹如原始森林的区域里，赫然停靠着一驾庞普平马车。

而白铃静静地坐在马车上，两眼没有焦距地看着两个人向她奔来。

谢麒宇心里一突，一把拽住童小琪。

坐在马车上的白铃的眼角，不知何时长出了绿色的兽纹。

"小琪，你记得我们刚到真理界的时候，庞普平马车上的那个绿衣女人吗？她的眼角上也有这种绿色的兽纹。"谢麒宇回忆着那时候的情景，虽然当时他因为被法则控制显得神志不清，但是记忆却还是清晰的。

童小琪点了点头："白铃的灵魂实体是一只白猫，但是现在那只白猫的眼睛已经全红了，毛发上长出了绿色的纹路，非常诡异。"

"果然……和那个女人有关系。"谢麒宇喃喃地说着，突然回头肃然地对童小琪说，"你回去，通知顾妄这里的事情。"

童小琪紧张地问道："那你怎么办？"

"我跟她去，我必须把白铃带回来，这次的事情完全是我连累了你们，你们本来不需要遭遇这些的……"谢麒宇笑了笑，带着安慰的笑意在仍然略显青涩的少年脸上却透出成熟可靠的气质。

"我……可是……"童小琪仍然想说什么，却被谢麒宇打断了。

“我至少有一点儿可以自保的力量，但如果你跟去了我还要分神照顾你，万一你出了什么事……我一辈子都会内疚的。”谢麒宇松开了童小琪的胳膊，推了推她，“去吧，去通知顾妄，他应该会有办法的。”

说完谢麒宇定下心，转身向南瓜马车走去。

童小琪看着他远去的背影，心里一阵空落落的。

如果……如果谢麒宇回不来了呢……

因为这只眼睛，她对妖怪世界的了解甚至比谢麒宇还要多，她更明白这里的残酷和可怕，万一……

“谢麒宇！”童小琪忍不住大喊他的名字。

谢麒宇停下了脚步，却没有回头，只是背对着她挥了挥手：“我会把白铃安全带回来的！相信我吧！”

童小琪揪着自己的衣领，强迫自己不要上前。回去，快回去找顾妄。

童小琪一咬牙，转身往顾家庭院跑去。

谢麒宇还是忍不住回了头，看到童小琪远去的背影，终于稍稍放下了心，他还真怕她一时冲动就跟了上来。虽然刚才他说得信心满满，但其实他毫无自信。

“白铃”就在他面前，安安静静的，如果不看她那空洞的眼神和眉梢诡异的绿色兽纹，他几乎以为眼前的人就是他那个有点儿骄傲但是其实内在温柔又善良的同桌。

“你到底是谁？”谢麒宇问她。

“白铃”突兀地笑了起来，表情显得诡异无比：“不用想怎么拖延时间了，上车吧，如果你想让她平安无事的话。”

谢麒宇别无选择，庞普平马车的大门已经对他敞开，马车里是无边无际的星之海。

他向前一步，跨入无垠的星海之中。

一回过神，谢麒宇发觉自己站在宇宙星空中，他低头一看，发现自己踩在一块半透明的玻璃平台上，四面八方的台阶通往各个大大小小高低错落的平台。

这里就是童小琪说过的，庞普平马车里的世界吗?

上次他和顾妄通过外力把童小琪从车内放了出来，这次，如果没有其他人的帮忙，他能走出去吗?这驾马车又到底要把他带往哪里?

谢麒宇带着满腹的疑问，一步步走在台阶上。

这里的星海无边无际，他环顾四周，远远近近的星光和星系斑斓的色彩是他一生都没有见过的瑰丽，他几乎要迷失在这样盛大的美丽之中，这种自然的力量是如此浩瀚，令人心生畏惧。

他生活在地球上，而地球又只是太阳系中微不足道的一员，银河之中太阳系这样的星系犹如恒河沙数，偌大的太阳系也不过是一整片沙滩上的一粒细沙，而这样浩瀚的银河，对于宇宙来说，却又不过是森林中的一片树叶。

世界，到底有多大呢?构成如此庞大复杂的世界的法则，又有多少呢?

他不由心悸。

顾妄曾经告诉他，妖怪是法则的衍生物，这个星球、这个宇宙，归根究底也是建立在法则上的，就像是用代码编写的程序。一旦法则崩坏，那么这个世界的一切都会像是沙滩上的城堡，瞬间被潮水冲毁。

谢麒宇停下了脚步，坐在一小块平台上思考着。

有一瞬间他觉得自己像是位哲学家，但又很快嘲笑起了自己的无知。

与其思考这些没有答案的东西，不如想想怎么逃出这里吧。

说起来，他到底是为什么会来到真理界呢?顾妄说是因为天网出现了缝隙，正好处在缝隙周围的他们就被失控乱流拉到了真理界来。

可是谢麒宇却觉得事情没这么简单，他甚至想过，这是不是针对他们中的某人的一个阴谋。可是思来想去，除了童小琪的眼睛曾经被妖怪收藏家觊觎而发生了一点儿意外，其他人似乎并没有什么不寻常的地方。

但如果是针对童小琪，刚才庞普平马车里的人为什么放走她?

也许，这次的阴谋是针对他?

可是他又有什么不一样的呢?就算是身上有妖怪的血统，也只不过是个再平常不过的人类，实力弱小，观念也和真理界格格不入，人类世界里有妖怪血统的人类绝不在少数，谢麒宇就曾经遇见过几个。

到底……是因为什么呢?

就在他苦思冥想的时候，星空中突然出现了一道刺眼的光芒，谢麒宇眯起了眼睛，很快又情不自禁地张大了嘴——远处的星辰深处有一道璀璨的光芒，它就像超星星爆炸一样，瞬间将整片星域席卷，那爆发性的力量和射线将整片宇宙轰击得遍体鳞伤。

谢麒宇几乎以为自己要迷失在这样耀眼的光芒中，可是很快，脚下的平台突然震动了起来。

他诧异地低头看，脚下的星空竟然变成了一个可怕的黑洞!

是黑洞! 传说中就连光也逃不过的黑洞!

谢麒宇甚至来不及挣扎一下，就感觉自己和整个平台一起坠落。

坠落，坠落，永无止境的坠落。

他感觉到自己的身体仿佛在这种可怕的引力场中被打薄成了一张轻薄的纸片，毫无重量，也没有体积，他看不见周围的一切，因为就连光也被黑洞吞没了，他只能在这种深不见底的黑暗中一点点沉沦，失去视觉，失去听力，失去感知，最后连意识也消失……

这就是……死亡的感觉吗?

这种压倒性的可怕的力量……

他也会觉得不甘心，觉得不想放弃，可是在这种令人丧失一切抵抗意识的力量中，他终于还是任由自己消失在了黑洞之中。

3

“滴答”“滴答”“滴答”。

黑暗中突然有了声音，谢麒宇已经感觉到了这样的水滴声。然后是嗅觉，他闻到了水那清新的气息。再然后是视觉，他看到了光，看到了重新明亮的世界。

这里是哪里？谢麒宇在寻找自己的身体，却发现自己就像是飘浮着的幽灵一样，只是看到了眼前的一切……不，或许用“感知”这个词更为恰当。

他对这种全新的体验感到新奇，可是又觉得害怕，因为他根本没有找到自己的身体在哪里。他在一个很高很高的封闭空间里，四面八方的窗口涌入灿烂的阳光，还有浓郁的血腥味。

他飘浮在空中，正下方是一个巨大的水潭。

水潭？谢麒宇感觉到自己的意识在被那个水潭拉拢，他想抵抗，但是这种感知的力量完全不受他控制，只是一门心思地往水潭靠拢，于是他不断下降，直到来到水潭周围。

水潭里的水是碧绿色的，而深处似乎有什么一大团深色的东西。

他“看”不清，于是越发好奇，几乎要把意识投入水中。

突然，水面浮起了一个气泡，然后是更多的气泡。谢麒宇被这古怪的一幕弄得好奇不已，可是很快他闻到了更浓烈的血腥味。

他转移了感知的方向，然后惊讶地“看到”了这一切！

这个水潭坐落在一个庞大的封闭空间里，一个巨型的魔法阵包围着它。而此刻，魔法阵的纹路里正汩汩流淌着鲜红的血液！

还带着热气的血液从魔法阵的四面八方向水潭涌来，就像是残酷的祭祀一样，很快将水潭染成一片猩红！他不由感到一阵恶心，一个生活在和平年代的人看到这么多的鲜血，多少都会产生不适的反应。

水潭里冒出了更多的气泡，简直像是沸腾了一样，更多气泡“咕噜咕噜”地冒了出来，连水面都开始震颤，热气从里面大量冒出，几乎要将整片水潭都蒸发干净。

里面有东西！谢麒宇努力想要看清水潭里的东西，它已经开始苏醒了！他感觉到了，这种可怕的力量在苏醒！

到底……到底是什么？

“呼……唔……”谢麒宇一睁开眼就被刺眼的阳光照得眼睛生疼。

他立刻用手挡住光线，艰难地从地上坐了起来。

他看起来在一个储藏室里，老旧的房间散发着木头腐烂的味道，还有充满了灰尘的空气，他干咳了两声，觉得浑身都疼痛。

他到底到了什么地方？那驾该死的马车到底把他带到哪里去了？

谢麒宇扶着酸痛不已的腰，又捶了捶僵硬的大腿，觉得自己像是躺了千年的僵尸一样。

窗外的风吹了进来，带来淡淡的血腥味。他眯起了眼，小心翼翼地从窗口往外张望，外面一片寂静，连一点儿针落的声音都没有。

可是正是这种不寻常的寂静和无处不在的血腥味让他觉得有什么危险的东西在酝酿着。这里一定发生了什么可怕的事情，直觉这么告诉他。

他所在的地方应该是条小巷，从这扇窗口看去，只看得到远处拐角的路口，路边的围墙还是青砖结构的，看起来异常古老，上面甚至长满了青苔。

谢麒宇在四周找了找，很遗憾没有找到哪怕一点儿可以当武器的东西，他甚至寻思要不要撬一块砖头当武器，但是因为没有工具，只好罢手。

他小心地推开门，一步步走了出来，又贴着墙角往巷子外走去。

很好，周围很安静，也没有人路过。

谢麒宇稍稍放下了心，要不是空气里那种挥之不去的血腥味，他恐怕会更放心一点儿。

他已经走到了巷子口，脚下的青石板道路也变成了水泥的，谢麒宇东张西望地看了半天，终于从小巷里走了出来。

这一带的建筑很古风，他几乎以为自己是穿越了，可是角落里一些从没见过的东西又让他觉得自己应该还是在真理界——没错，他还看到了那座高耸入云的弥天之塔。

沉重的脚步声由远及近，谢麒宇背后一凉，警惕地后退了几步，死死盯着传来脚步声的路口，巨大的阴影出现在了拐角处，然后是一阵令人作呕的腐烂的味道，要怎么形容这种气味呢？

简直像是……像是腐烂了很久的尸体。

谢麒宇睁大了眼睛，呆呆地看着两米多高的巨人出现在了路口。

全身上下都淌着腐烂体液的巨人一步步向他走来，它全身上下没有一块皮肤是完好的，就连眼球都已经鼓起凸出，嘴部的皮肤更是腐烂殆尽，露出红烂的肌肉组织和森森的白色牙齿。

这简直是在噩梦里才会看到的东西！

谢麒宇忍住想要大叫的欲望，拔腿就往前跑去。身后腐烂的巨怪竟然不如他想象的迟缓，大步流星地向他追来。

谢麒宇的心里一边吐槽一边狂奔，大白天的出现这种限制级恐怖片里的怪物真的没问题吗？真理界到底是个什么地方啊！不是说好了城区内禁止滥杀吗？

不管他心里怎么骂天，身后怪物越来越近的脚步声还是让他绷紧了全身的肌肉，随着他跑得越来越远，他也看到了越来越多令人毛骨悚然的场景。

无数的杀戮和死亡，他看到千奇百怪的妖怪从城区的各个角落里抓出弱小的妖怪开始进食，而强大的妖怪之间也开始以命相搏，似乎完全将自己的生死置之度外，到处是妖怪的尸体，是鲜血，是无穷无尽的死亡。

谢麒宇就像是坠入了永远不会醒来的噩梦中。

脚下被狠狠绊了一跤，谢麒宇重心不稳当即扑倒在地，这一跤摔得他两眼发黑，差一点儿没能爬起来。可是当他回过神来，看清绊倒他的东西竟然是一个妖怪的尸体，不由一阵作呕，连滚带爬地站了起来。

膝盖很痛，还在流血，周围的妖怪似乎被他流出的血液吸引了，竟然齐齐停止了互相残杀和吞噬，将贪婪的目光对准了他。

谢麒宇一点点往后退，这种被无数饥饿的野兽盯上的感觉是难以形容的恐怖，他的腿都在发抖，如果不是求生的欲望支持着他，他几乎要放弃了。可是……不能死在这里。

不久前坠入黑洞的那种不甘心和挣扎还近在眼前，内心深处再次涌现那种可怕的本能，那是妖怪对于杀戮和嗜血的，来自灵魂深处的欲望！

谢麒宇眼前的世界开始弥漫起了血红，他低头看了一眼自己的右手，那里的皮肤已经开始浮现血色的符文和图腾了。

又来了。他皱了皱眉，每次他想要召唤自己的概念武器，都反而会被这种妖怪的本能所左右。顾妄说过，如果不能战胜这种本能，他只会被欲望所控制，成为杀戮的兵器。

他站在这里，不是为了杀戮，而是为了保护。

血色的法则在他手上凝聚成了一把巨大的月镰，周身无数法则环绕着他，这种传承自血缘的天赋成为他此刻活下去的最大的筹码。

冷静下来啊，谢麒宇！

他对自己喊，握着镰刀的手已经开始痉挛了，那种蠢蠢欲动的杀意逼红了他的眼睛，他几乎要忍不住提着镰刀上前将这群觊觎他血肉的妖怪杀得干干净净。

他在克制，努力克制着这种暴虐的冲动。

有三个巨大头颅的猎豹首先动了，俯身攻击的姿势打破了这充满张力的死寂，那就像是一个开战的信号，几十上百只妖怪在美味的血肉的诱惑下号叫着向他冲来。谢麒宇目之所及的地方，都是无穷无尽的妖怪。

那就来战吧！谢麒宇死死咬住嘴唇克制住最后一抹理智，然后大喊着挥着巨大的月镰上前。

上挑，分割，攻击，闪避。本能的战斗意识将这片原本就血肉横飞的战场杀成了货真价实的无间炼狱。

铺天盖地的鲜血和妖怪恐怖的嘶吼声伴随着真理日的杀戮祭典，成了这天无数死亡中平凡无奇的一幕。

“刺啦”一声轻响，镰刀隔开皮肉的声音瘆得人牙根发酸。锋利的刀口切开柔韧的肌肉，还有涌动着血液的血管，血液循环系统的动力让鲜血大片喷溅出来，再次打湿了谢麒宇还没干透的血衣。两米多长的镰刀上已经没有一块干净的地方了，连刀柄都浸透了腥味的血。

谢麒宇的眼睛里猩红一片。最后，他缓缓闭上了眼。

周围一片死寂，只有浓重到令人作呕的血腥味环绕不去。

而这里只剩下他一个活物了。

离开这里，他还要去找白铃。

谢麒宇握着沉重的镰刀，踏着积血往前走，跨过四分五裂血肉模糊的妖怪的尸体，一步步向前走。

他向着弥天之塔走去，倒不是漫无目的，只是他醒来前意识脱离身体的那段时间里，他所看到的魔法阵和深潭应该和弥天之塔有些关系。因为他记得当时他在一个非常高的封闭空间里，仔细想想，高高矗立的弥天之塔无疑符合他梦中的那一幕。

而且他对所谓的禁地非常感兴趣。

手上的血色符文已经消退了，谢麒宇摸了摸湿漉漉的脸，一手的血，只是在不知道他的脸上还有没有那些符文，应该也消退了吧，他现在的意识是清醒的。

但又不能说完全清醒，他就像在看一部电影，虽然清楚地记得每个情节，却无法将感情带入。

他觉得此刻的自己有些冷静得可怕。

一路走来他看到不少互相残杀的妖怪，他面无表情地走了过去，大部分妖怪会因为他身上的血腥味而避让，但也有杀红了眼的妖怪连他也不会放过。谢麒宇当然不会和它们客气，来而不往非礼也。

但是他又觉得有些奇怪，为什么真理日这天，所有妖怪就像是疯了一样开始大肆杀戮，当街吞噬自己的同类？而这些疯狂的妖怪却大多是兽形。至今他还没见过和他一样是人形的妖怪，难道人类形态的妖怪在这种时候会更冷静一些吗？

他想起顾妄说过的“真理日是属于强者的庆典，是弱者的祭典”。

果然是个弱肉强食的世界啊，谢麒宇苦笑了起来，今天这一天，他比以往任何一天都更了解这个残酷的世界。

他突然开始想家了。

就在这时，谢麒宇突然听见一声熟悉的尖叫声，他浑身一凛，这是白铃的声音！他几乎不敢想象人类会在这里发生什么，于是立刻向声音传来的地方跑去。

然后，令他睚眦欲裂的一幕出现了——长着恶魔翅膀的狮蝎将穿着白色连衣裙的少女钉在了蝎尾上，然后不顾她的挣扎将她一口吞进了嘴里。

“白铃！”

谢麒宇的眼前再次一片通红，愤怒的力量像地狱的烈火一般将他吞没，暴怒中的谢麒宇完全失去了思考的能力，手中的镰刀在半空中划过一道绚丽的死亡弧光。而这时，他突然感觉到身后的危险，下意识地往旁边一闪，这样一个本能的闪避让他死里逃生，下一秒他就看见蝎尾上闪着幽绿色光芒的针尖从他脖子旁轻轻擦过。

他救了自己一命。

死里逃生的谢麒宇咬牙切齿地看着前后夹击的两头狮蝎兽，白铃突如其来的死亡让他悲愤的心绪难以平静。

就在这时，远处突然传来了一阵乐曲声。

听不出是什么乐器弹奏的，在这个被死亡统治的真理日，这缕清雅宁静的音乐就像是夏日的小雨，从容地抚平了大地的躁动。

谢麒宇突然冷静了下来，怀疑地回忆着刚才的那一幕——被吞吃的真的是白铃吗?

“你好像冷静了一点儿，虽然不知道你看到了什么，但是其实你看到的都是幻觉。狮蝎兽非常擅长用幻觉引诱妖怪失去理智。现在你清醒了吗？”一个温柔的男声在他身后响起，带着一种奇怪的熟悉感。谢麒宇回头一看，不知何时出现在狮蝎兽身后的男人有着一头灿烂的金色长发，被随意地束在背后。

如果要形容眼前的男人，那一定是教堂壁画中的天使。洁白到一尘不染的羽翼、金色的长发、雪白的皮肤，还有碧绿清澈的眼睛。他的手上拿着一个小型的竖琴，不难猜出刚才的那缕琴声正是出自他之手。

狮蝎兽发出恐惧的低吼，然后四散逃亡。

男人笑了笑，倒也没有追击的欲望。

碧绿色的眼睛直直地看着谢麒宇，他微笑着说："你好，我叫兰斯。"

谢麒宇对他还有些警惕，只是略一点头："谢麒宇。"

兰斯饶有兴趣地看着他："你身上有人类的气味，所以它们才会对你穷追不舍。"

谢麒宇"嗯"了一声，不知道该说些什么，只好问道："你有看见一个穿着白色连衣裙的人类女孩吗？和我差不多大。"

兰斯摇了摇头："这里可是真理界，如果看见人类的话，我一定会注意到的。"

谢麒宇有些失望，可是也没多纠缠，只是谢了他，打算继续往弥天之塔走去。

"你要去哪里？"兰斯跟在他身后，似乎对他的事情很感兴趣，"去找你说的那个人类女孩子吗？"

谢麒宇没有回答，反而问他："真理日到底是什么？"

兰斯微微一愣，天使般圣洁的脸上出现了一丝淡淡的无奈："你一路上过来应该也看到了。在这天，真理界的所有城市内都是允许杀戮的。"

"为什么？"谢麒宇不依不饶地追问。

"大概是为了……祭祀天网吧。"兰斯拨动着手上的竖琴琴弦，有些心不在焉地说，"天网在逐年崩解，为了延缓这种崩解，需要补给能量，一年一次的真理日就是最好的机会。"

"你们愿意？"谢麒宇不理解这种杀死同类祭祀的风俗，他甚至觉得这群妖怪不可理喻。

兰斯淡淡地笑了笑："不要用人类的价值观来衡量妖怪啊，不愿意的都是弱小的妖怪，但是在这里没有力量就没有权利，包括最基本的生存权。就连仁慈的女王陛下，也不会听取这些弱小妖怪的悲鸣。这就是真理界。"

"你似乎并不认同？"谢麒宇听出了他言语中的不认同。

兰斯只是笑："我只是有点儿羡慕人类，至少你们的世界并没有那样赤裸裸的残酷，没有名为大义的牺牲……不，或许也有吧，任何一个世界都离不开无辜者的牺牲，就算是带领法兰西反抗侵略赢得胜利的圣少女贞德，不也被烧死在了火刑柱上吗，真是可悲啊。”

弥天之塔近在眼前，不知道为什么，这段路上他并没有再遇到攻击他们的妖怪，谢麒宇安然无恙地走到了弥天之塔前。

巨大的魔法阵笼罩在塔身周围，翻滚的鲜血从魔法阵的凹槽里一路流淌，直直灌入塔中，谢麒宇有预感，他所梦见的地方，就是这个弥天之塔。

“这座塔，和天网有什么关系吗？”谢麒宇问兰斯。

兰斯沉吟了一声，似乎在犹豫要不要告诉他：“你知道天网的来历吗？”

谢麒宇点点头，父亲曾经告诉过他，这张隔开了真理界与荒诞界的天网是由妖怪中的十二个王族建立的，这张渔网一般的天网让强大的妖怪难以自由来去于两个世界，必须得到批准才能前往人类世界。当初建立这张天网的目的却让他觉得有些不可思议——保护失去远古血脉力量的人类不被妖怪肆意残杀。

兰斯复杂地看了他一眼：“天网的终端力量就是这座弥天之塔，其实这座塔并不是妖怪一砖一瓦建起来的，而是天网力量的具象化。你看，塔身已经陈旧到破损了，这意味着天网的力量在衰败。如果有一天天网彻底崩解，那么这座弥天之塔就会彻底沦为废墟。”

“如果有那时候，人类会怎么样？”谢麒宇不安地问道，他隐约从父亲的口中知道一些，但是他似乎更想知道一个妖怪是怎么看待这件事的。

兰斯浅浅地笑了起来，出尘的面庞上却流露出妖怪那种与生俱来的残酷：“人类，大概会被饥渴了这么多年的妖怪们吃得干干净净吧。贪婪，是妖怪的本能啊，就算再强大再理智，也会想要吞食，就像人类的食欲一样，可以忍耐，却会让我们痛苦。”

谢麒宇心中一片灰暗，如果真的有那一天……

不，绝不能让这天到来！

“你到底有什么目的？”谢麒宇定了定心神，警惕地问兰斯。

兰斯似乎有些诧异，很快又平静了下来：“你倒是很警惕。”

谢麒宇勾了勾嘴角：“我可不觉得一个莫名其妙地出现的妖怪会无缘无故和我说这么久的话，虽然你长得很像天使，但说不定是个吃人的鸟人呢。”

兰斯哈哈笑了起来：“你真是个有趣的家伙。如果你不是……我们说不定可以成为朋友。”

“不是什么？”谢麒宇没有听清。

兰斯伸出手指在嘴唇边轻轻一嘘：“这是秘密。不过你很快就会知道。”

谢麒宇还想追问什么，兰斯却旁若无人地向弥天之塔走去，谢麒宇立刻追了上去，可是没走几步就被魔法阵周围的结界弹开，狠狠摔在了地上。

等他爬起来的时候，兰斯已经走入了弥天之塔中。这个神秘出现的妖怪就这样神秘地走入了禁地，谢麒宇试图用镰刀攻击弥天之塔的结界，但是毫无作用，反而被那种可怕的反作用力震得浑身抽搐。

“你在干什么蠢事？”一个熟悉的声音在他身后的天空中响起。

谢麒宇惊喜地回过头，顾妄站在巨龙的头顶居高临下地俯瞰他，然后从龙首上一跃而下，周围的风卷起他的身体，让他轻盈地落在地上。

“顾妄！”谢麒宇激动地跑了过去，“你找到白铃了吗？”

顾妄没理会他的问题，反而皱着眉打量着浑身是血的谢麒宇，他这个样子简直像是在血池里滚了一圈一样，确实够狼狈的。

“受伤了吗？”顾妄问他。

谢麒宇摇摇头：“我没事，白铃她……”

“没事就好。”顾妄说着，突然挥起一拳狠狠打在谢麒宇的脸上。

“你怎么又来这招！我招你惹你了啊！”谢麒宇捂着被揍的脸颊吐字不清地叫道。

“因为你太蠢了，不打学不乖。”顾妄说着，反手用手肘击中谢麒宇的鼻梁，这次又是鼻血狂喷，谢麒宇哀叫了一声，改成了捂鼻子。

“我很生气。”顾妄面无表情地看着他。

谢麒宇捂着鼻子不吱声，心虚地看着他的鞋子。

“如果你有正常人类1%的脑容量，你就该想到顾家不是那种杂碎妖怪想来就来想去就去的地方，你以为我家是广场吗？谁都能在那里溜达一圈？”

谢麒宇自知理亏，干脆装死。

“结界都是许出不许进的，结果你们倒好，还嫌自己目标不够明显，竟然被一个幻影迷惑一路追了出去，果然是嫌命太长了吧？”顾妄冷笑着说。

“我错了，您大人有大量饶了我吧，白铃真的没事吗？童小琪呢？”谢麒宇虽然被一通狠骂，但是忐忑的心却终于安定了下来。

顾妄冷哼了一声：“要是你死了，我就杀了那两个女人给你陪葬。”

“哇啊，要不要搞这么封建社会的一套啊，还搞殉葬，咱们文明点儿成吗？”谢麒宇苦着脸和他打商量。

顾妄一副似笑非笑的狰狞表情：“顾家的后裔实力弱也就算了，还死得这么憋屈，反正我横竖没脸出去见人了，不如杀几个碍事的泄泄愤。”

谢麒宇认输了：“大哥，饶命吧，我以后再也不敢乱跑了，成吗，成吗？”

顾妄呵呵冷笑，一把揪起他扛麻袋似的扛在肩上，然后轻轻一跃上了龙背：“旺财，回家。”

谢麒宇大惊失色：“说好的林科里亚呢！你的龙在哭啊！”

顾妄坦然地跺了跺脚：“反正都是一个意思，大俗即大雅，以后就叫它丁旺财了。”

巨龙发出一声悲鸣的龙吟。一代巨龙，从今以后竟然有了这么耻辱的名字，真是家门不幸。

始作俑者躺在龙背上看着天空，浑身的鲜血都已经干透了，反而让衣服硬邦邦的很难受，但是他的心却是坦然的。

大家都没事，真是太好了。

4

谢麒宇从弥天之塔乘坐巨龙回到顾家庭院，一到庭院就直奔房间洗了个澡，从头洗到脚，连指甲缝都洗了，那股浓郁的血腥味这才散去。他一边洗一边看着脚下的血水，不由被自己暴走时的丧心病狂吓到了。虽然这次他对自己时髦值超高的暴走状态已经能够控制了，但是毕竟还是欠缺了一点儿什么，法则的力量让他在那种时候很难思考清楚自己的行为是不是过火了。

不过至少他还是有一点儿自保能力的吧，谢麒宇欣慰地想。

“你的请帖。”顾妄敲了敲谢麒宇的房间门，递给他一封请柬。

谢麒宇擦着湿漉漉的头发，疑惑地看着他：“这是什么？”

“之前答应你晚上带你去参加十二王族的真理日晚会。兰斯亲王给你发了一封请柬，你认识他？”顾妄的表情有点儿古怪，还有一些不认同。

谢麒宇茫然地想，自己原来还认识什么亲王吗？可是他来真理界还没几天……兰斯？

谢麒宇的眼睛猛地睁大了。

兰斯，是那个兰斯吗？

谢麒宇脑中立刻浮现出那个金发碧眼俊美如天使的人形妖怪，他突然一阵心悸，兰斯接近他到底有什么目的？为什么兰斯能轻而易举地走入弥天之塔的结界中，那里明明是王都的禁地啊。还有，之前兰斯为什么要帮助他，甚至用琴声抚平他快要失控的情绪？

“是一个金色头发绿色眼睛，背后还有天使翅膀的鸟人吗？”谢麒宇向顾妄描述了一下他对兰斯的认识。

顾妄的表情似乎是抽搐了一下：“鸟人……他可是羽族的妖怪。”

“有翅膀的不就是鸟人吗？”谢麒宇撇撇嘴反问道。

“……你要这么说也没问题，但是最好别让其他人听到。兰斯亲王在真理界的势力远超你的想象。顾家虽然也是十二王族之一，但是和兰斯的家族一比还是有天壤之别。毕竟顾家已经衰落很多年了。”顾妄淡淡地说道。

虽然他说得很平静，但是谢麒宇还是听得出他言语间的不甘心。

但是思来想去，虽然他有顾家的血统，但毕竟亲疏有别，最后他还是沉默了，没有再问什么。

“你要小心兰斯。”顾妄提醒他说，“他毕竟是激进派的领袖。”

谢麒宇眨了眨眼：“什么激进派？你们这里也有政党之分吗？我还以为你们这里是王权制度呢。”

“十二王族共治，具体的比较复杂，理论上女王才是至高无上的。不过女王……她偏爱兰斯亲王早就不是个秘密了。”顾妄说着，把请帖塞给了他，“待会儿我让人给你送礼服，快点儿换上，过一会儿我们就要出发了。”

谢麒宇拿着请帖看来看去，上面的文字是真理界的，他完全看不懂，原来来到真理界之后他还是个文盲了？

郁闷地在房间里转了两圈，敲门声又响了，这次门外站着的是童小琪。

她捧着几件衣服递给谢麒宇：“路上遇到给你送衣服的侍女，刚好我要来找你，就帮你送来了。”

“谢啦，有什么事情吗？”

童小琪沉默了一会儿：“……白铃没事，之前是我大意了，我应该先去房间检查一下白铃在不在的，结果害你差点儿出事，对不起。”

“啊啊，这个啊，没事没事啊，我也完全没想到呢。那会儿我不是直接就追上去了吗？反正你们没事就好了，我倒是松了口气。至于我，那就更没问题了，你看我四肢健全地回来了，一点儿伤都没有，就当是真理界的大冒险吧，反正也还挺……有趣的。”

最后三个字谢麒宇说得有点儿心虚，因为今天的经历要说有趣那就太违心了，他几番涉险差点儿没命，但是一想到把大家卷入真理界的危险中原本就是他的错，他又更感愧疚。

“唐易声没事吧？”谢麒宇随口一问。

“他很好，正在和娜娜学习真理界的文字，似乎对这里很有兴趣。”童小琪见他没事，也松了口气。

“那就好，我要去参加一个晚会，你好好照顾白铃，顾妄说今晚海中洲有一班前往荒诞界的船，不过我们估计是赶不上了，下一班在后天，到时候我们就可以安全回去了。”谢麒宇笑着说，来到真理界虽然没多久，但是他还是十分想念自己的那个家，也想念母亲苏娜可，还有他那个虽然不负责任但是也情有可原的父亲。

童小琪点点头就离开了。

谢麒宇换上她送来的衣服，他还以为会是西装之类的正式一些的礼服，没想到却是一身类似唐装的外套，不过穿着很舒服，看起来倒也不赖，转念一想顾家就是这种风格，穿唐装也不奇怪。

没一会儿顾安就来敲门了：“出发了。”

“我们怎么过去？坐你的旺财吗？”谢麒宇问他。

“……有点儿格调行吗？”

“坐龙不是很有格调吗？酷帅狂霸拽啊！”谢麒宇和他争辩了起来。

顾安懒得理他，直接带路来到庭院外的一处空地。

那里静静地停靠着一驾“马车”，谢麒宇一看到拉车的生物，立刻惨叫了一声：“你们用牛拉车就很有格调吗？牛车啊，这是牛车！连马车都不是！”

顾安鄙视地看着他：“这是雷牛，擅长飞行，很难捕获，更难驯养驾驭，一头雷牛的战斗力大概可以抵得上十个你，还是开挂的那个你。”

谢麒宇顿时噎住了，小声在他耳边问道：“真的？”

顾安瞥了他一眼：“我骗过你吗？”

谢麒宇老实了点儿，但是还是忍不住嘴角抽搐地看着牛车前那两条犄角巨大的雷牛，它们通体黑色，身体上还有银白色的雷纹。如果不是外形实在太像田地里的老黄牛，他还是挺想称赞一下这种妖怪很帅气的。

但是一想到他要坐着这样的牛车……

谢麒宇苦着脸上了车，牛车的车厢巨大，一走进去发现，竟然比从外面看还要更加空旷，里面甚至布置得古色古香，谢麒宇有点儿忐忑地看着坐在八仙桌旁的黑衣男人，跟着顾安向他问好。

“父亲，我把谢麒宇带来了。”顾安在面对他老子顾君耀的时候还是很乖的，至少谢麒宇很少看到他这么听话的表情。

“顾伯父好。”谢麒宇也乖乖地向他问好。

顾君耀点点头：“坐吧。”

说完，他继续擦拭着自己的长剑。

谢麒宇下意识地找了个偏僻的位置，尽量不要被顾君耀的长剑指着，他在梦里可是见识过这把宝剑的威力的，下意识地对这个伯父有种畏惧感。顾君耀虽然和他父亲长得肖似，但是神情和气质截然不同，至少他的父亲大多数时候不会这样一身杀气腾腾。

三个人一路沉默着，牛车已经起飞了，谢麒宇透过窗户看着外面。脚下的真理界的大地与人类世界不同，这里没有灯光璀璨的夜晚，却有一种悠远宁静的气氛——如果忽略空气中那股淡淡的血腥味的话。

“这次的晚会在雪蔷薇庄园，今年轮到尼尔家族，你看到他们可别太惊讶。”顾妄小声给谢麒宇做紧急普及，省得他到时候丢脸。

“尼尔家族有什么奇怪的地方吗？”谢麒宇问他。

“他们家族并不是完全人形，而是人首蛇身。”

谢麒宇惊叹了一声：“女娲那种？”

顾妄的嘴角抽搐了一下：“美杜莎那种。”

谢麒宇“嘁”了一声，顿时失去了兴趣。

“宴会上你跟紧我，不要随便和人说话，有人问起我会为你作介绍的，你只要微笑就可以了。还有那个兰斯，你离他远点儿。”

“哦，知道了，顾老妈子！”谢麒宇揶揄地说，然后被顾妄狠狠敲了头。

在一段时间的飞行后，几个人顺利来到了雪蔷薇庄园。

一走出车厢，谢麒宇就被这华丽的夜景震慑了——目之所及的世界里全都是雪白的蔷薇花，宛如盛开到天际的冬雪一般，只是空气中馥郁的馨香提醒着他，这是花海。

最神奇的是空气中飘浮着的光源，每一朵都是蔷薇花的形状，却没有实体，只是随风在花海上空飘浮着，远近高低，处处皆是，恍如仙境。

谢麒宇不由被这幻美的一幕吸引了，张着嘴傻乎乎地看着周围的夜景，直到顾妄再次敲了一下他的脑袋：“走了。”

“哦。顾妄顾妄，这里的风景真不错，你说这里叫雪蔷薇庄园？名字倒是很贴切啊，这边的蔷薇花是什么品种？很香啊。还有空气中飘浮着的是什么东西？看起来像是蔷薇花灯……”谢麒宇立刻像是十万个为什么一样问了起来。

顾妄有些不耐烦：“这是蔷薇花的精魂。”

“就是成精的蔷薇花吗？”谢麒宇试着用手去抓，结果却无法抓住这些虚化的幻影，只好作罢。

顾妄没有回答他，只是紧跟着顾君耀的脚步向庄园走去。

雪蔷薇庄园是欧式的城堡建筑，只是外表雪白，在月光下晶莹剔透，宛如水晶砌成的城堡。

周围有不少“人”从他们身边走过，大部分都是人类的模样，只是个别有些不同寻常，比如还有一些返祖的兽耳尾巴之类的动物特征，但是总体来看比他在真理日那天斩杀的各种奇形怪状的妖怪好多了。

随着稀稀落落的人流，三个人踏入了雪蔷薇城堡之中。

一踏入大门就是盛大华丽的晚会殿堂，谢麒宇瞪大了眼睛，穹顶高耸，竟然是透明的夜空，浑然看不出屋顶的痕迹，周围的巴洛克廊柱纵横交错，而地面上铺着红色的地毯，四周点缀着的白色蔷薇花那浓郁诱人的香气萦绕在整个晚宴上，令人心神荡漾。

在悠扬的音乐声中，礼堂里的贵族们衣香鬓影翩翩起舞，谢麒宇第一次参加这样的晚会，而且是妖怪的晚会，新奇得不得了，如果不是顾妄一直盯着他，他简直要到处溜达长长见识了。

“这里的东西也别吃，你跟着我。”顾妄再次提醒他。

“东西怎么了？为什么不能吃？”谢麒宇看着蒙着脸的侍者端着鸡尾酒从他身边走过，一个头发如火焰般耀眼的女士从他那里拿了一杯酒，遥遥地和另一位男士碰杯，然后享用了美酒。

食物都在偏远的地方，琳琅满目、见所未见的食物被精心堆放在长长的自助餐桌上，时不时还有几个妖怪在那里品尝美味。

“你不会喜欢那些玩意儿的。”顾妄说。

谢麒宇仔细一看，一个男妖怪优雅地用叉子叉起了一块还在动弹的活肉，看起来像是舌头，他想，也许顾妄说的是对的。

宴会才刚开始，兰斯从楼梯上缓步走了下来，手臂里挽着一个艳丽无双的女人——她的头发上爬满了绿油油的蛇！

谢麒宇不由毛骨悚然，再一看她的身体，腰部以下的部分竟然完全是蛇的形态，礼服的长裙都没有遮住她身后那长长的蛇尾。

虽然可怕，但是她的脸庞却是他见所未见的美貌，尤其是那双猩红的眼眸，像是无垠的血海一样，艳丽到摄人心魄。

“不要盯着她的眼睛看。”顾妄提醒他。

谢麒宇的心神一凛，刚才有一瞬间他几乎忘记了自己是谁。希腊神话中的美杜莎是一个可怜又可悲的少女，因为有着惊人的美貌而被智慧女神雅典娜所嫉妒，最后被毁去了容貌，连头发也变成了毒蛇，变成了一个不人不鬼的妖怪。

传说美杜莎只要一眼就可以让人变成石头。

虽然那个女妖怪并不会让人石化，但是那双眼睛还是有摄魂一样的能力。

美杜莎已经开始宴会致辞了，兰斯优雅地站在一旁，像是耐心等待女伴的绅士一样，嘴角那抹温柔的笑意让在场的女性都怦然心动。

“鸟人和美杜莎站在一起总有些奇怪啊。”谢麒宇小声对顾妄说。

“……呵。”顾妄冷笑了一声，“这不挺配的吗？什么样的锅配什么样的盖啊。”

“咦？有八卦？”谢麒宇立刻好奇了起来。

“妖怪收藏家，他们两个都是。”

谢麒宇一惊，立刻想起了那次童小琪差点儿被抓走的经历。妖怪收藏家……他有些怀疑地看着兰斯，又想应该没这么巧吧，妖怪收藏家在真理界应该也有不少。

但是他本能地反感这种“爱好”，虽然在真理界弱肉强食是生存法则，但他还是心有芥蒂，毕竟当初差点儿遇害的人是他的朋友，而且……这种“嗜好”根本只是为了满足自己的恶趣味，比起丛林法则，他更厌恶这种“爱好”。

“兰斯和美杜莎——我说那个尼尔家族的女妖怪，她就叫美杜莎，他们一族族长的名字永远是这个——他们两个人的那点儿小爱好在真理界完全不是秘密。不知道为什么，女王对他们一直很纵容，尤其是兰斯。妖怪的寿命也是有尽头的，兰斯的年龄超乎你的想象……他从天网诞生的那个年代开始一直活到了现在，这样漫长的寿命正是女王给予他的恩赐。”顾妄说。

“你们女王……看上这个鸟人了吗？”谢麒宇炯炯有神地问道。

“……不，只是……真理界当初，确实亏欠了他们一族吧。”顾妄回忆着真理界的秘密，淡淡地说道。

就在谢麒宇还想问些什么的时候，美杜莎的声音却一下子激动了起来。

“真理界正在死亡！”

谢麒宇被这惊悚的一句演讲吓了一跳，立刻将注意力集中到了美杜莎身上。

“天网的存在正在瓦解我们的生存空间，无论真理界还是荒诞界。人类世界的资源消耗和污染严重，而我们生存的真理界正在大片大片地荒漠化，两界的能量难以交流循环，这带来的不只是彼此的衰落，还有近在咫尺的死亡威胁！强大的妖怪越来越少，即便是我们十二王族也已经走在了衰亡的道路上，终有一日天网会摧毁我们的一切！”

谢麒宇震惊地看着他们，天网原来还有这种危害吗？

“当初我们建立天网，是为了避免人类的彻底灭亡使得法则失去平衡彻底崩溃，但是现在，我们妖怪正在走向崩溃。我们保护人类并不是因为我们热爱人类，而是为了我们自己的安危。而现在，危在旦夕的我们，为什么要去保护和我们毫无干系的人类呢？人类正在逐渐变强，他们学会了运用法则——科技，也向宇宙进发，而千百年来我们却固守一隅不知变通。再这样下去，终有一天，即便是失去了远古血脉中力量的人类也会发现我们的存在，到了那一天，你们相信人类会顾念着当年我们保护他们的情谊而放过我们吗？终有一天，我们会因为自己可笑的仁慈而毁灭自己！”

“呵，每年都来这套。”顾安冷笑着说道，“她的话听过就算了，你不用相信。”

“天网真的会导致两界枯竭吗？”谢麒宇不安地问道。

“不知道，我们都不知道。这也只是激进派要求打开天网的一个借口而已。”顾安嗤笑了一声说道，“天网是不可能打开的，一旦开启……人类的世界就彻底完了。”

“你们不是无所谓人类的生死吗？”谢麒宇反问他。

“人类无所谓，但是法则是公平的，一旦人类灭亡，法则的天平就会倾斜，到时候这个世界的秩序都会崩溃。呵，不过人类不是一直在自取灭亡吗？荒诞界的环境恶化、资源耗尽、生物灭绝，每一样都是在挑战法则的容忍极限，一旦真的到了法则崩溃的时候……人类，就会成为历史。”

谢麒宇没有说话，他不知道自己该说些什么，只是不由自主地为人类的生存担心着。

那边的美杜莎已经发表完了自己的演讲，宣布宴会正式开始。在音乐声中，整个晚会现场又变成了繁华的社交场，这群妖怪似乎已经将刚才危言耸听的演说忘得一干二净了。

兰斯幽幽地看了谢麒宇一眼，美杜莎轻声问道：“那个半妖怎么了？”

“没什么，最后一个候选人已经出现了，计划也该开始了。”

美杜莎的眼睛里闪过一丝冷意：“天网，一定会打开的！”

兰斯却只是勾了勾嘴角，他可从来不是为了这个愚蠢的目的。

Di-qi Zhang Qiyue Bi Du zhi Zhou

第七张契约　彼渡之舟

那现在我所在的未来，是什么样的未来？

是一个……毁灭的未来。

1

“啪啪啪”的鼓掌声响起，伴奏的音乐一瞬间停止了，所有翩翩起舞的妖怪都停下了舞步，看着台上的兰斯。

“每年一次的真理日晚会大家恐怕已经感到厌烦了，所以今晚，我们来一场别开生面的晚宴吧。”台上的兰斯像是绅士一样微笑着，“我提议，大家来玩一场与众不同的游戏。”美杜莎挽着他的胳膊，那双魔魅的眼睛一眨不眨地看着他，似乎也对他的提议感到好奇。

“我会制造一个美妙的幻境，大家尽情享受一场虚妄的盛宴吧！”

兰斯说着，举起双臂，雪蔷薇庄园晚宴中涌起了一阵迷雾，淡淡的雾气从地面升起，逐渐蔓延过了双腿。谢麒宇有些不安地环顾四周，他总觉得兰斯这个突然的提议暗藏着某种阴谋。他回头想要叫顾妄，可是一转身却发现他已经消失在了迷雾中，盛装的晚宴上只有他孤零零地站在大厅中央，茫然地看着四周，以及站在楼梯拐角处的兰斯，笑意盈然。

“兰斯……”谢麒宇恶狠狠地瞪着他。

“做个小小的实验吧，如果你真的是先知说的人选的话。”兰斯轻轻地笑了笑，然后像是雾气一样消散在了空气中。

富丽堂皇的建筑仿佛在经年的岁月流逝后开始破败，蜘蛛网、裂缝、碎石逐一出现，曾经繁华的盛宴在时光的摧残后逐渐崩塌、毁灭。

谢麒宇眼睁睁地看着雪蔷薇庄园在迷雾和崩塌中沦为废墟，然后站在大厅中央的他，瞬间跌入无底的深渊中。

他是被呼啸的烈风吹醒的，那细细的沙砾刮在他脸上生疼。

谢麒宇顶着狂风站了起来，然后愕然。头顶阴霾的云层，周围是无边无际的旷野，空气里无处不在的血腥味——这里是真理界的旷野！

谢麒宇呆呆地看着四周，一时间不知道自己为什么会出现在这里。

晚会，雪蔷薇庄园，兰斯……

谢麒宇的眼睛猛地睁大，对，是兰斯，兰斯将他丢入了幻境中。

谢麒宇不由皱眉，他要怎么离开这里呢？他只是个除妖师菜鸟，甚至连怎么破解幻境都不知道。如果被困在这里……他不敢想下去。

他准备在四周走走看看，说不定可以发现什么线索。

真理界的旷野只有荒漠和狂风，无边无际，无论走多远都是一样的风景，这令谢麒宇不由感到一阵焦躁。虽然他比同龄人多了一份与众不同的经历，但是归根究底也只是个十八岁的少年，对这种突如其来的遭遇既兴奋又恐惧。走了好一阵子，谢麒宇突然觉得有点儿不对劲。

为什么这里没有妖怪？他刚刚来到真理界的时候还差点儿被一只狮鹫当点心啃了，但是现在他至少走了一个小时，周围除了漫漫黄沙，根本连一个活物都看不见。因为是幻境吗？但是如果真的是幻境，这里也大过头了。

谢麒宇心里怀着疑惑继续前进，直到他在远方的天空中看到一个隐隐约约的轮廓——那是云中城！

谢麒宇兴奋了，云中城，只要他走到那里应该就可以回去了吧。

可是……云中城是在空中的啊，他顿时又苦恼了起来，上次来是顾妄家的巨龙送他进去的，但是这次他要怎么才能到空中去呢？

算了，走一步看一步吧，说不定到了云中城那里会有什么新发现。

怀着这种自我安慰的想法，谢麒宇更加卖力地向前走去。

没有疲惫，没有饥饿，他甚至不觉得口渴，谢麒宇心里觉得奇怪，转念一想，如果这是幻境，那就解释得通了。云中城近在眼前，而前方是一个巨大的红色魔法阵——他从未见过如此庞大的魔法阵，一眼看不到边际，而在这个恢宏的魔法阵的正上方，就是飘浮在空中的云中之城！

谢麒宇恍然大悟，原来云中城是这样飘浮起来的！只是这也太高了，就算他仰酸了脖子也找不到能够上去的办法——除非他和兰斯一样变成鸟人！

还是走进魔法阵去试试看吧。谢麒宇想着，一脚踏入了魔法阵。

庞大繁复的巨型魔法阵闪烁着红色的微光，谢麒宇感觉身体被红光包裹了起来，那是鲜红色的流动着的法则，他感觉身体像是失重了一样，然后开始缓缓上升。他不由“哇”地低叫了一声，这种新奇又危险的体验让他着迷，虽然坐过过山车和跳楼机，但是那毕竟是有安全措施的游戏设施，和这样被红光包裹着“坐”自由升降梯截然不同。

谢麒宇生怕自己动一下就会从万丈高空坠落，只好乖乖地按捺住躁动的身体，任由法则形成的引力将他往云中城拉拢。

从高空俯视整个真理界别有一番意境，从云中俯瞰，真理界笼罩在荒芜的黄沙中，一望无际的旷野只有些微的高低起伏，极远之处高耸着入云的山峰，峰顶笼罩在皑皑白雪之中。这个世界没有丝毫生气，没有妖怪，甚至连植被都看不见。一片死地，也是一片死寂。

他还在不断上升，终于他穿过王都的底座，无所障碍地继续上升。在一段漫长的黑暗之后，他终于再次见到了光明。头顶是蔚蓝色的天空，眼前是高低错落的建筑群。谢麒宇松了口气，果然是王都。

只是……在这风情各异的建筑群中，他没有见到哪怕一个妖怪。

整座城市像是死去了一样，沉睡在安静之中，谢麒宇屏住呼吸，凝神静听周围的动静，仍然是一片令人心悸的死寂。

谢麒宇感到丧气，这个幻境到底是怎么回事？哪怕跑出来大量不怀好意的妖怪要他打打杀杀也可以啊，这种吓死人的安静是怎么回事啊？

弥天之塔依旧矗立在那里，高耸入云，谢麒宇刚好出现在它投下的阴影中，不由有种这座高塔遮天蔽日的感觉。

要不，还是往弥天之塔走走看吧。

他对那个王都禁地还是感到好奇，尤其是兰斯，为什么这个人可以走入禁地？还有顾妄只言片语里所说的真理界对他们一族的亏欠到底是什么？

无数的谜团促使他再次抬脚向前走。

弥天之塔距他所在的地方并不远，他花了不到半个小时就走到了塔前。

依旧是那座高塔，周围依旧是那种凹槽形式的魔法阵，只是这次里面不再翻腾着妖怪的鲜血，枯竭的凹槽里甚至长出了杂草。

而塔身看起来摇摇欲坠，破败不堪，几乎随时都会化为废墟。

谢麒宇张大了嘴，诧异地看着这座仿佛一夕之间就从旧塔变成了濒危建筑的弥天之塔。这样下去会坍塌吧？谢麒宇有些不安地看着弥天之塔，似乎顺应了他的想法，塔顶有几片碎石掉落，险些砸中谢麒宇。

他后退了几步，心有余悸地看着地上的碎石坑，幸好闪得快，不然脑袋就被开瓢了！天空中猛地爆发出一阵强光，谢麒宇眯着眼睛抬头看——一张金色的巨网笼罩在真理界的天空中，可是这张网已经不能被称为一张网了，大片破洞和撕裂的缝隙让这张巨网不断开裂崩毁，谢麒宇的耳朵里突然听到了声音，那是人类的哭喊和挣扎！

他一下子被震住了，怔忪地看着这张金色的巨网，他突然想到——也许，这张网就是传说中的天网。兰斯曾经告诉他，弥天之塔就是天网的具象化，它的破败意味着天网的衰败，而一旦天网崩毁，人类……将被饥渴了太久的真理界的妖怪一拥而上分而食之。

不行，不能这样下去！谢麒宇不顾一切地往摇摇欲坠的弥天之塔跑去，这次弥天之塔的结界没有拒绝他，而是任由他冲入了塔中。

就是这里！谢麒宇看着眼前巨大的水潭，水潭中不明的阴影，这正是真理日那天他梦到的地方！而现在，水潭的水位正在快速下降，他看到水潭中央的那团阴影浮现，然后他忍不住后退了一步。

水潭中央沉睡着一个美丽的少女。

碧绿色的长裙，浓密如海藻的金色长发，她静静地沉睡在即将干涸的水潭中，像是睡美人一般等待着拯救她的王子。

谢麒宇突然意识到了什么，因为他注意到这个少女的背后也有一对天使般的翅膀。她和兰斯一定有什么血缘关系。

谢麒宇鼓起勇气往前走，一直走到水潭边，然后跳了下去。

纤细的绿色水草缠绕在那个昏睡不醒的少女的身上，让她的身体不会浮出水面，此刻水位已经下降到了潭底，谢麒宇可以清楚地看到她的模样。

果然和兰斯有几分相似，她和兰斯到底是什么关系呢?

谢麒宇在她身边蹲了下来，好奇地打量着她。

少女依旧没有醒来。她还活着吗？谢麒宇不由产生了这样的疑问。怀着这种好奇，他伸手在少女的鼻子前探了探，然后被吓得抽回了手——她已经没有了呼吸。他又鼓起勇气碰了碰她的手——冷得像是坚冰。

她已经死了吗？谢麒宇感到惋惜，这个神秘的少女到底是何种身份呢?

为什么会沉睡在弥天之塔的水潭里？

就在他千头万绪的时候，那双碧绿色的眼睛却突然睁开了，当谢麒宇正对上她的眼睛的那一刻，他被吓得浑身一凛：“啊啊，诈尸！”

少女安静地看着他，那双碧绿色的眼睛就像一潭死水，毫无生气。

“你还活着吗？”谢麒宇小心翼翼地问她，做好了一看情况不对转身就跑的准备。少女没有说话，绿色的眼珠子转动了一下，张开毫无血色的苍白嘴唇，问道：“你是来接替我的人吗？”

那声音异常嘶哑，仿佛千万年没有开过口一样。

“什么接替？接替什么？你到底是谁？”谢麒宇胆战心惊地问道。

“兰洁尔，我是天网的中枢，兰洁尔。”少女看着头顶的高塔的穹顶，眼神里却透着浓浓的寂寞。

“你是天网？”谢麒宇着实吃了一惊。

兰洁尔轻轻点了点头。

“这里是怎么回事？我一路走来没有看见过一个妖怪，而且……头顶金色的巨网……破裂了。”谢麒宇喃喃地说着。

兰洁尔用洞悉的眼神看着他，轻声说道：“你在未来。这里是时光回廊。有人将你送入了时光回廊中，让你看到了某一个未来。”

“……某一个未来？”谢麒宇有些不知所措地重复着兰洁尔的话。

“对，某一个。在法则构成的世界里，任何一个生物一个微不足道的选择都会形成世界线的分支，比如你在弥天之塔外选择走入塔中的时候，世界线就产生了一个分叉，形成了一个你遇见我的未来；如果你选择转身离开继续寻找出口，却迷失在时间回廊中，那就是另一个未来。这样许许多多的选择构成了无数的世界，你所看到的只是数不清的未来中的一个。”兰洁尔用喑哑的声音说着。

“那现在我所在的未来，是什么样的未来？”谢麒宇问她。

“是一个……毁灭的未来。”兰洁尔淡淡地说着，一滴眼泪从眼角滑落，“是一个所有人都不愿意看到的未来。”

谢麒宇沉默了：“天网破裂了，人类灭亡？”

他突然害怕听到回答，因为他不敢想象他的亲朋好友现在到底是什么样子，他们是否还活着。即便活着又怎么样呢？人类是社会性的动物，一旦秩序崩溃，人类就会倒退回茹毛饮血的原始社会，曾经带来便利的科技文明将不复存在，他所生活过的世界将面目全非。

这是一个，他绝对不愿意看到的未来。

兰洁尔无声地哭泣着，明明是平静的声音，却让谢麒宇听出其中浓浓的绝望："我的力量已经枯竭了，就算是一年一度的祭祀也只是在减缓我死亡的速度。失去了中枢的天网无法修补，大片缝隙和孔洞让我饥渴了太久的同类们争先恐后地穿过天网，无视真理界的三大铁律，肆无忌惮地蚕食人类。法则的天平已经倾斜，永远……永远不会再有平衡的一天。"

"人类，你愿意拯救这个世界吗？"兰洁尔用希冀的眼神看着谢麒宇。

"我……我只是个普通的人类……或许有点儿妖怪的血统，可是……可是我做得到吗？"谢麒宇怀疑地问她。

"我所在的世界快要毁灭了，如果你愿意，或许你现在所在的那个世界可以被拯救，现在……一切还来得及。"兰洁尔用力抓住他的手，纤细的手腕里不知道从哪儿来的力量，竟然让谢麒宇无法挣脱。突然，兰洁尔像是想起了什么，捏着他手腕的手突然一松，就连碧绿色的眼睛里也弥漫起了死气："算了……其实这样也不错。"

她有些古怪地笑了起来，眼角的泪水潸然而下："就让我一个人死在时间的尽头吧，至少……我能够……保护……"

"这样悲哀的命运……就由我一个人来承担吧！"兰洁尔说道。

身后突然传来巨响，大片巨石从天而降，弥天之塔已经开始不可遏制地崩溃。谢麒宇猛地跳了起来，一把抓住兰洁尔："我们必须离开这里！"

可是兰洁尔的全身都被水藻缠住，根本无法动弹："不用了，我不可能离开弥天之塔。我的离开只会加速天网的崩溃而已。因为……我已经脱离了妖怪的身份，成了法则的一部分。"

谢麒宇咬咬牙："可是留在这里你也会死！"

兰洁尔却笑了："其实，我早就死了啊。身为妖怪的我，在成为天网的那一刻就死去了。现在你所看到的我只不过是法则的化身而已。其实也没有关系，无论人类、妖怪，还是法则，都是一种生命的形式，无论哪种都有走向死亡的一刻。身为法则的我度过了太过漫长的时间，现在，我这个法则也到了要消亡的一天。”

“谢麒宇！”顾妄的声音从远处传来，“快出来！弥天之塔要坍塌了！”谢麒宇浑身一震。为什么顾妄会出现在这里？

“你的同伴用血缘的魔法找到了你，快回去吧，现在你所在的这个未来快要毁灭了，届时无论你还是我，或是整个世界，都将重归于零。”兰洁尔幽幽地说道。

“一切都会毁灭吗？”谢麒宇大声地问她。

“死亡，也只是新的开始。就像枯萎了的花儿，化为大地的养分，来年会以全新的模样重新发芽生长。回到你的世界去吧，如果可以……一切按照你的心意来选择吧，也许你的那个未来……会有一个与众不同的结局。”兰洁尔用冰凉的手抚摸着谢麒宇的脸颊，那如同千年寒冰一样的手指却在谢麒宇眼前逐渐化为尘埃。他眼睁睁地看着兰洁尔在他眼前一点点虚化消失，像灰尘一样四散湮灭。

“最后，就连身为法则的我也……再见了，我这一族血脉的后裔，无论另一个未来的你做了什么样的选择，我都希望你不要后悔。从你眼睛残留的封印里我看到了一段回忆，曾经有人为了保护你，封印了你的血缘之力，她一定付出了巨大的代价。可是即便如此，她也不能让这种力量永远消失，因为……你是被选中的命运的起点啊，我看到了你身上的法则，你的存在，一定可以……改变命运……不论以何种形式。”

兰洁尔的身影终于在弥天之塔的崩溃之中消失了，坍塌的高塔的轰鸣声中，谢麒宇努力向外跑去。兰洁尔的话让他想起了很多很多。原来，奶奶的眼睛是这样失明的吗？原来，兰洁尔竟然和他有同样的血缘。原来……原来他也可以……为这个世界做些什么。

奔出弥天之塔的一瞬间，谢麒宇就被顾妄一把抓住，顾妄拉着他奔跑、奔跑、奔跑，一直逃出了弥天之塔的崩塌引发的震荡范围。

“你疯了！在要崩溃的法则里待了这么久，一不小心就会被卷入消失！”顾妄大声斥责他。

“我……我见到了天网。”谢麒宇说着，抓住顾妄的肩膀追问，“天网真的快要崩溃了吗？如果天网消失，人类是不是……真的会……”

顾妄的脸色冷如冰霜，他没有回答这个问题，只是拉住谢麒宇往前走，手上的打火机按出了一道幽蓝色的火花，在空中撕裂出了一道界门。

“跟我回去，这个世界要崩溃了。”顾妄冷冷地说道。

“你先回答我的问题！”谢麒宇用力挣开了他的束缚大声说道。

“备选的天网有很多，你凑什么热闹！你知不知道奶奶有多担心你！她那么爱你，你就不能为了她好好活下去吗？”顾妄忍无可忍地咆哮了起来。

“……果然……奶奶的眼睛……”谢麒宇的脸色煞白。

顾妄沉默了，两个人就像是对峙的敌人一样，一动不动。

直到界门快要关闭了，顾妄才像是拎小鸡一样拎着谢麒宇的后领，一脚把他踹到了界门里。

谢麒宇的视野在飞快旋转，周围都是五彩缤纷的光源，照得他头昏眼花一阵恶心，眼看就要吐出来了，旋转却突然停下了。他发现自己正在顾家庭院外，和巨龙林科里亚大眼瞪小眼。

“嘿，旺财。”谢麒宇“友好”地向它打招呼，回应他的是林科里亚愤怒的咆哮和喷在他身边不到一米远的龙息。

“晚会呢？雪蔷薇庄园呢？”谢麒宇纳闷儿地问顾妄。

顾妄阴着脸，脸上杀气腾腾：“这些和你没关系，今晚你们就回荒诞界去，快滚！”

“大半夜的赶什么船！”谢麒宇和他杠上了。

顾妄的眉头简直能拧出水：“让你滚你就滚，就你事多！”

谢麒宇郁闷：“我招谁惹谁了。”

顾妄冷笑：“我。”

谢麒宇立刻没声了。

不远处，几名顾家的侍卫带着不幸被卷入这次无妄之灾的几个人一起过来，将他们送上了巨龙的龙背，谢麒宇闷闷不乐地坐在龙脊上，童小琪奇怪地看着他："你背后的河马有点儿不对劲。"

"河马？哦，你说我的灵魂具象物？它怎么了？"谢麒宇回头看了看，当然，他是看不见的，只有童小琪看得到这样的东西。

"它……看起来不太好……我不知道是不是死兆……自从到了真理界它就一直没什么精神，有时候眼睛红得吓人，这次它看起来真的……非常糟糕。"童小琪斟酌着语句说道。

谢麒宇心里一突，反而安慰起了不安的童小琪："没事没事，刚才是有点儿危险，不过现在已经没事了。可能是这段时间太累了吧。"

童小琪低着头，最后轻轻"嗯"了一声，却一副心事重重的样子。

巨龙腾空而起，向彼渡之舟的起航港海中洲飞去，展开后巨大的龙翼扇动着，谢麒宇躺在龙背上发呆，飞出了王都之后的天空就再次变成了厚重的云层。他从地上爬起来往下看，下面依旧是荒野，无边无际的荒野。

不知道过了多久，所有人都沉默着，唐易声问道："这次我们应该就可以平安回去了吧？说真的，来到真理界这么久，我还挺想家的，希望家人不要担心我的失踪。"

"两界的时间流速不一样，我们回去其实不会过去太久。"娜娜安慰他说。眼前的风景终于出现了变化，荒野的尽头是一望无际的大海，深蓝色的海洋在夜色中像是另一种荒芜的大地，他们在大海上飞行，海风带来腥咸清爽的气味，令人心神宁静。

远处的汽笛声响起，顾妄低声说道："糟糕，要赶不上了。"

几个人都紧张了起来，巨龙像是感觉到了他们的焦急，翅膀一震飞得更快了，几乎是一眨眼，几个人就来到了海中漂流的小岛上，巨龙降落引起的震动几乎要将这座小岛震入海底。谢麒宇摇晃了一下差点儿滚下龙背，等他们匆忙下了龙脊却发现不远处港口的彼渡之舟就要起航了。

"快！现在还赶得上！彼渡之舟一旦起航就不会停下，必须快点儿！"顾妄一把拉起几个人，带着他们飞快地向彼渡之舟跑去。

幸运的是，几个人在船板关上前冲到了港口，顾妄目送着几个人上了船，巨大的彼渡之舟像是一艘公海中的幽灵船，虽然看起来破旧不堪却又是如此庞大威武。

渡船已经从浮动码头离开，谢麒宇站在船板上向顾妄挥手。就在这时，他们突然听到远处的天空中传来兰斯的声音："女王陛下的敕令，今晚的彼渡之舟混入了一个从深渊监狱里越狱的妖怪，即刻停航彻查！"

谢麒宇抬头看去，兰斯身后的天使羽翼在夜空中显得纯白无瑕。

"渡船一经离岸绝不返港。"顾妄面无表情地对兰斯说。

兰斯眯起了眼："那就由我上船彻查吧！"

说着兰斯径直向彼渡之舟上飞去，顾妄"啧"了一声，打火机开关轻轻一按，一道湛蓝色的火舌猛地向他袭去。兰斯手中捧着一本金属封面的厚重书籍，书籍在空中无风自翻，停在一页上，他似乎念了一句什么，周身都被结界包裹了起来，火舌撞击在结界上顿时消失无踪。

"曾经盛极一时的顾家，也已经衰落到这个地步了吗？真是可悲啊。身为天网后备的你，难道就只有这点儿能耐吗？真是……太令人失望了啊。"

谢麒宇突然浑身一冷。

这一幕让他有种奇妙的熟悉感。这个人的身影，那本金属封面的书籍，他这一刻突然拔高的声音和语调……在他的回忆里……不，是别人的回忆里……郑玄！没错，会操纵蝴蝶的郑玄，他曾经在他的记忆的脸盆里看到过、听到过、见证过……

"真是感人肺腑的生离死别，稽查部的人总是这么擅长制造罗密欧与朱丽叶的悲剧，啧。半妖，你的小情人还没死呢，你愿不愿意和我做一笔交易，来救回你的爱人？"

当初蛊惑了郑玄的人是兰斯！可天网后备又是什么？为什么顾妄会是……谢麒宇脑中不由想起油尽灯枯的兰洁尔，顾妄也会变成那样吗？

"顾家的人这是要包庇逃犯吗？"兰斯冷笑着问道。

"每年逃亡真理界的妖怪数不胜数，倒是从未见过兰斯阁下如此积极，莫不是另有所图？"顾妄与他针锋相对。

"呵，若不心虚，何必阻拦我？"兰斯毫不退让，"我身负女王的敕令，所代表的是女王的意志，顾妄，你是想背叛女王吗？”

“好大一顶帽子，彼渡之舟一经起航绝不回港停靠，否则就有可能迷失在真理之海中，为了区区一个越狱的妖怪，何必如此大费周章？我顾家也有后裔在这艘船上，不如这次的逃犯就交由他们处理。”

看戏中枪了。谢麒宇无辜地看着远去的码头，茫然地指了指自己。

顾妄对他点了点头。

谢麒宇：“……有人问过我的意见吗？”

很遗憾，没有人。

彼渡之舟最后还是没有回港停靠，而是继续往前驶去，一直向着真理之海进发。顾妄让一只传递信息的黑蝴蝶将情报送到了彼渡之舟上，谢麒宇一边看信一边往船舱里走。彼渡之舟的内部结构远比他想象的庞大，这艘船看起来就已经足够巨大了，但是内部的空间其实根本没有边际。如果不幸在里面迷路又没有见到服务人员，也许几十年都找不到出口。

昏迷的白铃和唐家的司机已经被送到了房间里，他们恐怕要回到荒诞界才会真正苏醒。谢麒宇一边读着顾妄给的资料，一边头痛欲裂。

为什么好好的回家还要帮忙抓逃犯啊，这简直是躺着也中枪！但是他心里又明白，顾妄这么选择是为了帮他。兰斯会突然追到海中洲一定有什么图谋，联系到之前他在时光回廊里见到的兰浩尔和那个世界的未来，他有很多很多的想法，可是不知道怎么去证实。

在想清楚前还是先离开这里吧，否则一旦落到兰斯手里……

谢麒宇抖了一下，对这个妖怪收藏家感到恐惧。他可不想被切片后泡在福尔马林里被人参观，这种下场真是太悲剧了。

“顾妄怎么说？”童小琪问他。

“他只说这艘船上有个越狱逃走的妖怪，我们需要小心一点儿，最好能抓住它，否则出力保住我们的顾家可能会有点儿麻烦。”谢麒宇头痛地说，“实在不行就只能寄希望于我老爸了，希望他能像上次一样一箭射穿目标，阿门。”

童小琪点点头，默默回房间去了。

2

这艘船要在真理之海上航行三天，才能抵达荒诞界，谢麒宇不由羡慕起了界门的方便，但是很遗憾，他们中间的绝大部分都是人类，穿越界门会对他们的身体造成沉重的负担。那天他们安然无恙掉到真理界而没有被时空的乱流撕碎，简直是幸运到了极点！他们都不敢赌自己会再次有这样的好运。

船舱的房间里只有一张床，谢麒宇很多年没见过这么简陋的地方了，没有电视机，没有电脑，没有电话，连衣柜都没有！

他感觉自己一下子到了非洲部落。

无聊的时候他只能出去走走，顺便碰碰运气看能不能找到什么线索，虽然顾妄在信中说他会通知谢君荣在港口目的地等待，但谢麒宇不确定这次他父亲也能像上次那样一箭穿心搞定任务。

所以还是稍微注意一下吧。抱着这样的想法，谢麒宇在彼渡之舟上乱逛一气。很快，他就遇到了麻烦。

“我刚才到底是从哪个方向来的？”谢麒宇茫然地看着几乎一模一样的走廊和房门，完全忘记了自己是从哪里来的。服务台也没见到，不是说船上有很多服务人员吗？怎么一个都没见到？

走廊尽头传来了食物的香味，谢麒宇摸了摸空荡荡的肚子，准备去找点儿吃的。

循着香味走去，他来到了一间食堂。

他立刻咽了咽口水，凑上去买吃的。

长着鸟喙的食堂人员用鸟类那种圆溜溜的绿豆眼看着他：“想来点儿什么？”

谢麒宇看了看贩售的东西，顿时胃里一阵翻腾——一大团肥胖的虫子挤成一团扭动着，餐盘里装得整整齐齐的舌头，一大锅冒着热气的浓汤，几颗眼球正在里面上下翻滚，还有一大团黑不溜秋的米糊，里面搅拌着各种令人食欲大减的奇怪材料，例如蜥蜴的尾巴和蛇的皮。

“我……算了，我不饿。”谢麒宇苦着脸说。

结果肚子不配合地发出了一声响亮的“咕噜”声。

鸟喙的食堂人员“咯咯”笑了起来，声音像是猫头鹰：“Boy，你需要一点儿能量。”

“我觉得……这里的食物不合我的胃口。”谢麒宇郁闷地说道。

“唔，我闻闻。”鸟人突然凑近了他，在他脖子上嗅了嗅，“人类的味道，我大概知道你需要什么了。”

说着，它在柜台里找了起来，然后塞了个面包给他：“是这个吗？”

谢麒宇满心欢喜地接过面包：“谢谢谢谢。”

但是还没拆开包装他就发现面包上长出了白毛，他立刻去看生产日期——好家伙，过期好久了！

“如果它能新鲜一点儿，我会吃的。”谢麒宇忧伤地看着发霉的面包。

鸟人“咕噜咕噜”地叫了几声：“好吧，其实我们食堂的伙食挺不错，只要你静下心来品尝。”说着它继续煮它的黑暗料理去了。

谢麒宇长长地叹了口气，他大概明白为什么离开顾家庭院前他们每个人都被塞了一大包食物。

周围的妖怪们一个个奇形怪状，有的接近人形，但是大部分都长得十分有想象力，谢麒宇还看到过活像保健室的肌肉人体模型一样的妖怪。它正在用力撕咬一块黑乎乎的肉，谢麒宇咽了咽口水，觉得自己恐怕没勇气吃下散发着奇怪味道的肉类。

“你对我的食物有什么不满吗？”人体模型凶恶地看着他问道。

它的眼珠因为没有眼皮而显得格外巨大恐怖，谢麒宇被吓了一跳，赶紧摇头：“不不不，我只是羡慕您的晚餐格外丰盛。”

人体模型似乎对他的识趣很满意：“很好，你是个有品位的人，我可以破例分一些给你。”

谢麒宇看着他的晚餐——变质发黑的肉、一大盘蠕动的蛆虫、一碟子爆炒眼球，还有一碗指骨汤。

他觉得无论吃了哪样都会吐一个晚上，于是他赶紧拒绝了这个可怕的邀请，飞也似的逃走了。

结果因为跑得太快，他撞在了一个软软的物体上，后退了两步定睛一看，一个梳着发髻的女人满脸笑意地看着他："唔，人类的味道？"

谢麒宇警惕地看着她，再一回忆刚才撞到的东西和眼前女人丰满的胸部，顿时臊红了脸："对不起！"

女人笑了两声："没什么，你是混血吧？我很久没有在彼渡之舟上看到混血的妖怪了。"

谢麒宇疑惑地问她："请问您是……"

"我叫翠意，是彼渡之舟上的乘务员。"翠意淡淡一笑。

"嗯……太好了，我好像迷路了。"

翠意的笑意更浓："我明白了，请稍等，我吃完晚餐就送你回房间。"

谢麒宇松了口气，觉得自己运气还不错，如果不是遇上乘务员恐怕他今晚都别想回到自己的房间了。

翠意向鸟喙食堂人员点了一份晚餐，然后把餐盘端到了人体模型面前："不介意我坐在这里吧？"

人体模型笑得露出森森的白牙："完全不介意。哦，那个人类，真的不和我们一起享用美味的晚餐吗？"

谢麒宇立刻将头摇得像拨浪鼓。

翠意吃的东西在谢麒宇的眼中也很猎奇，但是她好歹没有吃活虫，而是用筷子夹着糖炒的蛹像是嚼花生一样愉快地吃着，还喝着一杯深棕色的不明饮料。

谢麒宇觉得妖怪的口味都令人绝望。

不过再一看周围正在大吃活虫的妖怪，他又觉得翠意不愧为人形妖怪，饮食结构还是很贴近人类的。

翠意一边优雅地吃着饭，一边和人体模型聊着，人体模型似乎是从真理界的荒原小镇过来的妖怪，声音洪亮，为人热情，就是有点儿热情过头了。

谢麒宇托着下巴看他们聊天，不知道该怎么插话，他对真理界的了解不多，于是只能干听着。

鸟喙食堂人员也来凑热闹，这个时间客人可不多，它坐在桌子的一角

“咯咯”笑着听两个人聊天，说着船上的趣事。

“如果你们有幸在这里工作就会发现，渡轮上真是什么样的妖怪都有，我曾经见过一对连体的妖怪，它们一共有十九条腿，每次走路都要为走哪边打架！”鸟人发出瘆人的笑声，似乎很愉悦，“不过这两个可怜的小家伙因为犯了众怒不幸被丢下了真理之海，估计现在已经成为真理之海中的碎片了。”

翠意笑了笑，似乎对这个话题兴致全无：“我该送你回去了，夜晚的彼渡之舟可不太安全。”

谢麒宇“哦”了一声，友好地和人体模型以及鸟人告别，跟着翠意离开了食堂。在翠意的带领下，谢麒宇终于回到了房间。彼渡之舟的结构真是太复杂了，就连翠意也走错过路。翠意和他道别后就离开了，她说她还要到处去帮助迷路的旅客们，谨防它们一不小心在彼渡之舟里度过迷路的一百年。

谢麒宇回到房间也只能干躺在床上，怪无聊的，于是去隔壁找唐易声串门。唐易声自从来到真理界后就十分郁闷，因为他除了个别力量强大的人形妖怪，其他的一概看不见！所以在真理界的日子里他经常过着“睁眼瞎”的生活。

最令他遗憾的是即便到了真理界，他还是看不见娜娜。

“晚上最好不要到处闲逛，刚才我遇到一名乘务员，她告诉我晚上的界船并不太安全。而且真理之海上也有危险，海里有些危险生物，如果在甲板上可能会受到它们的攻击。”谢麒宇提醒唐易声说。

唐易声有些好奇：“我听说真理之海并不是真正的大海啊，而是一种概念上的法则的世界。”

谢麒宇苦恼地抓了抓头发：“我也搞不清楚，不过听说是这样的。可能翠意说的怪物也不是传统意义上的鲨鱼、鲸鱼之类的凶猛的海洋动物吧。”

真理之海上没有白天和黑夜之分，所谓的黑夜也只是根据航行状况划分的而已。在经过真理之海的危险区的时候，这段时间就被称为“黑夜”。

童小琪的房间有个窗口，可以看到真理之海。

闲来无事的时候她一直在观察这片海域。

与其说彼渡之舟就航行在大海之上，倒不如说是驰骋在星空之中，真理之海像是宇宙的星河一般，到处都是闪闪发亮的星辰，如同撒在墨水中的亮粉一样，晶莹闪耀，熠熠生辉。

那真是令人神往的美景，如果不是里面游动着怪物的话……

童小琪站在窗口往外眺望，一群巨大的白色鲸鱼在星空中缓缓游弋，它们那庞大的身躯足足是这艘彼渡之舟的几千倍。童小琪不由被这些庞然大物所震惊，它们距彼渡之舟是如此遥远，可是即便如此，它们看起来依旧像是亘古星河中游动的生物一样，美丽到令人忘记呼吸。

那群在星辰中跋涉的白鲸从遥远的地方缓缓游过，然后前往杳不可知的地方，童小琪思索着，这些生物到底是什么呢?

在这个法则构成的世界里，这些生物到底是什么呢？人类，不可能。妖怪？也不对。

“它们是法则的具象化。”卓凌像是听懂了她心里的疑惑，向她解释说。

童小琪抚摸着自己的眼睛：“原来如此。”

“妖怪是法则的衍生物，我们遵守法则行事，而这些生物本身就已经是法则了，那是妖怪都不能抗衡的东西。”卓凌感慨似的说着，“在我们自以为了解这个世界的时候，其实对这个世界一无所知。”

“那些鲸鱼会攻击我们吗？”

“在一般情况下是不会的，但是如果它们这么做了，这艘彼渡之舟就永远不可能到达彼岸了。”

童小琪沉默了，许久才担忧地问：“它们这么强大吗？”

卓凌说：“它们是法则，身为法则，它们可以轻易破坏这艘由法则构成的彼渡之舟，届时我们所有人都会迷失在真理之海中，永远无法漂流到彼岸。”

“迷失？如果掉下船的话，就会迷失吗？”童小琪问道。

“是啊，如果有亿万分之一的幸运，也许会漂流到其他的世界去，又也许会漂流到真理界或者荒诞界。但是更多的可能是在这片真理之海中身体被法则摧毁吞噬，最后成为法则的一部分。”

童小琪不由更加担心，原来彼渡之舟是这么不安全的航行工具吗?

“不过放心吧，这样的事情从彼渡之舟出现以来就没发生过几次。”

童小琪按捺着心里的那份不安，又回头看了看依旧昏睡不醒的白铃：“希望是这样吧。”

房间里的光源很昏暗，加上航行在真理之海上时不时还会“颠簸”一下，谢麒宇整晚都没睡好。

所以当他半梦半醒地听到有人敲门的时候，他立刻就醒了。

谢麒宇一边打着哈欠开门，一边问道：“谁啊？现在这个点不是该睡觉……白铃？”

门外的人正是白铃，她茫然又焦急地抓住谢麒宇的手说：“我在房间里醒来时发现，童小琪不见了！”

“怎么可能？我叮嘱过她不要出去了！”谢麒宇说着抓起外套就要去敲隔壁房间的门，但是当他伸手准备敲门的时候，他突然停住了。

白铃，怎么会在抵达荒诞界之前醒来?

她怎么知道她和童小琪在同一个房间?

最重要的是，她怎么知道他住在隔壁?

谢麒宇紧张地咽了咽口水，白铃就在他身后，没有提问也没有离开，他看到脚下白铃的影子，竟然在逐渐变化!

顷刻间他觉得毛骨悚然。

“你的反应很快。”身后的“白铃”幽幽地笑了起来，“我还以为你会多花点儿时间，毕竟人在紧张的时候是很难思考那么多的。”

谢麒宇终于转过身来，眼前的女人穿着一身眼熟的衣裳，浓密的黑发盘在脑后，最令人印象深刻的是，她眼角绘制着绿色的诡异兽纹，在微弱的光线下显得暧昧妖娆。

“是你！”谢麒宇心中一凛。

刚到真理界的时候，那个驾着庞普平马车的女人；在顾家庭院用白铃的幻影将他们骗离庭院的女人，以及……

谢麒宇定了定神：“翠意也是你？”

女人微微一笑：“没错，翠意也是我。你是怎么发现的？”

“在食堂的时候，你和那个食堂工作人员的对话就不对劲，那种生疏的感觉……而且你似乎很想避开他，因为害怕他会暴露你并不是这里的工作人员的身份吧？而且你带我回房间的时候也走错过路，当时我就觉得有点儿不对劲，一个在彼渡之舟上工作的人怎么可能会搞不清路线？你假扮这里的工作人员，是为了知道我的房间号吧？”谢麒宇冷静地思考了起来。

“唔，你倒是不笨嘛。”翠意笑着说。

“指使你的人到底是谁？”

翠意咯咯笑了起来：“我怎么可能告诉你呢？”

“是兰斯？”谢麒宇大胆猜测。

“你猜。”翠意笑眯眯地说。

“那你现在到底想做什么？把我带回真理界？彼渡之舟一旦起航就必须到达目的地，贸然返港会造成什么样的后果你是清楚的吧？”

翠意似笑非笑地看着他，那眼神就像是看着一种死物。

那是令人本能地感到恐惧的眼神。

他不由后退了一步，然后猛地撞上了一个硬物。他回头一看，竟然是在食堂里见过的那个人体模型妖怪！

“尼克，抓住他。”翠意冷冷地说。

人体模型一把拎起谢麒宇，将他扛在肩上带走。谢麒宇一边大叫，一边用力踢他：“浑蛋啊，你们是一伙的！放我下来！”

“我劝你最好别激怒他，能在真理界越狱的妖怪可都不是省油的灯。”翠意笑盈盈地说道。

谢麒宇……蔫了。

“所以你们想怎么样？”谢麒宇像是个麻袋一样被扛在人体模型的肩上，他浑身没有皮肤的红色肌肉看起来还挺恐怖的。

“陪我们去甲板上吹吹风吧，如果你不介意的话。”翠意说。

“不，我介意！我一点儿也不想大晚上在外面吹风，这段海域是危险区，我才不要被奇怪的怪物吃进肚子里！”谢麒宇大声抗议。

他很想现在爆一下SEED从被扛的麻袋状态切换到大杀四方的镰刀死神状态，但是很遗憾，这种状态不是他想有就有的，关键时刻“外挂没有续费”导致无法摆脱困境的憋屈感让谢麒宇十分郁闷。

很快三个人就来到了甲板上。

真理之海依旧是无垠的星空，这艘彼渡之舟行驶在宇宙中，周围无数闪耀的星辰就是数不清的法则。

一群莹绿色的巨型水母在星空中缓缓游过，那长到难以想象的触须几乎要碰到彼渡之舟了，幸好它们没有难为这艘可怜的小舟，不然只消腕足轻轻一碰，这艘彼渡之舟就会在真理之海上倾覆。

但是这群庞大而美丽的生物却又是如此吸引人，它们姿态曼妙地从他们眼前款款游过，不徐不疾，就像是在这片星空中散步一样悠闲自在。谢麒宇被这种摄人心魄的美丽震撼着，一时间都忘记了自己不妙的处境。

“你猜，如果把你丢下船会有什么后果？”翠意漫不经心地问道。

谢麒宇苦笑了起来：“你不妨自己下去试试再来告诉我。”

翠意呵呵笑了起来：“我比较希望你亲自下去，然后不需要告诉我答案，因为你根本不会有机会回答这个问题了。事实上我对你的答案也不感兴趣，如果不是……的命令。”

“谁的命令？”谢麒宇意识到了她刚才含糊不清的那几个字就是幕后的主谋。

翠意冷笑了一声：“你猜啊？猜错了我就把你从船上丢下去。”

“如果猜对了呢？”谢麒宇心里有个目标，于是试探着问道。

“猜对了，你就是尼克的晚餐点心。”翠意笑着说。

谢麒宇看着尼克对他露出没有嘴唇的牙齿，有点儿怂。

三个人就这么在甲板上面面相觑了许久，不，应该说是谢麒宇幽怨地看着两个妖怪，心里思索着它们到底要做什么。

翠意突然从腰间的挎包里拿出了一只精致的小香炉。

谢麒宇眨了眨眼，不明白她想做什么。

翠意点了一盘熏香，然后静静地站在船边闭目养神，谢麒宇觉得心里有点儿毛毛的，总觉得这家伙不怀好意。显然，她也真的不怀好意。

真理之海是寂静无声的，如果不是彼渡之舟外面有一层结界使得舟内有了空气和重力场，他们就会像是在宇宙里一样，因为没有媒介而听不见声音，甚至会像宇航员一样在外太空飘来飘去。忽然，彼渡之舟突然震动了起来。谢麒宇一个趔趄差点儿跌倒，身边的人体模型一把揪住了他。

谢麒宇已经完全被震住了——从那星空深处冒出了一只巨大的章鱼，它就像是要把整个星空吞噬一样，张牙舞爪的腕足伸展开来，露出腕足中央巨大的孔洞，一股可怕的引力让整个彼渡之舟开始摇晃，舟内不断传来妖怪们的尖叫声。

谢麒宇目瞪口呆："这……是……什么东西？"

翠意抚摸着自己的嘴唇，笑意盎然："是能把你带回真理界的东西。"

不等谢麒宇对这个庞然大物发表意见，人体模型已经一把抓起他，用那个著名雕塑掷铁饼者的姿势将他投掷了出去——对，投掷！

谢麒宇在半空中大声叫喊，企图阻止自己被丢出去的命运，但是很遗憾，他像是一颗铅球一样在空中划过一道弧线，然后瞬间穿透彼渡之舟的结界！他感觉自己失去了重量，离开结界后他感觉不到引力，甚至无法呼吸，他眼睁睁地看着自己离航行在星空中的彼渡之舟越来越远，翠意友好地对他挥了挥手，然后收起了引来巨型章鱼的香炉。

谢麒宇在心里狂骂脏话，但是身体还是不由自主地被往后吸，他惊恐地回头看，那只巨型章鱼的身体像是黑洞一样，不断往里面吞噬整个星空！

谢麒宇感到一阵悲哀，这样下去他岂不是会死在这里？

不，应该不是，他们并不是想要他死，他们一定另有目的，但到底是什么呢？

和兰斯有关吗？还是弥天之塔里沉睡的兰洁尔？在身体即将被吞噬的一瞬间，他思考了很多很多，可是这些都不能挽救他，最后他还是眼睁睁地看着远方的彼渡之舟，然后感觉眼前瞬间漆黑——他被吞噬了。

3

世界再次安静了下来，谢麒宇感觉四周一片黑暗，他不知道自己身在何处，也不知道现在究竟是什么时候了。

他像是沉入了亘古的长眠中，直到被一缕光唤醒。

谢麒宇用力睁开酸涩的眼睛，透过生理性的泪水他看到了头顶碧蓝的天空。他回到人类的世界了吗？

不，周围的声音……

谢麒宇感觉浑身都是僵硬的，他就像是在坟墓里躺了几千年的僵尸一样，艰难地活动着自己的关节从地上爬起来，然后环顾四周——他的颈椎发出“咔啪咔啪”的声音，像是在提醒他它到底有多僵硬。

周围是一片绿树蓝天，空气里没有血腥味，只有泥土特有的气息，自然的风吹在他脸上，带来温和的暖意。而耳边环绕着的是鸟啼虫鸣，一切信息都在告诉他，他在一片树林里。

不，或许比树林更广阔。

谢麒宇默默打量着四周，这里应该是一片很大的森林，至少他一眼望去没有看到边际，而是致密的树木。因为树冠是如此茂盛，阳光在地上投下了大片大片的阴影，只有稀少的光斑落在地上，正好落入他的眼睛里。

这里，是哪里？

谢麒宇撑起疲惫不堪的身体，回忆着不久前发生的事情。

他在彼渡之舟上，然后被一个妖怪丢入了生活在真理之海的章鱼的“口中”，那可真像是一场噩梦，他现在回想起来仍然觉得浑身一颤。被可怕的怪物硬生生吸入口中吞噬的感觉，正常人都不会喜欢。

但是为什么他会出现在这里呢？他还以为自己死定了。

难道这里是死后的世界？谢麒宇歪着脑袋想了半天也没有结果，只好敦促自己想要罢工的双腿迈开步子往前走。

他还试图辨识一下方向，但是很遗憾地发现这里没有树木露出年轮，可以让他研究一下东南西北，于是他只好凭直觉行事。不管怎么说，先找到水源和食物，不然他很快就会被饿死。

深一脚浅一脚地行走在高低起伏的森林土地上，谢麒宇一边警惕地打量四周，谨防有什么危险动物靠近，将他当作美味的点心，一边思索着自己的情况。

前方突然传来“哇啦哇啦”的声音，谢麒宇心里一喜，有人！

于是他飞快地跑上前去——还差点儿被高出地面的树根绊倒了。

但是当他跑到声音所在地的时候，他呆住了。

神啊，他看到了什么！

一群穿着兽皮光着上半身的原始人正在和一只四不像一样的怪物作战——不，应该说是在被屠杀！

那只狰狞的怪物像是老虎，但又比寻常的老虎更大，它强壮的獠牙一度让谢麒宇认为这是早已灭绝的剑齿虎，但是它那种鸟类一般的利爪又很快让他否定了这样的猜测。

这到底是什么东西？

原始人哇哇大叫着四处逃散，谢麒宇惊奇地发现自己竟然听得懂那些“哇啦哇啦”的叫声。

“快跑，这巨虎兽！”“长老呢？只有长老才能够制伏这样的怪物！”“快跑吧！石头已经被吃掉了！我们必须回去告诉族长！”

谢麒宇听着这群人乱哄哄的叫声，然后惊恐地发现这只巨虎兽突然盯上了他！

巨虎兽那大到恐怖的铜铃一般的巨眼让他浑身的汗毛都竖了起来。它突然咧开那张歪斜的大嘴，露出里面发黄流涎的牙齿，像是看到了晚餐的饿兽一样一步步向他走来。

谢麒宇一步步后退着，那种被怪物盯上的恐惧感令他几乎想要不顾一切地转身逃走，但是他知道这种时候一旦他把背部留给这样的怪物，等待他的就是死亡！

他不想死在这种莫名其妙的地方！他还想回家！

眼前突然变成一片血红，杀意从他的灵魂深处涌现，那是来自妖怪血缘深处的本能。皮肤开始浮现出红色的图腾，这些符文甚至脱离了他的皮肤环绕在他身体四周，然后一种熟悉的感觉涌遍四肢百骸，那把血色的巨镰再次出现在他手中。

冷静，他必须克制，不能被这种力量左右，成为毫无理性的杀戮机器。

他要记得，他是人类，他使用这种力量是为了保护自己，保护他人，而不是为了杀戮的天性。

谢麒宇再次睁开眼，眼前的血色已经淡去了，他像是看着死物一般盯着那只巨虎兽，巨虎兽似乎感到了本能的威胁，不再逼近上前，而是俯下身，慢慢往后退去。

“杀了它，它吃了石头！”一个原始人突然声嘶力竭地高喊起来。

谢麒宇瞥见巨虎兽身后的半截尸体，不由怒火中烧，举起巨镰向巨虎兽杀来，巨兽一声嘶吼，举起鸟爪向他抓来，巨镰对上利爪，那看似锋利无比的巨爪瞬间断成两截，巨虎兽惨叫一声，转身就向森林深处跑去。

谢麒宇手中的巨镰发出迫不及待的嗡鸣声，然后远远对着巨虎兽一挥——红色的镰波冲天而起，“唰”地一刀将巨虎兽斩杀！

死去的巨虎兽倒在地上，周围的原始人都惊呆了，然后从森林的各个角落里跑出来，大呼神迹。

谢麒宇看着这群想和他套近乎但又感到害怕畏缩不前的原始人，一手提着镰刀一手向他们挥了挥：“Hi（你好）……”

所有人都齐刷刷地后退了一步，好像他才是那个危险的妖怪。

“你是人还是妖怪？”其中一个原始人问道。

“我和你们一样。”谢麒宇说。

这是个讨人喜欢的回答，直接体现在这群原始人决定把谢麒宇带到他们部落去找长老。

一行人行走在泥泞的森林里，谢麒宇思考着原始部落的长老会是什么样。戴着羽毛做的帽子，挥舞着奇怪的手杖，对篝火跳大神的神棍，还是在熬制着颜色诡异的汤药然后把活人往里面丢的食人族族长？

但是当谢麒宇真的走入部落的时候，他还是被这个原始落后到难以想象的地方震惊了。

这群原始人住在山洞里，连火都没有，一群原始人抓着用树叶包起来的虫子津津有味地吃着，就好像这是什么了不得的美食。

谢麒宇呆呆地被带到了一位白发苍苍的老人面前，那位老人正在石头上刻着什么奇怪的文字，谢麒宇定睛一看，觉得这或许是甲骨文。

他开始相信自己是被丢到了洪荒混沌的原始时代，就像曾经在时间回廊里见到兰洁尔的那个未来一样，他已经不在自己的时代里了。

“勇士，非常感谢您拯救我的族人。最近这只巨虎兽已经吃掉四个族人了，我们正打算搬迁离开这片危险的地区，但是周围的几个部落也受到了妖怪的袭击。非常感谢您的帮助，非常感谢。”长老向他道谢。

谢麒宇怪不好意思的。

从长老口中他得知了一些这里的情况，这里是个人类和妖怪并存的世界，到处都是凶猛的食人妖怪，普通的人类根本无法与之相抗衡。传说在很多年前，一部分被神祝福的人类拥有着能和这群妖怪相抗衡的力量，就像现在的谢麒宇一样。

但是不知道从什么时候开始，这样的人越来越少，到现在几乎绝迹。

“神收回了赐予人类的力量，这是对人类的惩罚。”长老绝望地说道，“我们苟延残喘，同伴越来越少，不知道哪一天就会全部死去。”

谢麒宇沉默不语。他大概知道自己是到了什么时代——人类失去远古血脉中的力量，但天网还没有出现，人类和妖怪还并存的时代。

“会有办法的。”谢麒宇只能这样安慰他，“一定会有……办法。”

从长老口中，他听到了一个熟悉的地名——真理之城。

“那里充满了各种妖怪，它们建起了一座石头和人类的尸体铸成的坚固城市。我从远方的游牧民族里听到这个消息，虽然不明白它们想做什么，但我们已经经不起妖怪的摧残了。如果可以，我希望勇士您能代替我们去一探究竟。”长老希冀地看着谢麒宇。

谢麒宇重重地点了点头。

他必须找到回到自己那个时代的办法。

希望彼渡之舟上的其他人都能平安无事。

第二天腰酸背痛地从地上起来的谢麒宇扭动着僵硬的肌肉，然后满脸痛苦地品尝了一顿果子早餐——三个干涩味苦的小果子，虽然他的胃还是空荡荡的，但是至少心理上有了一点儿安慰。

告别住在山洞里的这一族，谢麒宇踏上了前往真理之城的道路。

到处都是树木，他沿着溪流往太阳升起的方向走，据说真理之城就在那里。人妖并存的时代，森林里到处充满了危险，谢麒宇逐渐习惯了召唤自己的概念武器，也不会轻易被力量控制。

这样的行程持续了三天，饿了就吃树上被鸟啄过证明安全可食用的果子，或是试图将他当作晚餐的不长眼的妖怪的烤肉。谢麒宇还学会了钻木取火，唯一的麻烦是衣服在这几天的折磨后变得和乞丐装没什么区别。

他觉得自己这辈子都没这么狼狈过。

溪流淙淙作响，谢麒宇坐在溪边洗脚，鞋底快磨破了，衣服也被树枝钩裂了，他苦恼地看着脏兮兮的衣裤，在想是不是应该脱下来洗一洗。

远处突然传来“叮叮当当”的声音，这种风铃一样的声音让谢麒宇警惕了起来。他眺望远方，那里逐渐出现了一个黑影，从林中飞快地穿行而过。近了，它们近了，谢麒宇看清了之后顿时睁大了眼睛——那是一驾庞普平马车！而车上的金发少女赫然是兰洁尔。

谢麒宇怔住了，兰洁尔驾着马车从他面前驶过，她似乎注意到了溪边的谢麒宇，让马车停在了谢麒宇身边。

“人类？不……你是妖怪？”兰洁尔歪了歪头。

谢麒宇干咳了一声，毅然暂时放弃了自己人类的身份准备混入妖怪的阵营：“我是迷路的妖怪。”

兰洁尔好奇地看着他：“可是你的身上有人类的气味。”

“因为我是半妖。”谢麒宇说。

他发现兰洁尔似乎挺好骗的，虽然长得一模一样，但是他觉得现在的兰洁尔和未来那个成了天网的兰洁尔截然不同。

“你要去哪里？”兰洁尔似乎接受了他的答案，问道。

“我要去真理之城，你呢？哦，我叫谢麒宇。”谢麒宇说道。

兰洁尔露出一抹可爱的笑容：“我叫兰洁尔，也准备回真理之城。这样吧，我送你一程吧，难得遇到人形的同类呢。”

运气真好，蹭到了便车。

谢麒宇立刻欣然地接受了兰洁尔的好意，两个人坐在南瓜马车的车头，前方没有拉车的动物，但马车还是在兰洁尔的操控下飞快地向前行驶。

“离真理之城不远了，我们就不用空间跳跃了吧，反正也就不到一个小时的路程了。”兰洁尔征询他的意见。

谢麒宇自然没有意见：“没问题，我没意见。”

他当然没有意见，只要兰洁尔不把他丢在路边。

马车快速地从森林中驶过，兰洁尔甚至心情愉快地唱起了歌，歌声曼妙悠扬，但是歌词他听不懂。

可见他对妖怪丰富多彩的语言种类还是有心无力。

“你听说了吗？真理之城正在准备举行选举庆典，十二家族已经投票决定用天网隔开人类和妖怪生活的区域了，现在要选出一个妖怪作为天网的中枢，不知道哪个倒霉蛋会不幸被选中。”

兰洁尔唱完了歌开始和谢麒宇说八卦，可见只要是女孩子，不管人类还是妖怪，总是有那么点儿八卦的爱好的。

谢麒宇古怪地看着兰洁尔，她不就是那个倒霉蛋吗？

“不过女王承诺了，无论是谁成了天网的中枢，她一定会厚待他的家族，让这个家族成为荣耀的存在。”兰洁尔露出向往的表情。

不，只是……真理界当初，确实亏欠了他们一族吧。

谢麒宇突然想起顾妄的话，难道说兰斯和兰洁尔果然有什么关系吗？

可是他又不能贸然询问兰洁尔，生怕露出什么马脚，兰洁尔已经对他的奇装异服表示出强烈的兴趣了。

就在两个人貌似愉快实则“痛苦”的聊天中，庞普平马车已经行驶到达了真理之城。

巨石垒成的高墙中，古老的城池矗立在平原上，谢麒宇张大嘴仰望这座对原始社会来说不可思议的城池，有种望洋兴叹的感觉。

“不可思议吧，这座奇迹之城。”兰洁尔站在马车上笑着问他。

平原上的风吹起她的裙子和长发，虽然这条长裙看起来十分古老，但是穿在她身上却有一种特别的复古感。金发碧眼的少女在这样温柔却凛冽的风中像是壁画中的主人公一般，展现出耀眼的美丽。

谢麒宇记得，他见到的那个毁灭的未来里的兰洁尔，穿着的就是这条绿色的长裙。

他回忆着她在某个未来中濒死的模样，蓦然觉得一阵惋惜。

现在的兰洁尔恐怕根本不会知道未来的她，竟然是在这样漫长的时光中一点点被天网的力量撕碎，最后成为无数法则中的一部分。

“人类以后也会建起无数城市，比这座城市更恢宏，更美丽，更加不可思议。当然，妖怪也一样。”谢麒宇说道。

兰洁尔像是听到了什么不可思议的事情，哈哈大笑着说：“怎么可能呢？真理之城会是世界上最不可思议的城市，每个真理之城的居民都会为这座城市骄傲。”

“嗯，也许吧……”谢麒宇敷衍地回答。

他突然有些想念自己成长的地方了。

城池的中央是一座高塔，那里响起了绵延不绝的钟声，这些浑厚有力的声音在整个古老的城市里游荡着，像是要将每一个妖怪都吸引住。

“庆典要开始了！”兰洁尔笑着跳下马车，回头问谢麒宇，“一起去广场吧，我的弟弟应该已经在那里等我了，要不是我前几天执意出去玩……兰斯？”

兰洁尔看着从巷子里突然蹿出来的金发少年，目露惊讶之色：“兰斯，你怎么在这里？不是说让你去广场等我吗？”

谢麒宇也呆住了，眼前的兰斯和未来的那个兰斯几乎一模一样，岁月似乎没有让他改变分毫，只是眼前这个人因为没有经过漫长的时光的考验而显得青涩稚嫩一些。

他的脸上满是焦急之色，碧绿色的眼眸几乎要被恐惧淹没："姐姐，你快走，现在，立刻就走！"

"等等，兰斯，我为什么要走？真理之城不是有庆典吗？我是特意为了庆典回来的啊。"兰洁尔茫然地反问兰斯。

兰斯急得冒了汗，一边死死拽住兰洁尔的胳膊一边厉声说："你被选为天网的中枢了！不行，如果你成了天网……我就再也见不到你了，快走，离开这里！"

兰洁尔被这个突如其来的消息震住了："我？怎么会？"

"先知说你是最合适的人选，所以他选择了你，你不能拒绝，只能逃走。快走吧，我求你了，姐姐，离开这里，去哪里都好！"兰斯把她推上了庞普平马车，然后用充满戾气的眼神看着谢麒宇，"你又是谁？"

"是我在路上认识的朋友。"兰洁尔急忙说。

"杀了他，他会暴露你的行踪。"兰斯面露杀意地说。

谢麒宇立刻后退了一步，令人毛骨悚然的杀意使得背后汗毛直竖，几乎控制不住要召唤出概念武器反抗这种压迫感。

兰洁尔却一把拉住兰斯："不行！你不能杀他！兰斯，我说多少次了，不要总想着打打杀杀，现在已经不是当初那个妖怪可以肆意横行的时代了。就是因为我们一直无所顾忌地伤害人类，法则才会降下伤害，让我们面临灭顶的危机，使得我们不得不拉起天网逃避法则的反噬……你现在这么做，就算我们拉起了天网又有什么意义呢？"

兰斯握拳的手紧了紧，最后还是听从了他敬爱的姐姐的话："你和她一起走，要是让我知道你把今天看见的事情说出去……我就杀了你，天涯海角也不会放过你！"

谢麒宇从他绿色的眼睛里看出了燃烧着的杀意。

兰洁尔却突然说："我不会走的。"

"姐姐！"

兰洁尔突然站起身来，站在马车上居高临下地看着两个人："我可以走，但是我走了之后，家族要怎么办，爸爸妈妈要怎么办，你……又要怎么办？先知和女王既然已经决定了让我作为牺牲品，他们就不会再改变主意。如果我乖乖听话照着他们的指示去做，也许还能换来家族的繁荣，女王对我们心有愧疚，必然不会薄待你们。但是如果我逃走……女王的盛怒会毁掉我们整个家族！兰斯，我不能这么自私，你也不能。”

兰斯怔怔地看着他，碧绿色的眼睛里涌满了泪水：“我……只想看你活着……像现在一样，真真正正地活着……我不在乎女王的愤怒，也不在乎会有什么下场，我只要你活着，姐姐，你明白吗？”

兰洁尔跳下车拥抱了他，温柔地说：“我明白了，兰斯，你是我最好的弟弟。”

远处，盛大的庆典已经开始，迎接天网祭品的队伍已经向这里涌来。

浑身笼罩在白色斗篷中的先知将枯瘦的手指指向兰洁尔，盛装的仪仗队正在向这里走来，他们要迎接这位即将用生命挽救所有妖怪和人类的少女。

她还那么年轻，甚至没有来得及开始一段刻骨铭心的感情，但是她却已经懂得了很多，懂得要保全自己的家族，为了荣誉和家人而毅然选择了未知的命运。

“我该走了。你看，就算我想逃走，先知也总是找得到我的，我们其实从一开始就没有选择，从我被选中的那一刻起，我就注定了这样的命运。不要怨恨谁，一切都是法则的旨意。也许千万年后我们会再见吧，希望那个时候，你还能像现在这样，亲切地叫我一声姐姐。”兰洁尔最后给予了兰斯一个长长的拥抱，然后毅然挣脱他的手臂，大步向着先知和仪仗队走去。

不知从何而来的风扬起她碧色的裙摆，还有她比太阳更灿烂的金色的长发，她就像是一位从容赴死的勇士，在这个夜晚即将降临的世界里，像是一朵灼灼盛开的夜之花。

谢麒宇想，他一辈子都无法忘记这样一个背影。

直到仪仗队带走了兰洁尔，直到他们的背影都消失在了夕阳中，兰斯静静地流下了眼泪。浸泡在宛如碧绿湖水中的眼泪一颗颗落了下来，爬满了他青涩稚嫩的脸，他就像是失去了所有的孤独的旅人，终于在人生的死角处号啕大哭，像是哭泣着指责命运的残酷。

“姐姐……兰洁尔，姐姐……我……我不想……失去你……”

远处的广场上升起了一道巨大的光柱，它让这个傍晚明亮如白昼。在这样的神迹中，谢麒宇看到各种五彩斑斓的光芒直冲云霄，在夕阳金红色的光辉中织成了一张纵横交错的网，而这张网还在不断扩张，不断延伸，简直像是要将整个世界网罗其中。

在这样耀眼的光芒中，他看到一座高塔拔地而起，宛如人类传说中的巴别塔一样，它一寸寸生长，一寸寸向天空蔓延，而随着它的拔高，天网越织越密，几乎要将地球笼罩在这样一张庞大的巨网中。

妖怪们跪倒在地，匍匐着呼喊神的奇迹。

脚下的大地开始震动，剧烈的震感让谢麒宇跌倒在地，他感觉脚下的这片土地在不断摇晃，然后逐渐升起！

整个真理之城在这样恢宏的光芒的包裹下腾空而起，逐渐高升，直到升入无垠的暮色天空中，除了这座真理之城，还有十几块小型的土地环绕在这片真理之城周围，而真理之城中央的高塔，已经令人望而兴叹！

谢麒宇已经被这样浩瀚的神迹震慑住了，忘记了思考，也忘记了语言，他的脑中突然浮现出兰洁尔那纯白色的纯净笑容——这个貌似平凡无奇的妖怪少女，就这样用自己的生命缔造出了一个伟大的奇迹。

从这天起，真理界和荒诞界彻底分裂，人类和妖怪的世界不再重合。

也许千万年后，人类会发现“科学”，而妖怪也会需要用“科学”完成自己的进化，但是那毕竟是很久很久以后的事情了。

眼前的世界突然变得模糊，谢麒宇揉了揉眼睛，但是这并没有帮助他恢复视力，甚至让他觉得更加头昏眼花。他意识的最后，只看到兰斯静静地站在庞普平马车旁边，抬头仰望着那座高不可攀的弥天之塔，泪流满面。

“总有一天，我会把你夺回，从所有人手中。姐姐，安心地沉睡吧，然后等我回来。”

兰斯的声音里透着彻骨的森冷，谢麒宇逐渐控制不住自己的睡意，最后在这样昏昏沉沉的感觉中陷入了沉睡。

Di-ba Zhang Qiyue Rishi zhi Zhong Zhang

第八张契约　日食之终章

我终于，终于再次见到你了，在漫长的等待之后。

1

童小琪做了个噩梦。

眼前是一座直插云霄的高塔，她惊叹地站在塔底仰望，直到脖子酸疼都无法数清它到底有多少层。一种奇妙的力量让她想要走进去，可是站在高塔门外的时候，她突然感到了胆怯。

她也不明白这到底是为什么，但是当她想要进入的时候，她却突然裹足不前了。

塔里面到底是什么呢？她思考着，却没有答案。

这座塔，又是什么呢？

最后她鼓起勇气，伸手推开了这座塔的大门。里面没有她想象的灰暗，但是脚下染血的魔法阵却让她心中不妙的预感愈演愈烈，她感到心里一阵阵地发慌，但是心里有一个声音在催促她，勇敢地往前走，一定要看到真相!

她终于迈开了脚步，第一步，她迈过注满了鲜血的魔法阵的凹槽，踌躇着往前走。

前方是一个深潭，绿色的潭水里似乎有一团什么东西……

她仔细地盯着那团东西，努力想要看出点儿什么。

那个形状……

简直像是……人类。

她被自己的猜想吓了一跳，后退了一步，结果不小心一脚踩入了魔法阵的凹槽中，那灌满了鲜血的魔法阵瞬间让她的右脚染血。即便在梦中她都能闻到那种腥臭的血腥味，她不由害怕地往后跳了一步，然后头也不回地跑出了高塔。

逃走吧，她不想知道了，不想知道潭水里面到底是什么。

可是……这样逃走真的可以吗？

胆小的她在心里蛊惑着她：逃走吧，反正没有人知道你来过这里。如果继续待下去也许会有什么可怕的事情发生，为什么不逃走呢？毕竟外面的世界才是安全的。

但是心里却又有另一个声音对她说："不可以逃走，回去，回到塔中，去找出真相，也许你可以挽救……"

挽救什么？童小琪心里一阵空落落的。

她回过头，那个深潭还是那样平静。

也许，她可以去一探究竟？

怀着这样的想法，童小琪向前迈出一步。

她猛地惊醒了，梦中阴冷恐怖的氛围让她几乎像是刚刚从梦中的世界里走回来一样，她感觉浑身都是冷汗。

童小琪呆呆地看着四周，简陋的布置和在她旁边依旧昏迷不醒的白铃暗示她，她此刻还在彼渡之舟上。

从窗户往外看，彼渡之舟没有白天和黑夜之分，外面只有无尽的星空。

还有两天就可以回家了，童小琪对自己说着，心里的恐惧总算缓解了一些。

"刚才外面有一阵异常的波动，彼渡之舟颠簸了一下。"卓凌在她眼睛里说道，"你好像很紧张，是做噩梦了吗？"

童小琪沉吟了一声，还是按捺不住那种惊魂未定的感觉："我出去看看情况。"

"你最好别乱走，这里到处都是妖怪，说不定会有别有用心的家伙，要是你想到处看看的话，最好找谢麒宇一起。"卓凌建议说。

童小琪略一思索："好吧，我去找他。"

谢麒宇的房间就在他隔壁，童小琪敲了十分钟的门都没有反应，她不由皱了皱眉："他好像不在。"

"唔？这就奇怪了。"

"我去问问唐易声。"童小琪心中越发不安，转身敲了敲唐易声的门。

唐易声睡眼惺忪地开了门："有事吗？"

"谢麒宇回来了吗？我怎么敲门也不开。"童小琪不安地问道。

"我不知道啊，一直在睡觉。"唐易声茫然地说道，"要不我们一起去船上找找看。”

“不，你们最好还是不要离开房间，这对你们来说不安全。尤其谢麒宇不在你们身边的时候，之前你们和这里的妖怪相安无事是因为高等一些的妖怪几乎都能感觉到他身上的王族血脉的威压，但是现在他不在，你们就容易被这里的妖怪围攻。毕竟彼渡之舟可不是人类该来的地方。”卓凌严肃地警告他们。

“……那我们等等吧，也许他只是出去随便转了转。”童小琪强忍着呼之欲出的不安，对唐易声和娜娜说道。

“我也觉得你们还是别出去的好。”娜娜肃然说道，“你们不清楚这里的危险性，一旦在这里遇到凶恶的妖怪，很可能会被杀死，彼渡之舟上的戒律很宽松。谢麒宇说不定只是出去逛了逛，比如去吃了个夜宵什么的。”

“谢麒宇？你们说谢麒宇？”一个陌生的女声传来，所有人齐齐看向声音传来的地方。

一个穿着红色长裙的少女审视地看着他们，她的身边还有个看起来高大沉稳的男性。

两个人手挽着手站在走廊的尽头，看起来是一对亲密无间的情侣。

在众人警惕又疑惑的眼神中，那个少女缓步走上前来，微笑着对他们说道：“自我介绍一下。我叫艾丽娅，这位是我的爱人郑玄。我们恰好有个朋友叫谢麒宇。很抱歉无意中听到了你们的谈话，我觉得你们口中的谢麒宇很可能就是我们的朋友。”

几个人核对了一下信息，发现果然说的是同一个人。

艾丽娅抚弄着头发，有些困扰地说：“没想到只是偷偷回真理界一趟都能遇上这样的事情。放心吧，找谢麒宇的事情就交给我们了，反正我们一个是妖怪一个是半妖，在这里行走完全没有问题。”

童小琪并不认识艾丽娅，只是对停在她肩膀上的蝴蝶若有所思。曾经有段时间这样的蝴蝶频频出现在他们的教室中，后来却又不知所终。

她也不知道眼前这两个人是好心还是恶意，但是此刻她也没有其他的办法，只好僵硬地点了点头。

艾丽娅和郑玄离开了，看样子是去寻找乘务员播报找寻谢麒宇的踪迹。

其余几个人松了口气，陆陆续续地回自己的房间等待消息去了。

可是事与愿违，半天后艾丽娅和郑玄面色凝重地找到了几个人。

“你们先答应我冷静下来。”艾丽娅站在门口神情严肃地对几个人说。

“谢麒宇失踪了。”郑玄淡淡地开口，可是神情中却透露出隐隐的不安。

“对，他失踪了。乘务员找到了船长，确认谢麒宇已经不在彼渡之舟上了。”

“这不可能！彼渡之舟途中又没有停靠站点。他能去哪里！”童小琪的声音因为惊慌失措而拔高。

“只有一个可能……他……掉进了真理之海。”艾丽娅说着，突然和郑玄交换了一个眼神，然后继续说道，“还有一件事，我本来并不想告诉你们的……但是现在看来……”

“什、什么？”

“我在船上见到了一个熟人。我不能说出她的名字，因为这会违反我和一个人的誓约，但是在誓约允许的范围内我可以透露一些信息。我曾经为了和郑玄在一起，为了能摆脱家族对我的控制，与虎谋皮，郑玄也一样。虽然现在我们走到了一起，也摆脱了那个人对我们的控制，但是……他很强大，无论实力还是势力。在真理界虽然不能说一手遮天，但绝对是炙手可热。”艾丽娅说着，心口一阵抽搐，顿时脸色惨白地倒了下去。

“艾丽娅！”郑玄急忙扶住她，将她平放在床上，“你不能再说下去，否则会被誓约反噬的。”

艾丽娅面色苍白地看着天花板，幽幽地说道：“可是我不能违背自己的本心。我曾经做过一些错事，我必须改正它。”

“那个人，对谢麒宇很感兴趣，我不知道谢麒宇身上到底是什么吸引了他，但是他绝对另有所图。我在这里看到了他的一个手下，我怀疑，谢麒宇失踪的事情和他有关。但是你们不可能对抗他的，你们先想办法离开彼渡之舟，之后的事情……我来想办法。”

郑玄一边温柔地为艾丽娅擦去额头上的冷汗，一边对几个人说道：“我知道顾妄和他认识。这件事情我们会通知顾妄，你们就不要担心了。”

童小琪右手紧紧握住自己的左手腕，心里的不安像是黑洞一样快要将她吞噬。

谢麒宇……你一定要活着啊。

谢麒宇感到浑身都疼，这种疼痛像是整个人被丢进了绞肉机里狠狠绞碎了一样，他疼得忍不住呻吟了一声，全身上下都被冷汗浸透了。

咽喉深处弥漫着铁锈的气味，呼吸里都带着血腥的味道。他艰难地睁开眼睛——头顶是一片无尽的星空，有一瞬间他几乎以为自己还在真理之海的彼渡之舟上。

可是很快，淡淡的烟味打消了他的怀疑。

“醒了？”谢君荣坐在他身边问道，烟头在黑暗中一闪一闪地跳动着。

“老爸？咝，痛死了。”谢麒宇想坐起来，但是浑身的剧痛让他打消了这个想法，“这里是哪里？”

“彼渡之舟的港口，你的运气不错，竟然能从真理之海的缝隙里逃出来。不愧是我儿子。”谢君荣掐灭了烟头，把谢麒宇从地上扶起来，“走吧，回家了。”

“等等，到底怎么回事？你有看到童小琪他们吗？他们人呢？回来了吗？”谢麒宇一连串的问题砸下来，谢君荣也露出了无奈的表情。

“他们没发现你掉落在这里，就回家去了。我来这里抓捕逃犯，刚好捡到了你。”谢君荣淡淡地说着，又打量了一下四周，“走吧，我开车过来了。”

谢麒宇终于按捺下了心头的情绪，在谢君荣的搀扶下往前走。

他还是想不通被真理之海的怪物吞噬后为什么他会出现在这里，之前他所见到的兰洁尔，到底是千年前的幻象，还是他真的回到了过去。但至少他知道了当初天网建立的始末。

兰斯，是想救兰洁尔吧。

可是，这绝不是可以恣意伤害人类的理由。

一旦天网真的崩溃，整个世界的秩序都会被打破，届时妖怪在人类的世界横行，民不聊生，如果真的有那一天……就连真理界也会随着人类世界的崩溃而消亡。

他无论如何也不想见到这样的结局。

要怎么做呢……

“如果天网崩溃，整个世界都会崩坏吗？”谢麒宇喃喃地问道。

谢君荣“唔”了一声：“整个过程会持续很久，谁也不知道是多久，也许比天网建立至今还久……”

“顾妄说，真理界的激进派正在试图通过撤销天网的议案。”谢麒宇闷闷地说道，心里像是压着一块大石头。

“那是必然的，天网对妖怪来说只有坏处，起初妖怪可以为了自己的生存而忍耐，但是它们的天性就是喜欢破坏而不是秩序。而且随着人类科技文明的强大，谁也不知道我们会不会有比当初没有失去远古血脉的时候更强，到那一天，人类是不会放过妖怪的。”谢君荣说得很平静，似乎早已预见到了那样的未来。

“可是……不该是这样的啊。”谢麒宇心中一痛，“如果天网真的消失，绝大部分人类都逃不过去吧？那绝对是全球性的灾难。”

谢君荣静静地看着他：“所以？”

“爸，我……我知道了一些事情。我的身上，是不是有成为天网中枢的天赋？”谢麒宇忐忑地问道，“我是不是……可以替代现在的天网中枢，成为新的天网？”

“所以呢？你想去当个圣人，还是想成为拯救世界的英雄？”谢君荣的声音透着一股冰冷。

谢麒宇心头一颤，慌忙说道：“不是这样的……我……我也不知道。我现在很乱，要好好想想……”

是需要好好想想。这段时间发生了太多的事情，他都弄不清自己到底在想什么了。对他而言，他的人生一下子从一个普通的高中生变成了可能需要去拯救世界的救世主。这样巨大的起伏让他整个人心绪不宁起来。

谢君荣已经打开了车门：“上车吧，回去后再想。”

谢麒宇僵硬地点了点头，然后坐上了车。

车子启动了，平静地行驶在夜深人静的大道上。

谢君荣开着广播，广播主持人播报着无聊的新闻，谢麒宇浑身的疼痛还没消减，现在只觉得想睡觉。

……据悉，三天后将有一场日全食……大部分地区群众……强电磁风暴……

谢麒宇昏昏欲睡，听到日食的时候稍微提起了一点儿劲头，但还是忍不住要合上眼。

“我讨厌日食。”谢君荣突然说。

谢麒宇稍稍振作精神：“为什么？”

“日食的时候真理界和荒诞界的距离非常近，部分地区几乎会重叠，这就是为什么日食的时候怪事很多。上古的时候每次日食都被视为不祥之兆，这可不只是迷信。”

谢麒宇对这个话题倒挺有兴趣。

“大概十年前，西南地区出现过一次日食，日全食覆盖的区域……大地震了，你那时候还小，估计没什么印象。我当时和几个同伴在现场随时准备支援，整个地震区大楼倾塌、山河崩裂，那种人类无法违抗的自然之力令人心生畏惧……”谢君荣喃喃地说着，似乎回忆起了当年的那一幕。

“日食和地震有什么关系吗？”谢麒宇问道。

“算是有吧，日食的时候两界的距离太近，一部分法则会在两界的结界外围碰撞，导致构成大地的法则崩毁，所以才会有强烈的震动。最后这种毁灭性的法则灭世，动摇了地面上所有的建筑……那真是……非常可怕的回忆啊。”

谢麒宇沉默了，那真是想想都会让人觉得恐怖的场景。

如果天网真的……整个荒诞界都会变成那样吗？

他不禁心生寒意。

谢君荣突然一踩急刹车，谢麒宇险些撞在玻璃上，幸好系上了安全带，他顿时庆幸自己遵守规则，不然脑袋就要破个洞了。

“怎么回事？”谢麒宇马上问道。

谢君荣解开安全带打开车门：“在这里等着。”

“等等，到底怎么了？”谢麒宇莫名其妙地问他老爹。

“这条路不对劲。”谢君荣言简意赅地说道，手上召唤出他的概念武器就大步向前方走去。

谢麒宇犹豫了一下，也解开安全带，打开车门的时候又想起谢君荣刚才让他在车上等着，于是又迟疑了一下，按在车门上的手又收了回来。

可是就在这时，一双纤细却又骨节分明的手替他打开了车门。

那显然是男人的手，中指上还戴着一枚繁复漂亮的戒指，原本上锁的车门像是被解锁了一下，竟然轻轻一拉就打开了。

谢麒宇目瞪口呆地看着车外的男人，金发碧眼，宛如圣画像上的天使。

兰斯冲他微笑，用拉长的贵族一般的腔调向他问好：“晚上好。”

2

再后来的事情谢麒宇就不记得了，他像是昏睡过去一样，再次睁开眼的时候又回到了真理界。

为什么他知道这里是真理界呢？因为这间富丽堂皇的卧室的窗外，是一大片洁白无瑕的雪蔷薇。

他一下子明白了自己是到了哪里——雪蔷薇庄园，那个美杜莎。

谢麒宇忍不住感到头痛，他还没踏上人间的大地多久呢，就又回到了真理界。

大门被敲响了，谢麒宇装死不出声，但是大门还是罔顾他的意愿敞开了。一身华丽中世纪贵妇装的美杜莎从门外走了进来，谢麒宇已经见过她了，但是再见之时仍然被她那双摄人心魄的眼睛震撼，他几乎要迷失在那双乌黑的眼睛里。明明只是一双看起来普通的眼睛，但是那眼眸中无边无际的黑色仿佛是星空一样能够将人吞噬殆尽。

谢麒宇浑身一凛，本能地颤抖了一下，才终于从那种恍惚的感觉中清醒过来。

美杜莎挑了挑修剪得狭长的眉毛："作为一个妖怪血统不足四分之一的混血种，你的抗性比我想象的好啊。"

她身后的侍女鱼贯而入，像是服侍国王一样开始"温柔"地扒谢麒宇的衣服，他顿时挣扎了起来，但是令人羞耻的是他的力气竟然还比不上看起来柔柔弱弱的侍女，这群看起来娇小但是实质上异常野蛮的侍女给他换上了一身看起来像是中世纪西方的男士礼服，然后试图将他拉出房间。

"你们到底要干什么？"谢麒宇忍无可忍地冲着美杜莎吼道。

美杜莎手上的羽毛扇挡住了她嘴角的笑意："没什么，这是最终大选要开始了，身为主角之一的你，实在是不应该错过这样的日子呢。"

"什、什么大选？"谢麒宇云里雾里地问她。

美杜莎那美丽的眼睛里流露出冰冷的笑意："唔……待宰的牲畜？或许你会喜欢这个有趣的比喻。"

谢麒宇很快就明白美杜莎所说的“待宰的牲畜”是什么意思了，他被强行带到了弥天之塔，而塔中赫然是他曾经梦到过的场景，周围有几个类似人形的妖怪，多少都流露出不情愿的表情，而最令他震惊的是顾妄也在其中。

两个人对视了一眼，看着彼此的眼睛里都透着不解。

“你……”顾妄欲言又止，“不是让你回去了吗？”

谢麒宇苦笑了一下：“我也不想回来啊。”

兰斯就站在他身后，亲昵地揽着他的肩膀：“因为姐姐也许会需要这个家伙作为继任者，所以我就把他带回来了。”

顾妄冷冷地看着他：“他身上的血缘太稀薄了，作为天网的继任者，他未必比我合适。”

兰斯笑眯眯地说：“那也要看姐姐大人的意思。我不在乎是谁，只要她能回到我身边。”

谢麒宇奇怪地打量了他一眼，虽然从千万年前的那段回忆中他知道兰斯是个不折不扣的姐控，但是还是觉得有点儿毛骨悚然。策划了千万年就为了让他那个被迫牺牲成为天网的姐姐重新回到他身边吗？

这种执念，真是太可怕了。

兰斯没有分开谢麒宇和顾妄，还任由他们交流了一下各自的情况。顾妄早就知道自己是天网的备选人之一，兰洁尔的血脉由她的家族传递了下来，而顾家和他们家有过姻亲关系，所以也继承到了能够成为天网的可能。只是这种血缘因为时间而变得稀薄，现在整个真理界可能会有成为天网天赋的妖怪也不过十数个。

而今天，他们都出现在了这里。

“他们不是打算撤销天网吗？”谢麒宇问顾妄。

“……我也一直以为是这样，但是看来我们都错了。兰斯根本不在乎天网怎么样，他只是想……”

“对，我只希望我亲爱的姐姐能回到我身边。”兰斯幽幽地说。

天外的钟声响起，那种浑厚恢宏的声音像是从宇宙中传来一样，谢麒宇感觉自己的耳膜都在震动，整个弥天之塔像是要倒塌了一样晃动了起来，谢麒宇几乎以为这是地震了。

“怎么回事？”他喊道。

顾安扶住了他：“是天网的意志！”

兰斯像是沉浸在美妙的乐章中一样陶醉，他缓缓向着弥天之塔中央的水潭走去，而这片碧绿色的水潭像是要复活了一样翻腾着，中央那团黑色的物质竟然开始像煮沸了一样变成气泡，而随着这样的蒸腾，整个水潭的水都开始急剧减少。

谢麒宇瞪大了眼睛，这一幕像是他曾经见过的那样，水潭中逐渐浮现出了身影，那碧色的连衣裙，以及和兰斯无比肖似的美貌——正是那个千万年前不幸被选中，为了家族成了天网的少女，兰洁尔。

“我终于，终于再次见到你了，在漫长的等待之后。”兰斯颤抖着声音说道。

大地的震颤缓缓中止，潭中的少女在水草的卷动下慢慢直起身，然后睁开了那双碧绿色的眼睛——那样美丽的宛如翡翠一样的绿色，只是在那张苍白如同石像的脸上看不到曾经身为妖怪鲜活的情绪。

“姐姐，我为你带来了祭品，现在，选择任何一个都无所谓，只要他能代替你成为天网的中枢，只要你能跟我回家。我已经……为了这一天等待了太久。”兰斯想要触摸那个宛如虚幻剪影的少女，却迟迟不敢伸出手。哪怕只是轻轻地触碰都像是要将这一幕轻易碰碎一样。

他已经在漫长的时光中等待了太久太久。

就像人类寓言中那个被关在瓶子里的魔鬼。

第一个一百年，他对自己说，他会给予释放他的人至高无上的地位。

第二个一百年，他对自己说，他会给予释放他的人富可敌国的金钱。

第三个一百年，第四个一百年……无数一百年过去了，他还是没有被放出来。

在漫长的等待和期待中，那种希冀和绝望的落差像是一种永无止境的酷刑，它鞭挞着灵魂、理智，最终成为一种扭曲的信仰。

在深沉的爱的背后，它已经化为了一种可怕的执念，抑或是一种扭曲的偏执。

在最后一个一百年，魔鬼对自己说，只要他被释放出来，他就会杀掉那个人，然后摧毁整个世界。

这就是，关于等待的，最残酷的真相。

时间，考验的是一个人的本质，它会把一个人灵魂中的污点逐渐扩大，最后将整个人染成最可怕的黑色。如果他没有信仰，那么他将成为一个彻头彻尾的异教徒，一个反社会的疯子，一个最理智的独裁者。

但是他没有。

他的灵魂深处始终矗立着一处纯白的地方，那是……兰洁尔。那是他幻梦中的理想乡，遗世独立的理想乡。

只要，能够抵达那里，什么样的代价他都不在乎。

大选已经在这样的钟声中开始，被禁忌的法术唤醒的兰洁尔从天网的状态中醒来，她的身躯和灵魂早已融入成为天网的一部分，但是她却睁开了眼睛。

她那无机质一般的碧眸从每个人脸上扫过，然后缓缓停留在了兰斯的脸上。

“没有……祭品。”兰洁尔用沙哑的声音说道。

“这不可能！先知明明说这其中一定有人具备了天网的资质的！”兰斯暴怒地吼道，成功在即却被无情打消希望的绝望感让他的情绪已经在崩溃的边缘。

如果……如果失败了，他如此漫长的等待到底算什么呢？

好不容易，好不容易说服了女王，好不容易让长老会的那群老顽固同意了这样一次冒险的举动，好不容易……可以把姐姐从世界的手中夺回来了，为什么？为什么会失败？

“血缘……稀薄……无法……”兰洁尔断断续续地说着，脸上流露出痛苦的神色。她被强行从天网中唤醒，代价是天网的完整性受到巨大的冲击。原本覆盖在两界的天网在这短短几分钟内已经开始大片崩塌。

“我……必须……回去。”兰洁尔说着，再次缓缓地闭上眼睛。

“不可以！姐姐！醒来啊，好不容易就要成功了，好不容易我们终于可以团聚了，这次不管是谁想要夺走你，我都会把他们杀得干干净净，我已经可以做到了啊！我不再是当年那个无法保护你的弱小的我了，我已经……我已经……那么努力了啊！”

兰斯绝望的声音弥漫在弥天之塔中，像是野兽濒死的悲鸣。

而就在这一刻，天空中的光线开始逐渐削弱。

日食，开始了。

谢麒宇紧张地看着弥天之塔外的天空，不知道人类的世界是不是也开始日食了，如果是的话……日食带来的天网的崩溃也快开始了吧。

“不妙了。原本这个时间点就是日食，加上强行唤醒天网中枢，如果弄不好……”正在顾妄说着的这一刻，天空中的光线突然又强大了起来，所有人都愣住了。

兰洁尔呆呆地看着兰斯，然后眼角和嘴角都开始大量溢出鲜血，那种骇人的样子几乎让兰斯要崩溃了，他手足无措地抱着兰洁尔，似乎不明白为什么会突然出现这种情况。

“把她放回去！天网崩溃的话，她绝对是第一个被法则湮灭的！”其中一个被选中的天网中枢喊道。

“反噬，开始了。”顾妄看着腾空而起涌向荒诞界的妖怪，皱起了眉。

谢麒宇目瞪口呆地看着数量惊人的妖怪从四面八方涌出来，它们像是闻到了腐肉的鬣狗一样，争先恐后地向着天网的缝隙奔去。

真理界拉响了警报声，在那嗡鸣的震耳欲聋的声音中，真理界的军队紧急出动，对这群肆无忌惮的违纪者进行了当场猎杀。

于是谢麒宇就看到这样惊人的一幕，无数的妖怪在战斗，无论天空还是地面，整个真理界的秩序就像是突然间崩溃了一样。那惨叫声和械斗的声音，在整片天地里回荡，到处都是尸体，到处都是鲜血，他一下子像是回到了真理日一样。

这到底是个什么样的世界啊！

顾安皱着眉："一群贪婪的家伙。"

"可是，大部分妖怪不都和人类和平共处吗？"谢麒宇喃喃地问道。他在人类世界见到的妖怪，绝大部分都是和人类共生的，它们居住在人类的电器中，为人类科技的运转提供了中枢的作用，但是这一刻，眼前的一切再次颠覆了他的认识，真相再次赤裸裸地被摆到了他的眼前。

他曾经以为的，真是太天真了。不仅妖怪和人类，哪怕妖怪和妖怪之间也是如此残忍。他们可以为了一点儿食物和资源付出生命，他们只遵守丛林法则，哪怕是类似人类的妖怪，它们的本质仍然是残酷的，这是它们生存的法则。

而他，终究只是个人类而已。他认同了人类的价值观，也接受了那一切。

他只是一个生活在和平年代的普通人类而已。

"那只是你以为的而已。在真理界，这样的场景才是最常见，也最真实的。不安分的家伙永远是那么多啊。"顾安感慨似的说。

另一边，兰洁尔已经被兰斯放回了水潭中，他随时可以在其他人的共同施法下让兰洁尔回归天网中枢的状态。可是，他却迟迟无法下达这个命令。

如果这次失败了，他以往所有的努力都会灰飞烟灭，而女王和长老会也不可能再同意他进行这样一次冒险。

可是很遗憾，这里的祭品们，没有一个符合天网中枢的要求。

兰斯几乎要绝望了。

水潭中的兰洁尔像是睡着了一样，少女那洁白无瑕的脸上布满了血痕，这份艺术品一般无瑕的美丽生生被毁掉了。

兰斯缓缓在她面前蹲了下来，然后用洁白的袖口为她温柔地擦去脸上的血泪。

"明明……就快成功了。先知说过，他们中存在可以成为天网中枢的人。为什么呢……为什么你说没有？"兰斯幽幽地问道，眼中流露出真切的悲哀。

"我知道了，你一定是骗了我。我的姐姐总是那么善良，不愿意伤害任何人。可是他们呢，为什么他们就可以这么残酷地伤害你？我不能接受这样的命运，我也从来不会接受这样可笑的命运！”兰斯碧绿色的眼睛逐渐染上了血色，最后竟然似血色的琉璃一样恐怖而美丽。

他起身看着身后的“祭品”们，嘴角露出了古怪的笑容：“姐姐说没有，可是我不相信。那就……一个一个地来试试看吧。”

谢麒宇心中一凛，下意识地想要后退，可是身后身穿铠甲的武士却像是保镖一样堵住了他的退路。

所有人都毛骨悚然地看着兰斯，比起以往那个优雅的贵族，现在的他已经是个彻头彻尾的疯子了。

“兰斯殿下！女王陛下的敕令，天网大选停止，即刻起所有人准备修补天网！”一个传令兵飞也似的冲入了弥天之塔中，手上持有着女王的敕令。

兰斯突然诡异地笑了起来：“真吵，我讨厌这样的聒噪声，会打扰到姐姐休息。”

说着，他的手指像是勾动着看不见的琴弦一样，而那个传令兵还在怔忪之际，竟然刹那间身首分离！

带着腥味的鲜血飞溅在了弥天之塔的墙壁上，地上绘制的魔法阵满足地吸纳着这样来之不易的鲜血，没几秒就将传令兵身上的血液尽数吸干。

兰斯站在水潭边，漠然地看着所有人：“我不想听到任何反对的意见，哪怕来自女王。今天，如果兰洁尔无法醒来，那么所有人都要为她陪葬！”

疯子，他已经彻底成为一个疯子了。

3

时间就好像静止了一样，弥天之塔外的厮杀声和大地隐隐约约的震动，都让谢麒宇觉得自己好像沉浸在一个荒诞的梦中。而现在，这个梦正在逐渐侵蚀现实的世界，它会将所有美好的事情都毁灭殆尽。

必须，必须阻止他！谢麒宇对自己说。

兰洁尔所说的血脉太稀薄，祭品中没有合格的继承人和先知所说的有出入。兰斯被成功前一秒的失败打击，一时间没有想到为什么会有这样的出入。这时候，谢麒宇的脑子转得飞快，他回忆着当年所看到过的兰洁尔的过去，还有天网千百年后崩溃的样子，心中突然闪过了一丝灵光。

这两个人中必然有一个说了谎。

先知没有理由说谎，他做的一切都是为了真理界。那么，一定是兰洁尔说了谎。可是为什么？如果有人能代替她成为天网，她不就可以解脱了吗？除非，除非她想……保护某个人。

会是谁呢？心中有个声音告诉他，他猜得没错。如果说经过千万年的传承，可以继承天网的血缘已经稀薄了的话，那么千万年前的血一定可以。

他曾经听顾妄说起过，因为兰洁尔的牺牲，兰斯的家族受到了女王的恩待，兰斯甚至获得了长生不死的力量。任何生物都是会死亡的，妖怪也不例外，哪怕是我们的星球，我们的宇宙，从大爆炸那一刻起就在走向死亡。兰斯获得了漫长的生命，也许终有一天他也会死亡，但是比起人类，他的生命已经足够漫长了。或者说，太过漫长了。

在这样漫长的等待中，他对姐姐的依恋逐渐扭曲成了执念，以至于让现在的真理界变成这样。

兰洁尔，想要保护的人，是兰斯。

与她血脉相连，拥有同样血缘的弟弟，是唯一可以替代她成为天网的祭品。他似乎明白为什么到了在某个世界毁灭的未来里，兰洁尔明明心有不甘，最后一刻却还是认命了。因为她在保护他，以她的方式。

兰斯已经濒临疯狂了，整个真理界即将崩溃一般的悲鸣他充耳不闻，满脑子都是缓缓沉入水底无法醒来的兰洁尔，他碧绿色的眼睛已经化为狰狞的血色，那种可怕的其他可能让周围的妖怪本能地出现了攻击形态，这是何等强大的威压！而他身后的那对白色羽翼，已经在空气中逐渐膨胀伸展，像是初生的天使在圣殿里舒展开自己的翅膀一样，一对又一对的翅膀像是重影一样缓缓浮现在空中，令人震惊地美丽，却又充满了杀戮的危险。

那种可怕的带着杀戮之气的威压，像是要将他们全都吞噬一样，他毫不怀疑下一秒兰斯就要暴走了。

就连谢麒宇也在这种可怕的威压下浮现出了战斗形态，概念武器镰刀已经被他握在了手里，顾妄上前一步把他挡在后面，小声说道：“他已经疯了，待会儿我一声令下，你攻击弥天之塔的结界，然后逃出去！”

“你也疯了，万一你走不脱，兰斯这个疯子绝对会杀了你的！”谢麒宇低声叫道。

顾妄平静地看着弥天之塔内已经快要失控的法则结界，淡淡地说：“我来到这里就做好了牺牲的准备，倒是你，原本就不该卷入这样的事情里来，回去吧，到你该去的地方。你终究是个人类。”

谢麒宇心口狠狠地揪了一下。他还记得第一次出现在他面前的顾妄，神情睥睨不可一世，他没有想到这一刻他会这么大义凛然地站出来。不，或许是想到了，妖怪和他终究是不一样的，他们的家族观念他甚至觉得顽固而不可思议，但是他们确实就是这样嗜血残酷又意外地温情的生物。

即便不一样，在感情上，他们和人类其实并没有太大区别。

想到这里，谢麒宇决定赌一把。就算要付出性命，如果不试试看的话，也许顾妄和这里其他无辜的妖怪都会死在兰斯手里。

“兰斯！”谢麒宇一把推开顾妄，突然一边冲上去一边大声喊道。

兰斯飘浮在半空中，身后是十二片洁白的羽翼，圣洁如天使，只是他那双赤红的眼睛和疯狂的神情，又让他像是从地狱里爬出来的恶鬼。无数象征着杀戮的法则已经在他身后凝聚成了一个巨大的星阵，可怕的扭曲时间粉碎空间的力量化为烈风，那种可怕的威压已经凝聚成了实体，每一下割在人的脸上都能划出一道道血口。

“你要做什么？”顾安暴怒地吼道，想要拉住谢麒宇。

谢麒宇却一把甩开他，大喊道：“你才是天网的祭品！”

兰斯愣住了。所有人都愣住了。

一瞬间可怕的威压像是被按下了暂停键，就连空气中汹涌的杀意都被定格在了那里。谢麒宇的心跳很快，他从来没有这么紧张过，可是他的灵魂又是安定的。他想，他做得没错。

“兰洁尔是为了保护你！你真的不知道吗？还是装作不知道？和她有着相同的血的你，才是唯一能够替代她成为天网的中枢！兰洁尔和先知话里的矛盾，根本是因为她为了保护你，所以她说了谎！”

谢麒宇的声音在弥天之塔里回荡着，像是千年古刹的钟鸣，竟然一瞬间让所有人灵台一空。

兰斯愣愣地看着他，又低头看向安然沉睡在水潭中的兰洁尔。

原来……竟然是这样吗？

当局者迷，他执迷了千万年的真相，原来竟然这么简单。为什么当初兰洁尔不逃走？因为她知道如果她逃走，最后成为天网祭品的人只会是她的弟弟。所以……原来如此，原来，如此。

兰斯突然低笑了起来。很快，那种低哑的笑声变成疯狂又绝望的大笑，他用手捂住了眼睛，却从指缝里流出了鲜红的血泪，就像当初的兰洁尔。

“姐姐……你骗得我好苦啊。”兰斯喃喃地说道。

十二片天使羽翼一瞬间消弭于无形，他像是被斩断了羽翼的天使，一瞬间从云端坠落到了人间。

“哗啦”的水声响起，他掉入了水潭中。

被包围在魔法阵中的水潭蓦地浮现出了冲天的金色光柱，那道光柱宛如当年兰洁尔刚刚成为天网的时刻，她就是这样，成了神迹！

在所有人的目瞪口呆中，光柱越来越明亮，越来越明亮，原本封住他们的弥天之塔的结界突然开始消退，而那道金色的光柱像是补天的巨网一样，往四面八方辐射开去，那一瞬间的盛景就像是金色的莲花在真理界的云端缓缓盛开，那是没有见过的人难以想象的美妙！

原本破碎的天网在这样金色的光弧中逐渐被补完，原本冲向荒诞界的妖怪被这张无形的巨网捕获，接二连三地掉落在了地上，发出痛苦的哀号。所有的妖怪都愣住了，包括谢麒宇。

他没想到自己的一句话竟然有这样可怕的威力。

“兰斯？”谢麒宇狂奔到水潭边大声喊道。

周围的金光太耀眼了，他几乎睁不开眼睛，即便勉励强撑，这种刺眼的光线中他只能看到两个紧紧抱在一起的身影。

他们就像是亘古诞生以来不可分割的双子星一样，用引力束缚着对方，吸引着对方，最后环绕着彼此无法分割，哪怕一个变成了黑洞，最后也只会逐渐被吞噬，最后重新成为宇宙里的尘埃。顾妄一把拉起他往外跑，因为这座弥天之塔剧烈的震动几乎要把所有的墙体都震碎。

谢麒宇被拉着一路跑出了弥天之塔，而在所有人震惊的眼中，这座巨塔像是被爆破的建筑一样，从底部开始缓缓坍塌，高耸入云的弥天之塔在这样的剧烈震动中逐渐缩短，最后像是毁灭了的遗迹一样矗立在那里，而从水潭中发射出来的金光还在无限地扩张着，几乎要将整个真理界包裹在里面。

“弥天之塔……没了吗？”谢麒宇的嗓子里干涩得几乎发不出声音。

还不等顾妄回答，原本弥天之塔的废墟突然像是被倒带的画面一样，大片遗骸从地上飘浮了起来，在所有人不可思议的眼神中逐渐垒高，它以一种难以想象的速度重组着——不，不是重组。弥天之塔原本就不是一砖一瓦构建起来的建筑，构成它的是法则，一旦法则变更，它的形态也跟着变更了！

它不再是一座塔，而是互相缠绕的一棵参天大树，如果硬要形容，也许用精灵的生命之树才可以比拟。两根最大的树干从树根开始互相盘绕，以一种螺旋的形式无限往上生长着，生长着，它还在不断拓展自己的领土，而树干上还长出了新的枝丫和树叶，它几乎比原本的弥天之塔还高大！

而随着这棵树的生长，云中之城也在不动声色地变化着，原本由石料建筑的城市仿佛被重组了一样，大量的树木和藤蔓笼罩了这座云中之城，它从铅灰色的城市变成了绿色的家园！如果能走出云中之城，他还能发现，原本荒芜的大地已经被覆盖上了一层绿衣，青草、灌木、乔木占领了原本的黄沙地，曾经贫瘠的大地重新变得丰饶，真理界已经得到了新生。

谢麒宇看着这不可思议的一幕，心中的震撼感比第一次看到兰洁尔化为弥天之塔还要强烈。

当一切结束的时候，无数的云中之城的臣民已经汇集到了这里。

谢麒宇看到了很多人，素未谋面的真理界女王、先知、美杜莎、顾君耀，还有他的奶奶。

在这天，真理界跨入了一个全新的纪元。不再贫瘠的大地，让这个真理界有了新的希望。全新的弥天之塔——不，现在它被称为生命之树，给予了天网新生，它将继续保护着人类和妖怪互不侵犯，和平共存。

“谢麒宇！”一个熟悉的声音传来，他愣愣地看着从人群里挤出来的童小琪，她挣脱了艾丽娅的手，飞快地向他跑来。

“你不是回去了吗？”谢麒宇又惊又怕地看着她。

“我……我不放心，就拜托艾丽娅再让我回来了。我想你肯定还在真理界，太好了，你没事。”童小琪紧紧地握着他的手，手心里都是汗，“艾丽娅打听到你被送进了弥天之塔，我……我以为你……”

“我没事。”谢麒宇摸了摸她凌乱的头发，“我们可以回家了。”

顾妄在一旁干咳了一声：“记得和奶奶道个别。”

“知道了。”谢麒宇瞥了他一眼。

头顶的阳光是如此耀眼，让弥天之塔里的阴冷都轻易消散了。他抬头看着明晃晃的太阳，脸上扬起了一道轻松愉快的笑容。

活着，真好啊。以后他还会遇到很多关于妖怪的事情吧？虽然可能会很危险，不过，也很有趣，不是吗？

也许他会成为像父亲一样了不起的妖怪猎人，未来大把的冒险机会还等着他呢！

【全文终】